新潮文庫

銀婚式

篠田節子著

新潮社版

10530

銀婚式

第一章

ニューヨークからは十五時間のフライトだった。不自然な目覚めとともに機内で取った朝食が、胃のあたりに重く留(とど)まっている。

悪天候のために、空港上空を五十分近く旋回した後、ユナイテッド航空機はようやく成田に着陸した。

ゲートラウンジの窓ガラスを、霙(みぞれ)交じりの豪雨が洗っているのを見ながら、頭上の収納庫から手荷物を下ろし、混みあった通路を抜けてボーディングブリッジに出ると、冷えた空気が心地よかった。

五年間のアメリカ勤務は終わった。

明日からの見通しは立っていない。

悲観的な思いを振り切るように、高澤修平(たかざわしゅうへい)はむくんだ足でエスカレーター脇(わき)の階段を飛ぶように降りていく。

ネームボードに自分の名前を見つけたのは、階段を下りきったときだった。

「ご連絡事項がございます。空港事務所にお立ち寄りください」

小さく舌打ちした。どうせろくなことではない。

ニューヨークで預けたスーツケースを積み忘れたか、積み間違えてコスタリカあたりに行ってしまったのか。

ロビーの端にある空港事務所のスチールドアを開けると、果たして彼のスーツケースはそこにあった。

室内に漂うアルコール臭にはすぐに気づいた。カベルネ・ソーヴィニヨンの重厚な香りだった。スーツケースの口金のあたりからダークレッドの液体が滴(したた)っている。係員に指示され開いた。

何もかもが赤く染まっていた。

ワインの瓶が割れていた。

仕事上の関係を超え、戦友のような付き合いをしていた日系銀行の行員、田村が持たせてくれたオーパス・ワンだった。二年間の敗戦処理を完遂し帰国する高澤のために、再出発へのはなむけに、と手渡してくれたものだ。

クッション材と箱で二重三重に梱包(こんぽう)されていたはずが、どこでどんな扱いを受けたのか、高級ワインはスーツケースの中にあふれ、少しばかりの衣類や、身の回り品、そして数冊のファイルをぬらしていた。中の書類はアルコール臭を放ち赤く染まっている。

今後必要なものは、ビジネスバッグに入れて機内に持ち込んだ。そこにあるのは潰(つぶ)れた会社の残した遺品のようなものに過ぎない。それでも体から力が抜けた。

これが帰国第一号の歓迎かよ……。

「免責です、免責です」という空港職員の説明にうなずき、差し出された書類にサインする。

順風満帆な人生などあり得ない。小さな不運など、山のようにあるし、それが当たり前であることも承知している。だから努力して乗り越えてきた。

努力が報われる人生は、確かにあった。たった四年前まで。

大学卒業時は、空前の就職氷河期だった。希望していた都市銀行への就職は叶(かな)わなかったが、四角四面の銀行業務よりは、裁量の幅の大きな株の世界の方が自分に合っている、と信じて受けた証券会社は、第一希望のところに入社できた。

日本より二十年は進んでいる、と言われている海外の市場を見ておきたい、という希望は、まず社内留学という形で可能性を与えられ、MBAを取得した後、ニューヨークの現地法人勤務となって実現した。三十六歳のときだ。夢にまで見たニューヨーク勤務、マンハッタンの高層ビルの八十九階が彼のオフィスだった。

そこから車で三十分ほどのマンションには、妻と六つになる息子がいた。

初恋の人を、妻にした。

中学時代に、地域のテニスクラブで知り合ったが、圧倒的に男子の多い受験校しか知らない悲しさで、話しかけることもできないまま数年が過ぎ、大学入学後に初めて暑中見舞いを送った。

型通りの挨拶（あいさつ）の後に添えた不器用な恋の告白は、それから八年かけて実を結び、その女性、由貴子（ゆきこ）とは二十七歳で結婚した。

留学先から戻ってきた翌年には、子供も生まれた。

順調な人生だった。

三十代も半ばになって初めて経験する海外勤務にも戸惑いはなかった。政情不安定な国や、日本とはかけ離れた文化習慣を持つ国ではないから、家族にとって不安や不満は何一つない、と信じていた。

息子の翔がこちらの国の学校に馴染んでくれるかどうかが少し心配ではあったが、それも杞憂だった。妻の強い希望もあり、日本に戻った後の受験に差し支えないようにと日本人学校に入れたのだが、あっという間に、英語の生活に馴染んでしまった。あと二人、子供が生まれれば何も言うことはない。そんな風に考えていた。

思わぬ躓きは、妻が作った、と思う。

嵐のような引っ越し作業、日本人社員の催してくれた歓迎会、現地の関係者を招いてのホームパーティー、子供の学校の入学手続き。赴任当初、社員の妻として、慣れない土地での多忙な生活を強いられたのは間違いない。しかしそれらが一段落した後、妻、由貴子の顔から笑みが消えた。

途上国でも紛争国でもない。海外勤務者の妻たちの多くが希望する北米、しかもニューヨークだが、妻の表情や仕草の一つ一つから、生気が失われていった。

「日本に戻りたい」と頻繁に口にし、理由を尋ねても「合わない」としか言わない。

言葉の壁がないとはいえないが、それなりの家庭に育ち、大学も出た由貴子は、一応英語を理解する。半年かけて会話の勉強もしてきた。しかし高澤はニューヨークに来てから、妻が英語を話すのを聞いたことがなかった。こちらの人間の言うことはまったくわからない、と由貴子は訴える。買い物くらいならできるが、それ以上の話ができない。同僚の妻たちの社交の輪にも入れない。

もちろん高澤も、多忙な夫のサポートを引き受けてくれる、気が強く才覚ある同僚の妻たちと、思慮深く奥ゆかしいが引っ込み思案な自分の妻を比較する気など毛頭なかった。

由貴子のそんなところに惚れ、中学二、三年の頃から、十三年間も思いを寄せ、結婚にこぎ着けたのだから。

現地スタッフとの交流はもちろん、ちょっとした挨拶もできなくなり、日本人の同僚やその妻たちとの交際も拒み、休日や夜の夫の不在を嫌がり、家にいてほしいと泣いて訴えるようになった後も、家の中は完璧に整えられていた。

高澤が出張でまだ暗いうちに家を出るときにも、衣類をスーツケースに収め、コーヒーと温かい卵料理で送り出してくれた。翔の弁当を作り、高澤の休日用のボタンダウンシャツにまで、きちんとアイロンをかけ、高澤に勧められるままに、英会話スクールにも通っていた。

赴任して二、三ケ月が経ち、翔がこちらの生活に馴染み、昼間の出来事を無意識のまま無造作な英語で父に報告するようになるに従い、由貴子の方はますます生気を失い、見るからに怠惰になっていった。帰宅すると、テーブルの上に菓子の包みが散らばり、汚れた皿が食器洗い機の脇に乱雑に積み上げられていることもあった。

しかしもっとも変わったのは、その容貌だろうか。まだ三十代だというのに上瞼がたるみ、口元がへの字に下がっている。こちらの美容院に行くのは嫌だという理由で伸びっぱなしになった髪は、傷んで肩にひろがり、繊細だった白い首筋はどっしりと太く、たるんだ顎と一続きになっている。高澤が帰宅すると不承不承ソファから立ち上がり、足を引きずるようにして台所に立っていく。後ろ姿は、背中から腰にかけてクッションを巻いたように分厚く、ある種の海洋性のほ乳類を連想させた。

その日、妻は高澤が頼んでおいた「処方箋に従って薬局で薬を買ってくる」という、ごく簡単な用事も済ませていなかった。店まで行ったものの薬剤師に何か尋ねられ、その内容が聞き取れなかったので、引き返してきたと言う。

「ふざけるな」と、そのとき高澤は初めて妻を怒鳴った。

「おまえは、努力ということがまったくできないのか」

初めて妻を「おまえ」呼ばわりした。

翔が怯えたように父を見上げていた。

「こっちに来て半年、俺はずっと耐えてきた。いずれ慣れれば、少しは前向きになってくれると信じて待ち続けた。少しはサポートしてくれるんじゃないか、と待った。

しかし君は何も変わらない。変えようという気がないんだ。日がな一日、ずるずるとねそべってテレビを見て、菓子を食って、何もせずに過ごす。現実から学び、努力しようという気持など微塵もない。君だけならいい。しかしそんな母親の姿を見て育つ翔はどうなるんだ」

怯えたように高澤を見上げていた由貴子は、やがて遠慮がちに体の不調を訴えた。体がだるくて動けない。英会話スクールに行っても、頭がぼうっとして構文などまったく理解できない。夜眠れず、一日中寒気がして、バスタブに浸かっても少しも温まらない。体を起こすのも辛いのに、この日はようやくの思いで薬局まで行ったのだ、と。

「なぜもっと早くそれを言わないんだ」

高澤は呻いた。喉元にこみ上げてきた言葉が、後悔と困惑の苦い後味を残して溶けていく。自分の怒りは妻にとってさぞ理不尽なものだっただろう。

「すまなかった」と謝り、すぐにかかりつけのクリニックに電話をかけ、診療の予約を取った。

「どうやって……」

受話器を置いた高澤に妻は言いかけて、口ごもった。

「どうやってって、何を?」

アメリカ人の医師に症状を説明する自信がないと言う。

「あなたがついて来てくれないと」

「無理だ」

その日は午前中から会議が入っている。高熱などで介助が必要な状態ならともかく、たかが通訳のために休暇など取れない。

「そうだ、大畑(おおはた)さんの奥さんに頼もう」

大畑というのは、高澤の同僚だ。その妻は、こちらの生活がそう長いわけでもないし、英語も流暢(りゅうちょう)ではない。しかし何事にも動じず、おっとり構えているようでいて、事が起これば臨機応変に対処できる肝(きも)の据わった女性で、他の社員の妻たちからも一目置かれている。

しかし由貴子は首を振った。

「なぜ?」

「わざわざ人を頼むのも」と口ごもり、頑(かたく)なに首を振る。

大畑の妻を悪く言う人間に会ったことはない。人の体調や家庭について、他人にしゃべるような軽薄さはないし、説教めいた物言いで相手の気分を害したりすることもない。そんな人間さえ拒絶し、仕事で手一杯の自分に容赦なく負担をかけてくる妻に、体調が悪いとわかってはいてもほとほと嫌気が差した。

結局、妻は一人でクリニックに行き、診察を受けてきた。

肥満と高脂血症はあるが、それもアメリカ人の基準からすればさほどのことではなく、ほぼ異常なしとの診断だった。

「たぶん、心の病気だと思いますよ。内科の先生に診てもらっても、わからないでしょう」

その夜、高澤からの電話に、ずばりと答えたのは、大畑の妻だった。「少し待ってて」と言って数秒後、いつも通りの手際良さで信頼できる心理カウンセラーの電話番号を教えてくれた。

「日系三世の先生でかなり日本語を話せる方なの。きっと奥様の話をしっかり聞いてリラックスさせてくださるはず。変な精神科医にかかって薬漬けにされるのは不安ですものね」

「ありがとう。本当に助かります」と高澤は受話器を握って深々と頭を下げた。

視線を感じて振り返ると、いつの間にか妻が部屋に入ってきていた。生気の失せた目が、何の表情もなく高澤の姿を捉えている。自分の仕事で手一杯のときに、これほど心配してやっているのに、という思いを抑え込み、妻に心理カウンセラーのことを伝える。

心の病気という自覚は、最初からあったのだろう。妻はこくり、とうなずいた。

二ケ月先まで予約がいっぱいだという日系人カウンセラーに、高澤は事情を話し、なんとか三日目に入れてもらった。

当日の朝、妻の気分は格別、すぐれなかったらしい。顔のむくみがひどく唇は白く乾き、息苦しさも訴えていた。身体症状のように見えるが、すべて大畑の妻の言う、「心の病気」で説明できそうなものばかりだった。不安だから休んで家にいてほしいと妻は懇願したが、仕事の方はそんなことで休める状態ではない。

次長という役職ではあるが、高澤は投資銀行本部を事実上率い、多くの現地スタッフとともに、アメリカ企業の日本のマーケットでの資金調達を手伝い、企業売買の仲介をしていた。ちょうどこの日も、買収の決まった企業との交渉のために、カンザス州まで二泊三日の出張の予定だった。

あわただしくシャツや下着の類を出張用のバッグに押し込み、出かけようとすると、妻は腹痛がひどいと遠慮がちに付け加えた。触れてみるとここに来てから、たっぷりと脂肪がついた腹部は、しこったように固く大きくなっている。驚いた高澤が何か心当たりはないか、と尋ねると、一週間近く便通がない、と答えた。

とたんに頭に血が上った。

夫は一時として気を抜けない海外のオフィスで仕事に精出し、息子も異文化のただ中に放り込まれながらも、必死でこちらの言葉を習得し、適応しようとしている。それに対して、妻には自分を変えようという意欲が何一つない。一日中ごろごろしていて、菓子ばかり食って、その挙げ句の便秘だ。

努力どころか自分の健康管理もできないのか、という言葉を飲み込み、「本人のせいじゃない、心の病気、心の病気」と自身に言い聞かせ、冷たいオレンジジュースをグラスに満たして妻の枕元(まくらもと)に置いて家を出た。

三日後の夕刻、戻ってくると、家からは妻と息子が消えていた。

「この国でやっていく自信がありません、しばらく実家に帰らせてください」という走り書きが、食卓の上に載っているだけだった。

結局由貴子はカウンセラーの元には行かず、息子の学校を無断で休ませ、家にあった現金をかき集めてタクシーで空港まで行き、東京行きのＪＡＬ機に飛び乗ったのだった。

この一ケ月の間に東京の実家にかけたおびただしい回数の通話履歴が、自宅の電話機に残されていた。

慌てて日本に電話をかけたとき、妻から初めて離婚をほのめかされた。単なる気分か、あるいは「心の病」がそんな悲観的言葉を言わせているだけだ、と思っていた。しかし数日後、出勤前に義父からかかってきた電話で、その言葉は現実味を帯びてきた。

完治の難しい面倒な病気でもあるので、無理せず実家で根気よく治療させたい、と義父は言う。

「面倒な病気」とは、「心の病」などではなかった。

息子を連れて日本に戻ってきた由貴子が、母親に付き添われていくつもの病院を回った結果、それが甲状腺ホルモンの分泌量が不足する自己免疫疾患であることがわかった。新陳代謝が著しく低下するため、無気力になり、頭の働きが鈍り、顔つきまで一変することがある、と義父は淡々と語る。

その特異な症状のために高澤も大畑の妻も、そして本人までもが、「心の病気」と決めてかかってしまっていたのだった。

とはいえ「実家で根気よく治したい」という離婚理由の意味するところが、「あなたのような思いやりのない人と一緒に暮らしていたら、治る病気だって治らない」ということだとは、いくら鈍感な高澤でも理解できた。

夫婦の関係は取り返しのつかないところまで悪化してしまっていた。中学校以来、十三年かけてはぐくみ結婚にこぎ着けたのに、壊れるには、わずか数ケ月しか要しなかった。

それから約一年半かけ、東京とニューヨークを二度往復し、表面的には穏やかな話し合いが幾度かもたれた結果、協議離婚が成立した。

夫婦の資産をそれぞれ納得のいく形で分割し、養育費の額も決め、息子の親権は妻側に譲り、面会権は確保するという形で決着したのは、ニューヨークが例年にない寒さに見舞われたクリスマス間際のことだった。

妻が突然日本に帰った一年半前に比べても、景気はさらに悪化していた。

高澤のいる証券会社でもメインバンクが資金を締めてくるようになったために、株式の引き受けもままならない。投資銀行本部という花形の部署にいながら、高澤の仕事も取り次ぎ業務が中心となっていた。

資金繰りの厳しさを痛感しながらの仕事には徒労感が付きまとう。

一日が終わった後に、同僚とじっくり飲むという習慣はこちらにはない。

現地のスタッフが大切にしている、家族とともに過ごす時間、クリスマスの食卓も週末のバーベキューも、高澤にはすでにない。

セキュリティだけはしっかりした古いマンションに帰り、ビルとビルの隙間から覗く、うっすら雪を被った町の灯を見ながら、がらんとした冷蔵庫からビールを取り出し、出来合いの総菜で済ます夕食はわびしい。わびしさに加えて、ひとりぼっちの夜に、焼け付くような下半身の欲望に苛まれることもある。

ふらふらとマンションを出て地下鉄に乗り繁華街に出たこともある。マッサージパーラーの淡い色のネオンに近づいていったとき、垢のこびりついた、ぶるぶると震える掌に行く手を阻まれた。「腹が減ってる、一ドルくれ」という声とアルコールの臭いに我に返り、一目散に明るい通りに逃げ戻ると、背後から声をかけられた。

「お腹空いているの。チャプスイおごってくれる？」

コヨーテとおぼしき毛皮のコートからスパンコールのきらめくTシャツをのぞかせ、細身のジーンズを身に着けた娘が立っていた。

この町ではだれもが腹を空かせている。

肩にかかる髪も瞳の色も濃い褐色で、化粧は濃いが、ほっそりと薄っぺらい体つきから東洋系だというのがわかった。不思議と清楚な雰囲気を漂わせた娘だった。

「喜んで」

高澤は小柄な娘の肩に手をかけると、近くにある中華料理屋に連れ込み、あまり意味のない会話をした後、裏手の安ホテルに入った。そしてわずか数分後、高澤は相手に五十ドル札を押し付け、「すまない。侮辱するつもりはなかったんだ」と言って、転がり出るようにして部屋を後にした。

清楚な娘と見えた東洋人は青年だった。その体つきや声からして、普段なら女と見まごうはずはない。

腹を減らしているのはこちらも一緒だった、と自らの浅ましさに唖然とした。

殺伐とした高澤の心境を感じ取ったのか、この頃から頻繁に誘い出してくれるようになったのが、同じビルの上層階にある日系銀行に勤める田村だった。

証券会社の社員とメインバンクの行員といった仕事上の付き合いを超えて、田村はアメリカでは唯一腹を割って話せる相手になった。仕事上の利害が絡む話題については慎重だが、両親と妻子を神戸において、単身赴任している田村は、家庭の事情についてはあけすけに話してくれる。

ニューヨークで夫と暮らすことを切望しながら、田村の妻は、病気がちの義母のために神戸に残っていた。夫のいない家で舅姑との同居を強いられている妻からは、時間かまわず電話がかかる。事情が許す限り繰り言を聞くのが、日課の一つになっていると田村は苦笑した。

「一度、これから会議だってときに電話をかけてよこしたんだ。それで、もう勘弁してくれよって、怒鳴って叩き切った。後がたいへんだったたね。離婚寸前まで行ったよ。大げさじゃなくて向こうは弁護士を立ててきた。本当に土下座して謝って、何とか留まってもらったけれど、果たしてそれが本当に良いことなのかどうかはわからない。結婚生活に限らず、人生にボタンの掛け違いはいくらでもある。いろいろあるけど、ただ一つ言えるのは、男の本分は仕事だということだ。何があっても良い仕事をしていれば結果は後から必ずついてくる。やり直しのチャンスは向こうから転がり込んでくるものさ」

　ウェスト・ヴィレッジのワインバーで、そう励まされたのは、離婚直後の一九九九年の正月だった。二十世紀も最後に近づき、高澤のいる現地法人でも来るべき二〇〇〇年に向けて、社員たちがコンピュータシステムの見直し作業に追われていた。

　オフィスビルが停電したのは、その一週間後のことだったと思う。

テロリストによって、地下駐車場に爆弾が仕掛けられたのだ。幸いけが人は出ず、高澤のいた八十九階までは、その音や振動は伝わってこなかったが、一瞬灯りが落ち、数十秒後に補助電源による照明がついた。フロア全体が騒然としたのもつかの間、すぐに落ち着きを取り戻した。コンピュータシステムの方も無停電電源装置が機能していたので無事だった。とはいえ終業時刻間際でもあり、この日の業務は大事を取って打ち切り、全員帰宅ということになった。

しかしエレベーターは止まっている。動くまでオフィス内で待機しようかという話も出たが、ここでは日本と違って迅速な復旧は望めない。この先何が起きるかわからないという不安もあり、スタッフたちはぞろぞろと非常階段を降り始めた。

四十になるかならないかといった年頃の高澤は体力には自信があった。それでもビジネスシューズで八十九階から地上まで降りるのは、いささか辛い。女性スタッフは途中でパンプスを脱ぎ捨て鞄に放り込み、非常ランプのついた薄暗い階段を裸足で降りていた。

一階に着くまで小一時間はかかっただろうか。鈍く痛む膝と腰をさすりながら、そこにいただれかれともなく、無事に地上に着いたことを祝福し合って別れた。

自宅に戻り、冷蔵庫からビールを出したときだった。

習慣としてつけっぱなしにしていたテレビの画面に、東栄証券東京本社ビルが下から仰ぎ見る角度で映っていた。続いて、社の誇る最先端のトレーディングルームで点滅している巨大電光板が映り、すぐにそれを見守る人々の沈鬱な顔のショットに切り替わる。

八十九階から徒歩で降りる前、オフィスの照明が一瞬消え、コンピュータシステムは無事だと連絡を受けたあのとき、まだそんなニュースは届いていなかった。

勤め先の証券会社が破綻したのだった。

社員である高澤は、それを本社からの連絡ではなくテレビのニュースで知った。

この二、三年、大手の証券会社や都市銀行が次々と倒産、廃業していたから、もしやという気がしないでもなかった。しかし極東の国から一万キロ彼方にいる高澤には、どこか実感がなかった。

ストロボの焚かれる中、何本ものマイクのセットされた記者会見場に現れたのは、確かに東栄証券の社長だった。脇に座っているのは、入社当時の高澤の上司だ。

社長の口からはっきりその事実が告げられても、実感はわかなかった。

妻が体調不良を訴えたとき、枕元にジュースを置いてでかけていった。あのときの仕事は何だったのか。家庭を顧みる余裕もなく、献身してきた自分の十六年間は何だったのか。

業績が良くないという噂は聞いていた。社畜という形で社員を使い捨てるような会社なら、資金繰りが厳しくなった時点で、とうに転職を考えていただろう。

外国証券からの誘いはいくつもあった。しかし東栄証券は、社員の責任感や意欲、業績といったものを公正に評価し、努力に見合ったものを与えてくれる会社だった。実績を上げたことで、高澤は留学の夢も、海外勤務という希望も会社に叶えてもらった。だから東栄に骨を埋めるつもりだった。いかにも東京に本拠を置く証券会社らしい、おっとりと上品で洗練された社風も気に入っていた。顧客の多くもそうしたところに安心感を抱いてくれていた。

管理職にとっても、現場の営業担当の女性たちにとっても、居心地の良い会社だった。そうした社員にとっても顧客にとっても上品で優しい会社は、ルールなどあって無きがごとき大競争の時代に、勝ち残ることはできなかった。

翌日から、高澤たちはひっきりなしにかかってくる電話への対応に追われた。切羽詰まった声で問い合わせをしてくる日系人やアメリカ人投資家に対し、預かっている有価証券については保護されることを伝え、返却日程と手続きについて説明する。

二週間ほどしてそうした電話がようやく止んだとき、これまで通りに賃金が払われているにもかかわらず、社員は七割程度に減っていた。特に日本から出向していた東栄証券の社員は、この時点で半数以上は再就職口を探すために帰国してしまっていた。

退職する現地採用社員の処遇に関しての仕事を途中で放り出し、真っ先に退職届を提出して帰国したのが大畑だったことには驚かされた。それ以上に驚いたのは、「ここであなたが頑張ることで、潰れた会社が元に戻るなら別だけど、そういうものではないのでしょう。しばらくお給料が出るからといって、情に流されて潰れた会社に、いつまでもしがみついていたらだめ。少しでも早く再就職口を探しなさい。過去は捨てて前に進みましょう」とその妻が説得した、という話を同僚から聞かされたときだった。

冷静な状況認識と正しい判断、事が起きたときの臨機応変な対応。確かに大畑の妻らしい物言いだと感心しながら、理由を述べることもなく彼女を拒否した妻の直観は正しかった、と思い知らされた。

そうした中で高澤は踏みとどまった。

破綻当初の嵐のような時期が過ぎると、清算業務が待っていた。歴史の古い大手証券会社である東栄証券には、有価証券の他、不動産なども含めて多くの資産がある。現地法人であるトウエイインターナショナルインクについてもそれは同じだった。それらのすべてを売り、借り入れ金を返済し、いくら残るのか、あるいはマイナスになるのか、そこまで見届けなければ日本には帰れない。

連日、現地の名だたる投資会社の担当者と会い、資産を売りつけていく。いかに高値で売るかが勝負だ。粘り強く交渉し、オフィスに戻った後は、明け方までかかって書類を作成し、さらに次の戦略を練る。

かつての同僚が、身売り先の証券会社や、銀行、顧客であった企業などへの再就職を果たした倒産一年後にも、高澤はまだニューヨークに留まり、敗戦処理に忙殺されていた。

みんなで担(かつ)いでいた御輿(みこし)から、一人抜け、二人抜けし、気がつくと要領の悪い連中が、砕けそうな腰で担いだ物の重さに耐えている、そんな状態だった。最後にマンハッタンに持っていたオフィスビルを売り、すべての資産を換金処分した結果、辛うじて債務超過は免れた。

清算業務を完遂した後、借りていたマンションの契約解除や家具、車の処分、日本での当面の住まいの確保といった引っ越し準備をあわただしく済ませ、ようやくユナイテッド航空東京便のエコノミー席に座ったときには、倒産から二年が経っていた。

すでに元の会社の同僚の大半は、他の証券会社やコンピュータ会社などに再就職していた。

「沈み行く船からさっさと逃げ出す人間から先に、良い再就職先が決まって最後まで残って責任を全うするような社員が、まったく評価されない、というのは、おかしな話だ。何よりこの二年、外人相手に資産の売却交渉をしてきた高澤さんの経験と知識は、別の場面でも絶対に役立つはずだ。何しろ英語のしゃべれる人間なんかいまどきめずらしくはないが、国際法務財務の実践的な能力を身に付けた人間は少ないいんだ。かならずいい就職先がみつかるさ」

帰国前夜、ニューヨークでの最後の食事を共にしたとき、田村は言った。

離婚後に、「男の本分は仕事だ」と励ましてくれたときと同じ口調だった。この国で愚痴と悲観論は禁物だ。意図的に身に付けた楽天的で前向きな物言いとわかってはいても、うれしかった。やや音程の狂ったウッドベースが、背後のステージでけだるく「サマータイム」を奏でていた。

その田村が持たせてくれたオーパス・ワンは、スーツケースの中で割れた。

酒臭いスーツケースを引きずり、帰り着く先は、台場にある公団住宅だった。

現在、杉並にある実家は、司法書士をしている弟が継いで一家を構えているので、たとえ一時でも身を寄せるのは、互いに気詰まりだ。長男が失業して戻るのはみっともない、という見栄もある。何よりこの場所なら、どこに勤めるにも通勤距離は最短で済む。

人工地盤の上の、海を望む高層住宅は、三十数平米という狭さではあったが、高層マンションと超高層オフィスを生活の拠点として五年を過ごした人間の生理には、心地よい住まいだった。

単身者の引っ越しを手伝ってくれるものなどだれもいない。勤めていた会社が倒産して、元の会社の同僚もいない。

引っ越し業者が帰った後は、高澤は黙々と梱包(こんぽう)を解き、必要な所帯道具を買いそろえ、再出発を準備した。

二年半ぶりに息子の翔に会ったのは、こちらに戻ってきた翌々日のことだ。

離婚手続きのために一時帰国したときには、ふっくらした頬をして、甲高い声でひっきりなしにしゃべる「子供」だった。

お父さんとお母さんは事情があって離婚することになった、と高澤自身から息子に告げたとき、それまでことさらに明るい表情を作っていたのに耐えきれなくなったように、翔は言葉もなく父をみつめてうなずき、ぽろぽろと涙をこぼした。その瞬間、妻の母が割って入り、しゃがみ込んで翔を抱きしめ、鋭い視線で高澤を一瞥(いちべつ)すると、孫を守るように父親から引き離して、その場から消えた。

午前も遅い時間に、台場駅の改札口に四十過ぎと見える見知らぬ女と現れた翔は、相変わらずふっくらとした顔に、背だけがひょろりと伸び、無邪気な笑顔の裏に何か複雑な感情を潜ませたいくぶん大人びた少年に変わっていた。

　女は「コーディネーター」と称し、事情ある家庭で、夫や妻、あるいは嫁や姑といった人々の代理人として、話し合いに出席したり、離婚した父母と子供の面会に立ち会ったりといった仕事をしている、ということだった。面会時間が終わった頃、女は再び駅まで迎えに来るという。

　息子を父親に預けるための、ほんの一瞬でさえ、顔を見たくない、言葉も交わしたくない男にされたのか、と高澤は、最後まで自分に対し批難めいた言葉を口にしなかった妻の心中を思った。

　妻の辛さを理解してやれなかった悔恨の思いと、暴力にも浮気にも無縁で家族のために必死に働いた俺に、あれ以上どうしろと言いたかったのだ、という怒りが、せめぎ合う。それでも久々に見た息子の顔に、面倒な感情はどこかに押しやられていく。

アクアシティのビュッフェレストランで食事をした後、翔をその近くにある子供向けの博物館に連れて行き、海岸を歩き、二人で1Kの高層住宅に戻った。汚れた海面を輝かせ、夕日が高層ビルの向こうに落ちる間際だった。

　それまではしゃいでいた翔は、ふと黙りこくって窓の外をみつめた。

「どうした?」と尋ねると、一瞬思案するような顔になり、すぐに快活な口調で「明日、塾の試験なんだ」と答えた。考えていたのは別の事だろう、と高澤は察した。中高一貫校の受験を再来年に控え、翔は目黒にある由貴子の実家から、都内でも有数の進学塾に通っている。学校が終わると、母親の作った弁当を手に電車と地下鉄を乗り継ぎそちらに向かうのだという。

「帰り、遅くなるんだろう」

「お母さんかお祖父ちゃんが駅まで迎えに来てくれるから」

ことさら短く答えたところに、幼い息子が抱えているものが感じられる。いずれにしても翔は、妻と祖父母の期待を一身に背負っているのだろう。

ニューヨークにいた数ケ月間に、驚くほど英語が上達した息子に、将来は外国で働いてみたいか、と尋ねると「別に」と大人びた仕草で首を振る。日本に戻ってからは、格別英会話を習ったりすることもなく、今では簡単な単語も覚えていない、と屈託なく語った。

別れ際に、高澤はようやく、「お母さん、元気にしているか」と尋ねた。

「元気っていうほどじゃないけど、病気でもない。薬飲んでいれば大丈夫なんだって」

無表情に翔は答える。

「ああ、元気なら良かった」

「だから元気ってほどじゃないんだってば」

少しいらだったような口調だった。

コーディネーターと約束した時間から十分ほど遅れて、高澤は息子をゆりかもめの駅まで送って行った。待っていたコーディネーターは、すぐに手帳を取り出し、次回の面会の日程を尋ねる。

「こっちはいつでも大丈夫ですよ。どうせ求職中で仕事はしてないもので」

自嘲的に答えると、相手は「翔君の学校の都合もありますから」と生真面目な口調で返答を求めた。翌月の日曜日に設定した時間をカードに書き込み、コーディネーターは高澤に渡す。まるで歯医者の予約だ、と苦笑する。

帰国した高澤を待っていた人々は、他にもいた。大学時代の友人たちが、神田の寿司屋で歓迎会を催してくれたのだ。四十代に入り、たいていの仲間は大企業でそれなりの地位についている。そのうち何人かが、高澤の再就職について協力をしたい、と名乗りを上げてくれた。さまざまな業種、さまざまな企業に散っていったかつての同僚や同期たちと、五年あまりもニューヨークにいた高澤の縁は切れてしまったが、学生時代の友達はまだ繋(つな)がっている。

親身になって相談に乗ってくれる仲間の言葉がうれしかった。

しかし好意と結果は必ずしも一致しない。せっかく紹介してもらっても、再就職については、双方の条件がなかなか折り合わない。大規模なリストラを計画しているアウトソーシング会社の人事部長や、違法すれすれの事業を行っている人材派遣会社の総務部長、あるいは街金の支店長。四十も過ぎた元証券マンの再就職先としてはそうしたものしかない。財務法務に多少詳しい人間を求める都市銀行や大手の企業は多いが、そうしたところへは東栄証券が破綻した直後に動き出した人々が、とうに就職している。

いくつかの企業の面接を受ける傍ら、コンピュータスクールにも通った。IT産業だけが、不況を知らずに急成長していた時期だ。役立つか否(いな)かは別としても、最先端のスキルは一つでも多く身に付けておいた方が良いと考えたのだ。それだけではない。眠っているとき以外は、仕事しているか勉強しているか運動しているかで、無為な時間を極力排してきた高澤にとって、それが失業中の精神衛生を保つ唯一の手段だった。

第二章

失業保険もまもなく切れるという六月の下旬、高澤の再就職先はようやくみつかった。

田村がニューヨークから手をさしのべてくれたのだ。勤務先は海外でもなければ外資系でもない。彼の勤め先である銀行とつながりのある中堅損害保険会社だ。

大洋損害保険株式会社、というそこへ、田村は高澤のことを「会社が破綻した後、最後までニューヨークに残って清算業務を完遂して帰国した、責任感も能力もある人物」として推薦してくれた。大洋損保は、規模こそさして大きくはないが、歴史があり、全国に専属の代理店網を張り巡らせた、強固な営業基盤を持つ会社だった。

「これまで海外部門にはあまり力を入れていなかったんだが、こんなご時世で国内市場はもう飽和状態だ。大洋も遅ればせながらの積極的な海外進出で、五、六年前に営業部門から海外事業部が独立した。国際マーケットに関しての調査と計画立案のできる人物を欲しがっている」

電話の向こうで田村はそう説明した後に、軽い口調で付け加えた。

「あそこは生い立ちが生い立ちだから、洗練された社風ではないし、ドメスティックどころかローカルな雰囲気の会社だ。最初は戸惑うかもしれないが、それが大洋の良さだ。手堅くおっとりしてて、東栄証券なんかと通じるところがあるかもしれない。大手や外資系の保険会社と違って、えげつない営業はかけないし、博打(ばくち)を打つような経営もしない」

なかなか再就職先が決まらない高澤にとっては、これ以上ないような話だった。

翌週には書類審査と面接を経て、即座に採用が決まった。金融の知識と実務能力、海外経験と語学力を買われて、海外事業部付主幹という、課長相当職のポストを得た。

一週間後には、霞(かすみ)が関(せき)にある本社に通い始めていた。

海外にある現地法人と駐在員事務所の統括が、高澤の主な仕事でもあり、緊急の案件を処理するためには、仕事の時間帯は深夜早朝にずれ込む。しかしそんなことはほとんど苦にならなかった。

まだ薄暗いうちに出勤し、無人のオフィスでコーヒーを飲みながら、海外から送られてくるレポートや国際会議の議事録に目を凝らし、チェックしていく。ミーティング時にはすでに資料内容は頭に入り、論点はまとめられている。埼玉や小田原の先から通っている社員が多い中、台場の公団住宅に住んでいる高澤は有利だ。その上、家族に煩わされることもない。風呂にお湯を張ることもなく、連日シャワーだけで済ませていると気づいたのは、しばらくしてからだ。待っている家族がいないというのは、煩わされることがない反面、潤いも失われる。

ちょうど乗換駅の新橋からさほど離れていないところに、小規模なスポーツジムをみつけたので、軽くマシントレーニングをした後、風呂に入って帰宅することにした。とうに手放してしまった入浴後の団らんのかわりに、高澤は濃密で前向きな気分転換の方法を手にいれた。

ときには同僚と虎ノ門界隈に繰り出し、軽く飲むこともあった。交わされる話の内容はたいていは人事についての不満と愚痴だったが、そうしたことに触れられないデリケートな場面では、それぞれの家庭の話題になる。笑いにまぶすようにして、深刻な悩みを聞かされるにつけ、独り者の高澤は複雑な気分になる。自分の離婚の経緯について、同僚に最初からあけすけに話していたのは、そんなことはさしたる問題ではない、と考えているからだ。今でも、高澤は、離婚が成立した直後の正月に聞かされた、「男の本分は仕事だ」という田村の言葉に支えられている。

海外赴任中に妻に出て行かれたという高澤に、同僚たちは安心したように、各自の家庭の事情を明かす。家が一軒たつほどの金と労力をかけてようやく入学させた音大を、娘があっさり中退した話、実母と妻との不和で、今まで何度か離婚寸前まで追い詰められたが、つい最近、その母が倒れ、介護の負担がのしかかってきたという話、相続争いにそれぞれの配偶者が絡み、泥沼化し、遺産分割が終わった後には兄弟が絶縁した話。

他人の家庭の内実を知ってしまえば、疲れて帰宅したときに笑顔で迎えてくれるエプロン姿の妻や、尊敬と愛情の籠ったまなざしで父を見上げてうなずく息子、などというものが、テレビCMの中にしか存在しない幻だというのが実感として理解できる。

隣の芝生は決して青くはない。スポーツジムで汗を流し、風呂に入ってから帰宅するたった一人の家も、そう捨てたものではないと、高澤には思えてくる。

二ケ月もすると、そうして同僚たちと飲みに行くことはほとんどなくなっていた。

仕事や資料を読むのに充てられる夜の時間を無駄に過ごしたくなかったのと同時に、およそ危機感に乏しい、勉強不足の同僚たちにいらつき、かえってストレスが溜まると気づいたからだ。

いつになく残暑の厳しい一日が終わり、家に戻ってテレビをつけたときだった。異様な画像が現れた。二棟ある高層ビルの片方に、飛行機が突き刺さった。無意識に前のめりになって画面をみつめた。下から見上げていたいつものアングルではないが、紛れもなくそれは彼が五年間、勤務していたビルだった。

いったい何が起きたのかわからない。ひっかかりがちな同時通訳の声が耳障り（みみざわ）りで、即座に音声を英語に切り替えた。しかし詳しいことはまだ何もわかっていないようだった。

反射的に国際携帯電話に手を伸ばす。田村のいる日系銀行のオフィスは、かつてのトウエイインターナショナルインクの二階上だ。

お話し中になっていたが、かけ直すと本人が出た。

無事だ。ほっと胸を撫（な）でおろす。

「大丈夫だよ。すごい音がしたが、今のところ何も起きちゃいない」

事が起きた当のビルに、彼はまだいた。

「ずっと下の方のフロアだからさ。何かあれば避難の指示があるだろう。さっき家内からも電話があったが、大丈夫だと言っておいた。しかしエレベーターが使えないとなると、また歩いて非常階段を降りなきゃならない」

東栄破綻直前のテロ騒ぎを思い出し、高澤は苦笑した。

どうも心配かけて、と社交辞令のように田村が言って電話は切れた。

本当に大丈夫なのか、と不安な思いとともに視線を画面に戻す。

それからさほどの時間も経過していなかった。

炎と煙を噴き出していたビルの壁が、ふと、波打つように見えた。次の瞬間、二本の塔の一方がふわりと崩れていった。

爆発して飛び散ったわけでも、途中から折れたわけでもない。そそり立っていた一本が、大量の砂煙のようなものの中に沈んでいった。

おい、と思わず画面に向かって叫んでいた。

本当に大丈夫なのか？　避難できたのか。

とうてい上層階から階段を駆け降りるような時間はなかった。それとも予備電源で動いていたエレベーターで脱出に成功したのか。

長い電話番号を途中まで押したとき、携帯電話が震える掌（てのひら）から床に落ち、バッテリーが外れて狭い部屋の隅に飛んだ。慌（あわ）てて拾い、バッテリーをセットし直し、かけてみた。

電話は相手を呼んでいる。お話し中ではなく、呼び出し音が聞こえることに、田村は無事だ、という根拠のない確信を抱いた。それから数時間、高澤はときおりチャンネルを切り替えながら同じニュースを見続けた。

日付が変わった頃、無事だ、という根拠のない確信は絶望に変わっていった。

「男の本分は仕事」と笑いながら背中を叩いてくれた田村、数あるオファーの中で、もっとも納得のいく仕事先を世話してくれた田村、そして最後まで現地に残って敗戦処理に当たった高澤の行動を、唯一評価してくれた田村は、おそらく瓦礫の下に埋まってしまった。

帰国間際に、荷物になってすまないが、と言いながら持たせてくれたワインボトルは、丁寧な梱包にもかかわらずスーツケースの中で割れた。

真っ赤に染まった内部の様と立ち上るカベルネ・ソーヴィニヨンの香りが、恐怖と吐き気をともなって脳裏によみがえってくる。

同時に自分が命拾いした恐るべき偶然に、震えが上ってくる。

東栄証券がもし破綻していなかったら、あるいは倒産しても再建のめどが立って、トウエイインターナショナルインクがあのまま、あの場所にオフィスを構えていたら……

田村のいた大手都市銀行は、金融危機にもびくともせず、東栄証券は経営破綻した。その二年後に起きた激烈な明暗交代に、高澤はおののき、罪悪感をともなう幸運の味を嚙みしめながら、震え続けていた。

病気がちの義母のために田村と離れて住まざるをえなかった妻子に思いが及んだとき、まだ見たこともない一家の、悲嘆に暮れる様が恐ろしいほど鮮やかに瞼に浮かんだ。胸を突かれ不意に涙がこぼれてきた。生存が絶望視される、ひょっとすると遺体さえも出ないかもしれない田村本人のためにではなく、彼を失ったままこの世に取り残された、田村の年老いた両親や妻子の心中を思い、リビングのテレビの前で、高澤は傍らのタオルを握りしめ、涙をぬぐい続ける。

約二週間後、田村の遺体の一部が瓦礫の中から発見され、初めてその死が確認された。

高澤は休暇を取って神戸に行き、告別式に出席した。田村の勤め先の銀行が取り仕切った、盛大な葬式だった。遺族席には、田村と同年配か少し年上に見える、ほお骨ばかりの目立つ妻が、二十歳前後と思われる娘息子に支えられるようにして丁寧に頭を下げていた。両親の姿は見えない。突然の息子の死が、年老いた両親の心と体に、葬儀への出席も叶わないほどのダメージを与えたのかもしれない。

いつ撮った写真なのだろう。遺影の中の田村は、いかにも銀行員然としたスーツ姿ではなく、アロハとおぼしき開襟シャツを着て陽気な笑みを浮かべていた。家族のだれが選んだものかわからないが、父が献身し、亡くなった後、この葬式を仕切っている組織への、家族の複雑な思いが伝わってくる一枚でもあった。

白菊に埋めつくされた祭壇に手を合わせ、高澤はこみ上げてくる無念の思いと、自分が生き残った後ろめたさに、凍りついていた。妻子に挨拶するその口上がどうしても思い浮かばず、逃げるように式場を後にした。


いっとき上向いたかと思われた景気は、ニューヨークの貿易センタービルの倒壊とそれに続く世界秩序の崩壊によって、再び冷え込んだ。

日本企業の海外への工場移転は続いていたが、保険会社間の競争が激しくなって、思うように業績は上がらない。

そうした中で、翌年四月の人事異動で、高澤は部下を持たない課長相当職の主幹から、課長として六人のスタッフを束ねることになった。

ある金曜日の午後、補償額が百億を超える石油プラント工事の元請ビジネスの決裁が飛び込んできた。受けるか断るかの判断について相手方が設定した期限は、十六時間だ。その間にあらゆる資料を集め、リスクについて精査した上で引き受けるかどうかの決定をしなければならない。

その日の夜八時を過ぎた頃、一緒に調査を行った三十代の部下は、過去のデータからして自然災害のリスクが高く、収支は合わない、と結論し、仕事を終わらせようとした。

高澤は啞然とした。回答期限まであと九時間半も残っている。実際には三百億円もの金が動く仕事でもあり、高澤の感覚からすれば、期限ぎりぎりまであらゆる資料を取り寄せて調べ上げなければならない案件だ。

しかもこちらは夜だが現地はビジネスアワーで、これから翌朝までが直接的にやりとりできる時間帯だ。そのことを問い質すと、部下は、資料には充分目を通し調査を済ませたうえでの結論だと胸を張る。

彼が帰宅した後も高澤は、果たしてそれでいいのかどうか、気になった。ひょっとすると大きな見落としがあるのではないか。

無人のオフィスで、高澤は再度書類を見直す。退社した部下がそこにある資料にほど目を通していないのではないか、という疑問がわいた。特に分厚い英文レポートの本体には、ほとんど手をつけた形跡がない。

そのとき高澤は、単身赴任中の彼が数日前、渋滞を避け金曜日の夜に家族の待つ福島に帰ると話していたことを思い出した。

うまくいけば向こうで晩酌できる。うれしそうな顔でそんなことを語っていた。

すべての資料に改めて目を通し、現地法人の担当者と夜中の二時過ぎに電話でやりとりする。コンピュータで詳細な地形図を取り寄せ、さらに調べる。そうしてみると部下が高リスクと結論づけた根拠が、みるみる崩れてきた。

安易な引き受けは大きなダメージに繋がるが、ろくに調べずに断ればみすみす儲けを逃す。

翌日未明、彼は単独で引き受けの結論を出し、現地にその旨連絡を入れた。断じてギャンブルなどではない。得るであろう利益に比して、リスクは小さいものであることを確信した上での決断だった。

それにつけてもこの会社の社員のモチベーションの低さに、高澤は怒りさえ忘れ愕然とする。

個人的にはそれなりの実績を上げたにもかかわらず、その年も押し詰まった頃、大洋損保は次々に海外の駐在員事務所を畳み、現地法人を手放していった。

大手損保との競争に敗れたのだった。

同じ損保とはいっても、会社によって得意とする分野は異なる。国内に多くの営業拠点を持ち、生活密着型のきめ細かな対応を売りにしていた大洋にとっては、海外進出というむやみな拡大志向は似合わなかったのかもしれない。

そのときから高澤の仕事はもっぱら海外の現地法人を売却する整理業務となった。まさに三年前と同じだ。自分の人生は連戦連敗で、常に敗戦処理がついて回るのか、と失望感の中で、正月も返上して連日深夜まで社に残り、海外とのやりとりに忙殺された。

年度替わりとともに、海外事業部は縮小され、元通り営業部門の一グループに組み込まれてしまった。

「残念ながら君の能力を生かせる場所がなくなった」という上司や人事担当者の言葉は、多くは退職を促すときに使われるが、高澤は失職することなく千葉県内にある船橋支社に異動することになった。おっとりとして温情的な大洋損保の社風に救われた形だった。

大洋損保は全国に三十二の営業店を持ち、その下に二百近い支社を抱えている。高澤はその一つに次長として着任した。

支社長と支社長代理、営業担当、一般職の女性が合わせて十四人ほどの中規模の支社だが、抱えている代理店数は百八十を超えている。支社としての業績は良くない。代理店の八割方は、格別の店舗も持たずに主に家庭の主婦が、個人的な縁故を頼りに、電話とファックスだけで商売している。

かつて、生保の営業レディと同じような形で、多くの女性社員を抱えていた大洋損保は二十年ほど前、彼女たちを代理店といった形で独立させて販売網を強化していった。

そんな経緯から、営業レディと変わらない一人代理店が、親類縁者を加入させることによって収益を伸ばしてきた時代があり、高澤が異動した支社はそうした代理店が未だに数多く残っている地域にある。

しかしここ六、七年の規制撤廃と自由化の流れの中で、縁故頼みの仕事の仕方は大きく変わろうとしていた。

効率の悪い零細な代理店を早急に整理統合しないと、大洋の屋台骨が脅かされる。海外事業部で、最終的に整理業務に携わった自分が、なぜこの支社に次長としてやってきたのか、高澤はまもなく知った。

大洋に限らず、損保会社の利益を牽引してきたそうした一人代理店は、ディーラーや整備工場などにその役割を取って代わられ、規制緩和が進み金融機関の窓口が代理店の役割を兼ねるようになったこのとき、収益率の悪い、運営コストのかかるだけの会社のお荷物になっていた。

船橋支社に来て最初の仕事は、そうした代理店の一つ一つを営業担当者とともに回ることから始まった。

着任四日目に、二十代の営業担当に連れて行かれたのは、県道の一本裏にあり、さほど広くもない庭にキュウリや南瓜の蔓のはい回っているしもた屋だった。

上がりかまちにある六畳間に、春だというのにこたつの櫓がそのままあり、天板の上にファックス兼用電話機が一台載っている。

七十代半ばと見える女性が「あれ、新しい次長さん、おしゃれでハンサムな人だね」と愛想を言いながら、お茶を出してくれた。中野登美子という彼女が、ここの経営者だった。

大洋の社員であった時代からずっと損保の仕事をしてきた代理店経営者の女性たちは、現在、ほとんどが六十歳を越えており、中には八十過ぎの者までいる。

自前のオフィスを持たず、もちろん社員もいない。年間取扱額三百万円以下の代理店については他代理店との統合を進めていくという本社からの指示を、支社長はこれまでのらりくらりとかわしてきた。

収益率が小さいとはいえ、縁故によって顧客を獲得してきた代理店が、それなりの保険料収入を稼ぎ出していることにかわりはなく、統合したときにその顧客が離れていくからだ。それ以上にこうしたところにやってくる支社長は、本社での出世競争に敗れ、あとは定年まで給料をもらい続け、退職金を受け取って辞めるだけ、という者が多い。モラールは低く、当然のことながら経営に関しての危機感などない。

「ええと」と眼鏡を鼻にひっかけ顎(あご)を引いて、中野登美子は手渡した名刺を見ている。

「高澤と申します」

老眼がだいぶ進んでいるようだ。

営業担当の二十代の若者が彼女の受け付けた新規申込書と現金を受け取る。大丈夫なのだろうか、と高澤は若者が受け取った書類と札に目を走らせた。

ごま塩の髪をパンチパーマのようにきつく巻き、化繊のブラウスにアクリルのカーディガンを重ねた、どう見ても田舎のおばあさんといった風情(ふぜい)のこの一人代理店主は、高澤からはどうしても業態刷新のための障害物にしか見えない。

「そうそう」と登美子は、ひょいと立ち上がり、「これのことなんだけど」と確認書類の一枚を手にすると、その内容について尋ねてきた。

その質問の的確さに高澤はたじろいだ。この道何十年なのか知らないが、保険に留まらない契約業務についての知識は確かで、勉強を続けているのがわかった。

高澤はいくぶん憂鬱（ゆううつ）な気分になった。この先、大なたを振るわなければならないが、こうしてみると、一人代理店が必ずしも年寄りの小遣い稼ぎというわけでもなさそうで、整理はなかなか難航しそうだ。

門まで見送られて老女と別れたとき、営業担当は、「あの人、今でも年間七百万、売り上げてるんですよね」とささやいた。

「あのばあさんが？」

「三十代でダンナさんを亡くしてから、子供を育てながらずっと大洋でやってきたんです。顧客の面倒見もいいし、金銭の取り扱いも几帳面（きちょうめん）で、ありがたい代理店さんなんですよ」

「とはいえ新システムが導入されるまでだな」と高澤が言うと、若者は少し間をおいて、「ええ。そうなるでしょうね」とうなずいた。

コンピュータを導入した代理店システムが、翌年から導入されることになっていた。

それまで手書きされた申込書の類（たぐい）や現金を営業担当が集め、支社に持ち帰った書類を事務職の女性たちがコンピュータに打ち込み、現金を処理する、といった流れだったものを、代理店の段階で計上するという方式に変わる。

担当者が代理店を訪問し、支社の女性たちが営業担当者の持ち帰ってきた書類をチェックして処理するといった手間とコストが省け、実際に現金が動く過程で起きる、紛失、横領といった事態も防げる。

そんなことから大手他社と足並みを揃(そろ)える形で、大洋損保でも新システムの導入を決定した。しかしそれまでコンピュータに触ったこともない年配女性たちがついてこられるとは思えない。わざわざ切らなくても、歳(とし)のいった女性たちが一人で切り回している大半の零細代理店は脱落していくはずだ。

しかし新システムの導入は社員にとっても死活問題だった。代理店段階で書類が処理され、キャッシュレスで証券が発行されるということは、一般職の女性や営業担当の仕事のかなりの部分がコンピュータに取って代わられるということだ。つまり彼らの仕事は大幅に減る。零細代理店が切られた次には、そうした業務に携わっていた社員が切られる。

表立って抗議はない。危機感も薄い。しかし何とはなしの停滞した空気が支社内に漂う。

その後ろ向きの空気が、高澤をいらだたせる。コスト削減の流れはこの業界に限らず、必然のものであるし、この船橋支社一つがそれを拒んで籠城することはできない。それよりはこの先の変化を先取りして、戦略を立てていかなければならない。システム導入に先立ち、代理店指導に当たる営業担当が身に付けておくべき知識も多い。

高澤は、社員を対象にしたOA研修を企画するように若い担当者に命じ、自分でテキストをみつけてきて部下に回した。

意外なことに、だれも乗ってこなかった。

大学を卒業し、せいぜい四、五年という若い営業担当者に、「ちょっと難しくてついていけないし、だいたい今現在、それが必要なんすか？」と質問されたときには啞然とした。

女性社員たちは愛想だけは良いが、システムの導入に先だって、相当数がすでに切られており、今ある事務処理だけで手一杯だという理由から、勉強しているほど暇ではない、とばかりに、あらゆる提案を無視する。

四十代前半で役員の目がもはや無いことを知らされてここに来た支社長は、「いずれ」「とりあえず」という言葉で、持ち上がる問題から逃げる。

社員や契約代理店に優しい、と言われる大洋のおっとりした体質は、ここで裏目に出ていた。古くからの代理店とのなれ合い体質の上にあぐらをかき、だれもが内向きで、客観的には追い込まれているにもかかわらず、およそ危機意識がない。

九月も終わりに入り、暑さも一段落した頃、支社の会議室に代理店経営者たちが集められ、新システムの説明会が行われた。経営者といっても、大半は、社員のいない、事務所も持っていない、一人代理店だ。

なぜこんなわけのわからないことをやらせる。今まで通りだって損はさせていないじゃないか、という抗議を高澤は覚悟していた。

当日、会場となった会議室には、奇妙な空気が流れていた。パンフレットが配られ、若い担当者が解説を始めても、抗議どころか不満の言葉さえない。会場は奇妙に静まり返っていた。

反発も詰問（きつもん）も意味が理解されてこそのことで、彼女たちには何もわかっていないのだ、というのは、しばらくしてから気づいた。買い物からちょっとした仲間内の連絡まですべてネットを使うといったライフスタイルとは無縁の生活をしてきた人々にとって、営業担当者の顔も見ずに、コンピュータでデータや金までやりとりするという仕事のしかたは、およそ現実離れしたＳＦの世界だった。

そもそもこのシステム導入の目的には、「選択と集中」のかけ声のもとに、昔ながらの効率の悪い小規模代理店を淘汰していくという面もある。つまりコンピュータ操作ができないなら、廃業してもらう、ということだ。大手の損保では半年も前に導入され、一千万以下の売り上げしかない代理店は契約を打ち切られている。零細な代理店を首都圏を中心に多数残している大洋損保は、この時点ですでに他社に後れを取っている。

イメージすら摑めずにいる代理店経営者たちを置き去りにしたまま、閉会しようとしたそのとき、真ん中あたりに腰掛けている六十年配の女が眉を寄せ、首を傾げたまま尋ねた。

「まさか、私たちにこの機械を買えってことなの?」と、手渡したレジュメに印刷されたコンピュータのイラストを指さした。

「はい。一応、これは代理店さんの仕事に必要な設備ということで」

「だから私たちが何十万もお金を出して、これを揃えるってこと? こんなの会社が貸してくれるもんじゃないの」

「いえ、何十万も、ではなくて、パソコンも大変安くなっていますから、二十万程度でしょう。それに皆さんは大洋の社員ではなく、個人事業主ということになりますから、必要な設備はご自分で揃えていただくのが原則です。そのあたりはご理解を」と高澤が答えたとたんに、反発の声が一斉に上がった。

「寝耳に水じゃないですか。いきなりそんなこと言われたって、困りますよ」

「そっちが勝手に始めたことで、なんで私たちが二十万も出して機械を買わなきゃならないの。別にこんなの使わなくたって仕事ができるんだからいいじゃないの」

高澤はコンピュータを導入することによる代理店側のメリットを並べたて、二十万円の投資は決して損にはならない、と説明をする。

「おまえら、コンピュータ会社から金をもらっているんだろう」とヤジを飛ばしてきたのは、小遣い稼ぎ感覚で代理店の看板をかかげている退職公務員の男だった。

「そんなこと言ったって、うちなんか機械を使うほどたくさんお客さんがいないんだから同じじゃない。だいたい今からそんなものの使い方を覚えろって言われたって困るわよ。実際、手書きで何も不自由はないし、お客さんだって満足しているんだから」

代理店としての実際の業務はなく、名前だけ借りている社員の親類が口をとがらせる。大洋損保に限らず、代理店をむりやり増やした時代にはどこもそんなことをし、それが今に至るまで続いている。

だからあんたたちのような親類縁者以外に顧客もろくにいないような代理店には辞

めてほしいんだよ、という高澤の腹の内のつぶやきを聞きつけたかのように、「つまり廃業しろって言いたいの？」という甲高い声が響いた。

企業にいればとうの昔に定年を迎えているか、嘱託のような形でしか残っていない年代の女たちだ。

「その通りだ」という言葉が喉元（のどもと）まで出かかる。

予定時間が過ぎ、高澤は表面的な丁重さを保って頭を下げ、この先は担当の方に質問を、と告げて閉会する。

廊下に出ようとしたとたんに、他の営業担当者とともに高澤は女性たちに囲まれた。表面上だけ頭を下げながら、システム導入はすでに本社で決定したことであり、切り替えができない代理店とは、来年度以降の委託契約の更新はしない旨を、高澤は慇懃（いんぎん）に告げる。

罵（ののし）りと恨みの声を背にその場から引き揚げた。

そんなことがあってからしばらくの間、社員は早朝から終業間際まで、営業マンも事務担当者も、代理店からの電話対応に追われた。

東栄証券が破綻した直後、もっと深刻な内容の電話に応じたが、相手は少なくとも企業の財務担当者や経営者といった、高澤からすれば話の通じる相手だった。今回はいるだけで疲れる。

代理店とは名ばかりの「おばさん」だ。理詰めの説明も説得もきかない。声を聞いているだけで疲れる。

その日の午後、千葉市にある営業拠点で行われた地区会議から戻ってみると、営業担当者は出払っており、残っているのは事務職の女性だけだった。

そのとき向かいの机から「で、お孫さん、いつまでいるの？　そう、よかったねぇ。津田沼のパルコにかわいいのあったよ」という甲高い声が聞こえてきた。

私用電話かと思い目を向けると「そのへん、よく考えてみた方がいいよ、安くなったとはいっても五、六万の買い物じゃないんだし……うん……また迷ったら電話くればいいから」という言葉が続き、それが代理店への応対であることがわかった。必要な情報をきちんと相手に伝えて説明するという責任を回避した、ひどく馴れ合ったやりとりに聞こえた。高澤はその社員を手招きした。

笠原由美、という彼女は、少し前に勤続二十五年の表彰を受けた。ここ数年、つぎつぎにパートタイマーや派遣に切り替わっている事務職の中では数少ない正社員だ。

「いきなりのことで向こうも不安ですからね。まずは話を聞いてあげないことには、こっちの説明も聞いてくれないんですよ」

笠原は高澤の注意に、悪びれた風もなく答える。

「彼らにとっての選択は二つしかない。新しいシステムの下で商売を続けるか、廃業するか。ここで二十万の設備投資もできない、操作もできない、それを覚えるのも嫌だ、という代理店には、撤退してもらうしかないだろう」

決して感情的な口調に聞こえないように注意しながら、高澤は説明する。

古参の女性社員を怒らせると怖い。前任者はモラハラを繰り返すことで一般職の早期退職を促し、本社の出してきた数字を達成したが、結局、退職間際の社員から社の上層部に、隠していた不祥事を告発されて、山奥の営業所に飛ばされたと聞いている。

笠原由美は営業用の笑顔が張り付いたような丸い顔で、表情一つ変えずにうなずくだけだ。

「そもそもこの規模の支社で代理店数二百弱、その九割方が独立した事務所もない、格付けも低い、うちの支社の課題は、端的に言えば、大洋のお荷物になっている代理店をどこまで整理するかだ」

微笑したまま相手は沈黙した。そして数秒後にすこぶるしっかりした口調で反論した。

「何か考え違いされていませんか、次長」

唖然とした。

支社長代理の五十男でさえ、こういう物言いをしたことはない。

「代理店あっての私たちなんですよ。彼女たちががんばって保険料収入を稼いできてくれたから、今の大洋があるんですから」

けろっとした表情のまま立っている女性社員の、巻き髪の根本にのぞく白髪を、高澤は言葉もなく見つめた。高卒で地元採用され、なぜか本社に行き、再び戻ってきた。結婚しても、子供ができても辞めずに二十六年。出世の目のない一般職女性に怖いものなどない。社長相手でもこの調子で口をきくだろう。

二十年前のやり方が現在も通用するわけはない。

いつまでぬるま湯に浸かっている気だ、と男の営業担当ならその場で怒鳴りつける。しかし一般職の女性社員に怒鳴ってもしかたがない。

「私の言い方が悪かった。代理店をないがしろにするつもりはないが、保険も競争の時代に入った。彼女たちにもコスト削減には協力してもらわなければならないし、販売力強化のための努力はしてもらわなければならないんだ」

「すみません、ついつい生意気なこと言ってしまいました」

即座に笠原由美は少女のような仕草でぺこりと頭を下げ、にっ、と笑ってみせた。言いたいことを言ったかと思えば、次の瞬間、歳に似合わぬかわいらしさを装い、鮮やかに引いてみせる。大規模なリストラをくぐりぬけ四十をとうに過ぎた今も、女性たちだけでなく、営業マンたちにまで睨(にら)みをきかせている女のしたたかさを見せつけられた。

自分の金で二十万のパソコンを買い、操作を覚え、それまでは営業担当者が行っていた処理を自分でしなければならない。専用オフィスもない一人代理店の過半数はこれを機に廃業するだろうと踏んでいた会社の思惑は大きくはずれた。

意外にもほとんどの代理店経営者が、その高額な機械を買ったのだ。

歳取った専業主婦の小遣い稼ぎ、パートと違って外に出る必要はないし、同僚との人間関係にわずらわされることもない。資格さえ取って、ファックスと電話が一台あれば、自宅で片手間に仕事ができる。別に食っていくには困らない、孫におもちゃを買ってやるくらいの収入があればいい……。すべての代理店経営者が、そんな風に自分たちの仕事を捉(とら)えていたわけではなかった。彼女たちの職への執着や、個々の事情を、本社中枢部(ちゅうすうぶ)の人間も、高澤も読み違えていた。

だが洗濯機や冷蔵庫と違い、コンピュータはスイッチ一つで動くものではない。

以前、高澤も会ったことのある七十代半ばの中野登美子までが、コンピュータを購入したことを知ったときには、驚くとともに、ことさらそこに可能性とメリットがあるような説明をした自分の無責任さをひどく悔やんだ。

他社とも契約している中規模以上の代理店は、大洋の商品に関してもすでにコンピュータによる代理店計上を行っている。そうした意味で、今年度中のシステム切り替え通知は、零細代理店への最後通牒のようなものだ。

結果的に大半の代理店経営者がそれでも仕事を続けることを選択し、高額な機械を買ったという事実は、研修や指導の負担を支社の方で一手に引き受けるということを意味した。

コンピュータ操作といっても、せいぜいが離れて住んでいる子供たちや孫との連絡用に、携帯メールの延長のような使い方しか知らない。そんな中高年女性たちを、仕事でコンピュータを使えるまでに鍛えなければならない。

霞が関の本社の方は、代理店からの質問に答えるヘルプデスクを設けただけで、指導は支社に一任した。それ以前に、代理店の看板を掲げた以上、そのくらいのことはすでにできるのが当然という立場をとって、現実そのものを切り捨てている。

しかし一人あたり二十近い代理店を担当している現場の営業マンが、個別に指導するのは時間的にもコスト的にも限界がある。

その日、高澤は本社のシステム開発部にソフト会社から専門のインストラクターを派遣してくれるように頼み、営業マンと組んで研修会を開きたい旨を伝えた。しかし先方からは代理店指導はそれぞれの支社の営業担当の仕事であり、外部の人間の力を借りるまでもないとして一蹴(いっしゅう)された。

支社の営業担当者たちも、さほど深刻には受け止めていないのが不思議だ。

「コンピュータと言ったって、実際に、代理店がやるのはそう複雑な作業じゃないですから。今、うちの女の子たちがやってる入力作業をもっと単純化したようなものですよ。一度、やり方を覚えてしまえば、なんとかなります」

営業担当者の一人は、楽観的な口調で言う。

「おばさんたち、孫と普通にメールのやりとりしてますし」

「孫のメールと違って間違いが起これば、会社の信用に関わる」

「大丈夫ですよ」と別の営業担当が話に割って入った。

「以前に、女の子たちがやってくれたようなチェックを機械がやってくれるんですから。間違った数字を打ち込めばエラーが出て、証券は発行できないことになってます」

コンピュータを扱うというのは、単に特定の操作手順を覚えればそれで終わりではない。セキュリティも含め、ある程度の原理がわかっていないと、いざというときに対応できないし、説明がつかないまま異変が起きることは始終ある。

スーパーのレジスターや家庭用ビデオのような完成された単一機能の機械と一緒にしてはならない、と高澤は食い下がった。

「そのいざというときは、我々がフォローするし、本社にヘルプデスクも設置されているんですよ。第一、六十過ぎのおばちゃんたちにコンピュータの基本なんか教えていたら、必要な操作に行き着くまで百年もかかります」

反論の余地もない現実的な言葉だった。

具体的な方策などないまま、来年度までにすべての代理店が新システムに移行するという期限付きで事態は動き出した。

最初に入った質問の電話は、「試算機能がどうやっても使えないんですよ」というディーラーからのものだった。

「何度やってもエラーが出るんですけど」「パスワード設定したんですが、開いてくれなくて」という問い合わせも複数あった。

ヘルプデスクに回すほどのこともない。画面を見てもらいながら電話で説明することが可能なケースばかりだった。高澤の心配をよそに、意外にうまく行きそうに見えた。

しばらくして切り替えの最終期限が近づいてくるに従い、問い合わせ件数は急に増え出した。

何のことはない。当初電話をかけてきたのは、元からある程度の知識を持っていた者だけだった。しかし大半の年配者は、機械は買ったもののマニュアルを読んでもわけがわからず、それ以前に読む気もなく、何から手を付けたらいいかわからないまま、今の今まで手をこまねいていたのだ。

電話応対ではかたがつかず、営業担当者たちが駆け回る。担当者が不在のときに電話を受けた女子社員たちは、そちらにばかり手を取られていては顧客応対もできないので、本社のヘルプデスクに回す。

「エラーが出て計上できない」「画面が動かない」といった質問ならまだいい。「プリンタって何？」「コンピュータを点けるスイッチがみつからないんだけど」という、唖然とするような質問が殺到する。電話での対応はできずに営業担当が慌てて飛んでいくと、本体とプリンタが接続されていなかったり、電源を入れただけで計上するための入力画面が表示されると思っていた、といったケースに出会う。

高澤の方も営業担当と一緒に、できるかぎりまめに代理店を訪ねる。

あるとき中野登美子のところを訪れた高澤は、机代わりに使われている骨組みだけのこたつの上に置かれたパソコンが、ワクチンソフトの起動によって一時的に画面が止まるたびにコンセントからプラグが引き抜かれていたことを知った。

「なんでそんなことしちゃったの？」

「だって電源ボタンを押したって、ぜんぜん切れないんで、怖くなって」

そう、怖かったのだ。初めて仕事でそれを手にしたものにとっては。二十万という高額な機械を壊してしまうことも、洗濯機のようにボタンを押せば決まった動きをしてくれるのではなく、複雑で不可解な動き方をするこの機械自体も。

「電源ボタンはぽんと押せばすぐに切れるようにはなってないんですよ。大丈夫だから、しばらく押したまま十数えてください。プラグは抜かないようにね。自転車止めることを考えてください。電源ボタンは急ブレーキみたいなものです。だけど、プラグを抜くのは回っている車輪に棒を突っ込んで止めるようなものなんですよ」

「そりゃ怪我(けが)をするわね。そう言ってくれればわかるのよ。ありがとうね」

登美子に頭を下げられたとき、高澤は母親ほどの歳の女性に対しての、自分の無礼なまなざしを少し反省した。

帰りがけに登美子は「わざわざ足運ばせてごめんね」と、庭のビニールハウスに実っていたイチゴをパックに入れてくれた。慌てて辞退したが、押し付けるように持たされる。うれしい土産ではなかった。書類鞄に突っ込むわけにはいかず、持ち歩くと甘い匂いを放つ。

オフィスにもどり笠原由美に、放り投げるように無造作に渡すと、中を覗いた由美は「中野さんとこのね、うれしい」と歓声を上げた。

電話で埒が明かず担当者がかけつけても、ボタンを一つ押しただけで解決して戻ってくる、ということもよく起きる。彼らはそうしたことに時間と手間を割かれて本来の新商品の説明や営業に手が回らない。その一方で事務処理にあたる女性たちの対応はばらばらなままだった。

パソコン操作に詳しい女性が受ければ、懇切丁寧に説明するので、外線が一本、長時間ふさがる。そうでない女性が受ければ、簡単な問い合わせでも即座にヘルプデスクに回す。

そうこうするうちに、本社のヘルプデスクから警告が入った。こちらの支社が担当している代理店からの問い合わせが多く、ひどいときには一人からの問い合わせだけで、一日二時間にも及ぶ、と言う。

「当たり前だろ。他のところと違ってこの地域はおばちゃんばっかりなんだ」とぶつぶつ言いながら、支社長が問い合わせの電話をむやみにヘルプデスクに回さないように、と部下たちに注意する。しかし支社にいる社員が代理店からの質問にすべて答えられるわけではない。

社員たちも個々の操作はできてもシステム全体についてわかっていないものが大半だったのだ。

そのことに気づいた高澤は、仕事の合間にテキストを探した。幸い初歩的なものが数冊見つかったので営業担当者に手渡す。

「こんなの代理店のおばちゃんは読めませんよ」と一笑に付した相手に、「そうじゃない君たちが読むんだよ」と言うと、相手は表面上の従順さを見せ、無言でぺこりとうなずいた。しかし翌日も、その翌日も、テキストはそのまま机の上に置かれ、そのうち書類やファイルの下に埋もれてしまった。しかたなく高澤は数冊のテキストの内容を切り貼（ば）りし、簡単なマニュアルを作成し、コピーしたものを支社長代理以下全員に配った。

「お、わかりやすいね」と揶揄（やゆ）の口調で支社長代理が言った以外、だれも反応しなかった。

結局のところ彼の労作であるマニュアルも読まれた形跡はない。代理店の方も、いっそできないものはできないと諦めて、コンピュータなど買わずに撤退してくれれば話は簡単だったのだ。

そもそも本社主導で進められたシステム設計の段階から現場の人間が関わり、スケジュール表に従って、仕様書を作成し進行させるプロジェクトを立ち上げておくべきだった。先行する他社に後れをとるまいと、多くの会社がろくな準備もないまま、既製のパッケージをいきなり現場に卸すということをしていたのだから、受ける方はたまらない。

早急にスケジュール表を作り、それにのっとり、年度内に確実に切り替えできるように代理店の指導を進めていくように、と朝のミーティングで高澤は担当者たちに話した。

部下たちの反応は例によって鈍かった。反対を唱える者も質問する者もいない。これまで何度となくやられている、従順な無視だった。

「やる気があるのか、ないのか、どっちなんだ」という言葉を飲み込み、高澤は冷静に説明し、たたき台となる案を配る。それが意思表示なのかどうかわからないが、そちらに視線を落とす者はいない。

こんなことをやってる暇はない、とばかりにいらついた調子で自分の資料を広げる者もいる。

「何か質問はないのか」と傍らの三十代の営業担当に尋ねると、「ちょっと待ってくださいよ」と困ったように言う。

「いま、この状態で手一杯なんですから、何か新しいことやれって言われたって、無理ですよ。仕事、忙しいんですから」

「これが仕事だろ」

思わずいらだった口調になる。

「君のやっているのは単なる処理だ。取りあえず目先のことを片づけるのは、作業であって仕事じゃない。システム導入を進めるこちら側が行き当たりばったりで動いてどうするんだ」

場は静まりかえっている。

「金融業界全体の流れが変わって淘汰の時代が来ているときに、君たちの頭の中はやみくもに代理店を増やして販売網を強化すればそれでことたれりとしていた二十年前の体質そのままじゃないか。はっきり言って、君たちは井の中の蛙だ。大洋損保自体の体質かもしれないが、身の回り五メートルの視野でしか物が見えていない。だから行き当たりばったりの対応しかできない。仕事というのは、もっとシステマティックに進めるものだ」

言い過ぎた、と思ったが、だれもが無反応だった。そのときごく小さな冷笑を含んだつぶやきが聞こえてきた。

「確かに井の中の蛙じゃないよな。世界を股にかけて仕事して、挙げ句に潰れたんだから」

笑う者などいない。同意する声もない。場が凍りつくことさえない。静かだった。だれもが聞こえないふりをしている。

「いま言ったのはだれだ」

だれも答えない。かさかさと資料をめくる音がした。外を通る車の音と変わらないよ、とでも言わんばかりに、だれもが高澤の怒りを押し殺した声には徹底して無視を決め込んでいる。

「言いたいことがあればはっきり言ったらどうだ」

自分の怒鳴り声だけが室内に響き、壁と天井に吸い込まれて空しく消えた。

営業担当者が出払ったその日の午後、支社長は本社で行われた研修に出席しており、オフィスには高澤と女性たちだけが残された。

年度末でただでさえ忙しいオフィスに、代理店からの問い合わせの電話が相次ぎ、肝心の顧客からは電話が繋がらないという苦情が来た。

「何度やってもエラーが出る」「カーソルが動かない」「データが送れない」

同じような質問ばかりだ。

「彼女らにわかるようなマニュアルを作って配った方がいいな」

忙しない様子で電話応対を終えた女性に高澤が言うと、「そんなもの読んでわかるくらいなら、電話なんかしてきません」とひどくいらだった口調で返された。

腹の中で何を考えているにしても上司に対しては表面的な従順さを見せる男と違って、一般職の女性たちは、負け組確定の男に対しては容赦がない。彼女らの反撃やからかいを笑いでかわせるようないじられ上手ならまだ逃げ道はあるが、かつて大手銀行や外資を相手に仕事をしていたプライドを、どこかで捨てきれない高澤は、ただ戸惑うだけだ。

「ちょっといいですか」

廊下に出た折に、笠原由美が声をかけてきた。

「二度と言いませんから聞いてください。次長の言っていること、正しいです。でも、次長の職場って、ニューヨークでも霞が関の本社でもなく、ここなんです。次長はここの人なんですよ。異動するか、会社変わるかするまでは。どんな優秀な人でも、仕事って、一人でするものじゃないから……」

その先は言わないまま、由美は忙しない足取りで立ち去った。反論の間も与えられず、高澤は取り残された。

郷に入っては郷に従え、ではない。未だ外部者としての立ち位置を抜け切らぬ自分の意識をずばりと指摘された。

意外なことにまもなく代理店経営者の間で、高澤の評判は上がってきた。女性たちが電話に出ると、「次長に代わって」と、切羽詰まった声で言われることが増えてきた。担当の頭ごしに、「高澤さんいる?」と支社に駆け込んでくる者もいる。

電話で話を聞いただけで、高澤には相手の失敗の理由が想像できるようになってきたのだ。二十分も経つと画面が動かなくなる、と訴えた年配の女性には、「本体に何かかけるか敷くかしてない?」と尋ねてみた。案の定、傷がついたりしないように、と緩衝用のシートをかけて熱暴走をまねいていた。

「真夏にウールのコートを着せたのと一緒だよ。そう簡単に傷なんかつかないから風通しよくしてやってね」

「最初からあんたみたいに教えてくれればわかるんだよ。若い子は難しい言葉ばっかり使うからさ」

カウンターにやってきた年配の女は「ホントにありがとね。またわからないことが出てきたら、高澤さんに聞くから」と言い残して帰っていく。

相手の立場になってものを考える、などという器用さは高澤にはない。しかし相手のレベルを冷徹に見極めて、確実に理解させる物言いはできる。一方でシステム全体を理解しているから、どんな的外れの質問にも答えられる。

仕事を失うか、続けられるかという瀬戸際で切羽詰まった代理店経営者が求めたものは、表面的な愛想良さや無駄な熱意ではなく、自分が理解できる簡潔な答えだった。

仕事を終え、深夜に帰宅した高澤は、証券の発行にこぎ着けるまでの手順のみに内容を絞った、イラスト中心のごく簡単なマニュアルを書いた。ソフト会社や社内のシステム担当者が配置されているところなら、現場と相談しながらたいていこうしたものを作る。

A4判二枚にまとめたそのマニュアルをまず電話応対に追われる女子社員に配った。それを見て話を聞けば、相手がどんな問題を抱えているのかだいたいわかり、その先の操作を指示できる。だれが電話を受けても対応が可能だ。

例によって笠原由美が「次長って、頭良いけど、絵、ヘタですね」と歯に衣着せぬ物言いをすると、その場でコンピュータのキーボードや画面の絵を描き直し、差し替えた。そのうえで、女性事務職から支社長を含む管理職にまで、「これで、対応の方よろしく」と言いながら配った。

やがてマニュアルは、社内から代理店にもコピーされて広がり使われ始めた。

二ケ月後のシステム切り替え時には、そうしてほとんどの代理店が存続を果たした。

コスト削減と業務の効率化という観点から、代理店の統廃合を進める上で、それは決して望ましいことではない。おそらく支社のだれよりも高澤はそのことを自覚している。しかし現場にいれば、彼らは統計に上がってくる「年間取扱額三百万以下の代理店」という抽象的な集団ではなく、過去二、三十年、大洋のために働いてきた、一人一人顔を持ったパートナーだった。

その直後に、代理店経営者たちには資格試験の通知が届いた。商品や法律についての知識を問う協会による資格試験は以前からあるが、これまで一度受かれば一生ものだった。しかしここで代理店の質向上をはかるために、五年ごとに試験を行い合格者のみ資格を更新することになった。

ようやくコンピュータ操作という課題をクリアした代理店経営者の前に、もう一つハードルが用意された。協会から送られてきた分厚い練習問題集は、営業担当から各代理店主に配られる。

七十パーセントの正解率が確保できないと、代理店としての資格を失い、会社との委託契約は打ち切られるが、試験内容はごく常識的なものだ。少なくとも社員から見れば目をつぶっても正解できるレベルのものだが、親類知人といった身近な人々を顧客として、限られた範囲内で実務をこなしてきた人々にとっては、試験というだけで心理的負担は想像以上に重い。

「大丈夫、落ち着いて落ち着いて。いつも仕事でやってることじゃないの。それと同じなんだから大丈夫」

不安にかられて電話をかけてきた高齢の代理店経営者に、由美が呼びかけている。高澤のところにも電話がかかる。担当者は別にいるのだが、高澤がコンピュータ操作についての問い合わせに答えたときから、何かと頼りにしてくる年配の女性たちが増えた。

大丈夫、とは高澤は答えない。

「練習問題、あるだろ。答え合わせして、また同じ問題をやる。それを五回やるんだ。悩んだり考え込んだりしちゃだめだ。ばかばかしいと思わずに、ただ繰り返す。僕を信用してくれ。問題集を五回繰り返せば絶対受かる」

隣で聞いていた女性が不思議そうな顔でこちらを見る。ペーパー試験で高得点をマークする方法なら、おそらく支社の誰よりも長けている、と幾分かの自嘲を込めて高澤は思う。考え込まないこと、疑問を持たず正答を頭ではなく体にたたき込むこと……。それが試験をパスする最短の道だ。

数週間後、年配の女性たちのほとんどはハードルを越えた。効率の悪い、販売額の少ない、独立したオフィスも持たない零細代理店を淘汰するという目的は、またもや達成できなかった。社員から代理店経営者として独立して以来、二十数年ぶりに試験を受けて合格を果たした女性はカウンターにやってくると、高澤の両手首を握りしめ、「おかげさまで」と涙をこぼした。

そうこうするうちに、その年は暮れた。

翌年、自由化以降利益優先で突っ走ってきた業界の足下が崩れるように、次々に保険金不払い事件が発覚した。同業大手の事件が報道されたその日から、顧客から問い合わせと苦情の電話がかかり始め、高澤はその処理に奔走する。同時に、過去の契約内容見直しのための膨大な業務が発生した。それらのすべてが代理店計上システムの導入とともに半減した女子一般職の肩にかかってきた。

そんな中、規模の大きな乗り合い代理店に比べて信用度が低く、総合的なコンサルタント能力も劣っている小規模代理店の見直しは、業務適正化のかけ声の下にさらに一段推し進められることになった。

年間取り扱い保険料一千万以下の代理店との契約を打ち切る、という通達がその年の後半に本社から届いた。零細な代理店に残されたのは、他のいくつかの代理店と一緒になるという道だけだ。しかしもともと個人的な縁故と信頼関係の下に商売していた一人代理店が、もし他のところと一緒になり、他の人間が担当者となれば、顧客は逃げていく。コンピュータシステムの導入も、試験も、なんとかクリアしてきた一人代理店にとって、今度こそ死刑判決が下ったようなものだった。その内容は営業担当者から各代理店に伝えられることになっていた。しかしその前に各代理店に、本社からその旨を伝える通知が届いてしまった。

直後に、八十過ぎの男性経営者からの怒り狂った電話が、支社長宛にかかってきた。あいにく支社長は、地区の営業拠点会議に出席していて不在だ。電話を受けた女性社員がその旨を告げる。

「十年前、あんたのところの営業マンがやってきて、畳に頭をすりつけて代理店をやってくれって、頼んだんじゃないか。名前を貸すだけだっていいって言うのを、そんなごまかしは嫌だと、こっちだってそれなりに覚悟を決めて始めたことだ。それを、いきなりこんな失礼な紙っぺら一枚送りつけてきやがって」

電話から漏れてくる怒鳴り声は裏返り、途中で切れた。怒りのあまり次の語が出てこなくなったらしい。この支社にかつて勤めていた女子事務員が、販売網確保のために代理店を増やしていた時期に、口説き落とした彼女の伯父だ。勤めていた役場を定年退職した後、嘱託として七十近くまで勤め、その後に始めた代理店だった。

高澤は受話器を握りしめている女性に、電話を代わるように合図した。

「大変、残念ですが」と前置きし、社と保険業界の置かれている現状を説明し、説得する。恨まれてもしかたない。

午後の七時を回った頃、廃業届けをはじめとした用紙一式を手に代理店をいくつか回って戻ってきた営業担当は、ネクタイとシャツを濡らしていた。「どうした?」ときくと、激高した相手にお茶をかけられたのだと言う。

「だめです。態度、硬化させてます。絶対、判なんて押さないと頑張ってます」

こじれて収拾がつかなくなったらしい。

「わかった」と答え、翌日、高澤が説得に行く。

「あんたね、二十万以上もするパソコン買ってね、六十の手習いだよ。頭、狂いそうになりながらがんばって、がんばって、ようやくできるようになって、そしたら試験で、それも受かって、そしたら問答無用でばっさり切るって、どういうことなのよ」

涙声の恨み言には、「これまで頑張ってきていただいたことには、本当に感謝しています。しかし損害保険会社も、このままでは外国の会社との競争に勝てずに潰れるしかない。そういう時代に入ってしまったんです。他の代理店さんと一緒になっていただくしか方法はありません」とひたすら頭を下げる。しかし統合することでうまく行くわけではないことくらい双方ともわかっている。

「鬼だよ、詐欺だよ。あんたたちみんな」という声に送られて、そちらを後にしたときに、携帯電話が鳴った。支社の女性社員からだった。数年前の前任者の時代に起きたミスによって、保険料が支払われなかった、と、顧客が電話をかけてきたという。

支社長も代理も出かけていて捕まらないらしい。

あたふたと支社に戻ってみれば、顧客と聞いていたのは、そうした事件をかぎつけてたかってきた暴力団員だった。

モスグリーンのスーツ姿の男が、エナメルの靴の爪先でカウンターを蹴飛ばしている。

営業担当者は、子供の通っている小学校の名前を出されて、震え上がっていた。その彼を退かし、高澤がカウンターに出る。

「たしかあんた、ここから総武線だったな。ホームを歩くときは注意した方がいいぞ」とささやきかけられながら、平然とした顔と慇懃な言葉遣いで「そうした事実があるのかどうか、調査した上でお答えします」と突っぱねる高澤の足下は、実は震えている。

何とか追い払った後、本社の法務部に連絡を入れたが埒が明かない。千葉本部に話をしたが、こちらでも相談に乗ってくれるものはいない。四十を過ぎての中途採用の高澤に同期はおらず、特定の派閥にも属していない。何かが起きたとき、組織や機構ではなく、個人的縁がものを言う、サラリーマン社会の本質を見せつけられた。さいわい相手はその後、因縁をつけてくることはなかったし、高澤がホームでだれかに背中を押されることもなかった。

一人代理店の廃業が進む一方で、代理店の統合も進みつつあり、高澤はそうしたところの引き合わせなどにも飛び回る。体がいくつあっても足りない状態は営業担当者も同様だ。統廃合の処理を電話で済ますわけにはいかないから、ミーティングの終わりとともに支社を飛び出し、七時を過ぎても戻ってこられない。

オフィスは深夜まで灯りがついている。

男性社員だけではない。一般職の女性社員たちも代理店廃止に関する事務処理に加え、同業他社の不払い事件を受けて契約内容の見直し業務に忙殺されている。

そうした不祥事が、大洋損保については一件も起きていないということがわかったのは、それからしばらくしてからだ。

高澤の批判したおっとりとドメスティックなこの会社の体質が、一方で無理な新規契約獲得が招く詐欺まがい事件の発生をふせぎ、社員や代理店主に高いモラルを維持させてきたのだった。

高澤をはじめ支社のだれもが、ほっと胸をなで下ろしたが、それでも仕事量が減るわけではない。もちろん残業代は出ない。バブルの時代ではないので、タクシー券もない。何とか最終電車に間に合う時間帯に、女性だけは帰らせることになっているが、山積みの仕事をそのままにしてオフィスを出られず、自腹でタクシーを使う者もいる。疲労が積み重なったのか、営業担当の中には体調を崩す者も出てきた。一日中、コンピュータに向かい、数字を積み上げている女性たちの顔色も悪い。

ある日の夕刻、由美がふらふらと立ち上がり、更衣室に消えたまま戻ってこなかった。様子を見にいった同僚が慌(あわ)てて戻ってきた。気分が悪く、右手がしびれたような感じだと訴えている、と言う。

タクシーでかかりつけの整形外科まで行くと言うのを止め、高澤は裏手の駐車場に止めてある営業車に由美を乗せ、地域にある拠点病院に走った。仕事帰りのサラリーマンで混みあっている外来窓口に行って、救急だと告げる。

最初に診た内科医が、即座に同じ病院内の脳外科に回した。

脳梗塞(のうこうそく)だった。若くは見えたが、由美は四十代も半ばの高澤と同世代だったのだ。衰えの表れてきた体で、いつも元気な笑顔を見せて深夜まで残業し、事務職の女性をまとめ上げ、代理店経営者のなだめ役まで引き受けていた。

ごく小さな梗塞で命に別状はないということだったが、そのまま入院が決まった。発見が早かったのでおそらく深刻な後遺症はないだろう、と医師は前置きした後、過労が続けば、いつまた発作が起きるかわからないと告げた。

会社や由美の家族に連絡を取って病室に高澤が戻ると、病院備え付けの薄緑の寝間着を身に着けベッドに横たわった由美は、意外なほどしっかりした口調で「すみません、一番、たいへんなときに迷惑かけちゃって」と謝り、やり残した仕事について、後輩の女性たちへの指示を伝えた。

「そんなことより自分の体だ」と慌てて止める。

間違いなく労災だった。もう少し適切に業務配分できていれば、と思うほどに、自分のふがいなさを思う。

証券会社が廃業した後、外資に自社の財産をできる限り高く売りつけていく仕事には、不思議なやりがいがあった。しかし今回、この先の社の発展に大きく貢献するであろう残務処理には、空しさばかりが付きまとう。

口をきく気力も失った状態でその夜、台場の自宅マンションに帰り着くと、留守番電話のランプが忙しなく点滅していた。しかしメッセージは入っていない。着信記録を見ると非通知の番号から十五分おきくらいに何度もかかっている。

首を傾げていると呼び出し音が鳴った。

「もしもし」

ひっそりと優しげなささやき声。

別れた妻だ。

日本に戻ってきたときから、息子との面会は何度かあった。以前はコーディネーターが連れてきたし、中学生になってからは、一人でやってきたから、由貴子の声を聞くのは離婚の話し合い以来七年ぶりだ。

気まずさと懐(なつ)かしさの入り交じった、不思議と甘やかな困惑が胸に広がる。

「あれ？　どうした？」

もっと他に言うべきこと、かけるべき言葉もある。しかしもはや他人となってしまった女性に対する当然の挨拶も、体調や近況を尋ねる言葉も、とっさに口をついては出なかった。

「翔が、そっち行ってない？」

ひどく取り乱した口調で、由貴子の方も挨拶抜きで尋ねた。

息子が家出したと言う。ちょっと考えたいことがあるから、しばらく家に戻らない、というメールが携帯電話に入ったらしい。

「何があった？」

すすり泣きに声をつまらせながら由貴子は、息子がせっかく入った中高一貫校から公立の進学校を受験すると、中学三年の今になって言いだした、と話した。

泣くほどのことか、と高澤は心の内で舌打ちした。

娘ではなく息子が、目の前のエスカレーターを拒否して険しい道に挑もうとしているのだ。

理由が男ばかりで六年間も過ごすのに嫌気がさし、共学の公立校に行きたいという不純なものであっても、そのチャレンジ精神は認めてやってよさそうなものだ。しかし、お受験主婦の狭い世界に生きてきた由貴子にとっては青天の霹靂なのだろうと思った。

「ずいぶん前にクラブもやめて、成績まで下から何番目っていうくらい下がっちゃって」

どうやら自分が想像しているような事態ではなさそうだ。

文武両道を掲げたその中高一貫校は運動部の活動も盛んなところで、翔は入学当時からテニス部に所属していた。

「付き合っている仲間が変わったとか、外泊しているとかはないのか？」

「いえ」と何度かためらってから由貴子は続けた。

「不登校なの」

「いつから」

「夏休み明けから。いじめられているんじゃないかと先生のところに相談に行ったんだけど、そんなことはないって。それで、担任に相談したことを知ったら、今度は口もきいてくれなくなって……。お祖父ちゃんが歳取って、もうちゃんと相手をしてやれなくなって、女親だけだから」

そういえば、夏休み前まで、少なくとも二、三ケ月に一度は会っていた息子の顔をここ半年ほど見ていない。成長し自分の世界が広がり、親より友達という年代なのだろうと心配もしていなかったのだが、何か起きているのかもしれない。

もしこちらに来たら話を聞いて電話する、と答えて別れた妻との七年ぶりのやりとりを終えた。

果たして一時間と経たないうちに息子がやってきた。会う度に背が伸びている。

「お母さん、心配して電話してきたぞ」

「ああ」とうなずいた顔が奇妙に大人びていた。

「夕飯は?」

黙って首を振る。

「アルバトロス、行くか?」と近くのバイキングレストランの名を言うと、翔は顔を上げて無邪気な笑顔を見せた。

夜の九時を回っているというのに、ますます賑(にぎ)わいを見せている台場公園界隈(かいわい)に出て、海辺にあるビルの一つに入る。

そこの三階に、海を見下ろすだだっ広い和洋中揃(そろ)ったバイキングレストランがあった。

中央のテーブルの上の料理を無造作に盛り上げた高澤に対して、翔の方は、と見れば、まるでレストランのように、前菜、メインを分けてきれいに大皿に盛りつけている。老夫婦とその娘と孫で営まれる、上品で整然とした暮らしぶりがうかがわれた。

「高校、他のところを受験したいって？」

何気ない風を装い、高澤は尋ねる。

「何かつまらないし、どうせ授業、ついてけないし」
十四、五の子供とは思えない冷え冷えとした笑いを口元に浮かべ、翔はふい、と視線を逸らせた。
高澤は視線を外さないまま、無言で息子をみつめていた。

以前の自分なら「ちゃんと答えろ」と一喝していただろう。情けなさにいらつきながら、「どうせという言葉を使ったときに、人間、できることもできなくなる」と説教とも激励ともつかない言葉を口にしていただろうか。

「クラブ、やめたのか」

あえて不登校については触れなかった。

「関係ないよ。どうせ二年の最後の試合で引退だから……」

視線を逸らせたまま息子は答えた。

フォークを持った右手の肘を高く張り、顔を傾けるようにして食べる息子の姿勢が、さきほどから神経にひっかかっている。由貴子なら口うるさく注意して直させようとするはずだ。それ以前に、妻の実家の空気にそぐわない行儀の悪さだ。

ふと思い当たった。

「右手、どうした?」

息子がはっとしたようにフォークを止めた。

「わかる?」

「痛いのか?」

子供っぽい安堵の表情が翔の顔に表れた。

昨年の春頃に出た試合で手首を痛め、一応治療は終わったものの、痛みが続いている。試合などで肝心のときに打ち込めずにポイントを落としたのだと言う。コーチや先輩から「いざというときに逃げの姿勢になる」と叱られ、仲間たちにも後ろめたさを感じていづらくなりやめてしまったらしい。

「逃げじゃなくてそれは怪我が原因だろう。ちゃんと治療は続けているのか」

「もう治ってるんだって。痛いだけで」

「そのことをちゃんと説明しなきゃだめじゃないか」

翔は口をとがらせ首を振った。

「自分が、負けてることに変わりはないから」

言葉に詰まった。結果がすべて。言い訳無用。自分のこれまでの生き方と同じだ。

「お母さんには？」

やはり首を振る。

そういうことは、と喉元（のどもと）まででかかった言葉を高澤は抑えた。

母親と衰えていく祖父母。その暮らしの中で、翔は自分が男であることを自覚し始めている。

クラブをやめて時間ができたはずなのに、どういうわけか次の試験は成績が下がった。それからずるずるとテストの順位は後退し続けたと翔は話した。

「自分では、原因は何だと思う？」

「何となく乗れない」

少し考え込んで翔はぽつりと答えた。

「なぜ乗れない？　嫌なやつがいるのか？」

いじめられたのか、という問いが、息子のプライドをいたく傷つけることはわかっていた。

翔は首を振る。

「たぶん……あの学校の空気が嫌なんだと思う」

「空気？」

「っていうか、臭い」

私立の中高一貫校というのは、いったいどんな臭いがするものなのか、と公立高校しか知らない高澤は想像した。秀才のお坊っちゃま集団の発する、甘酸っぱい臭気か……。臭気に満たされた学校という狭い世界と、おそらく同質の臭いを持つそれ以上に狭い家庭。

そこに高校受験という形で、翔は風穴を開けようとしている。

「で、どこを受けるつもりだ」

ぼそりと翔は都内の進学校の名前を挙げる。高澤の出身校だ。

思わず笑みを浮かべそうになった。

「受かる自信は？」

「五分五分」と意外に醒めた言葉が返ってきた。抑揚を欠いた口調にむしろ自信が感じられる。

「いいかげんな気持ちならやめておけ」

「いいかげんじゃないよ」

軽い物言いの底から、決意のようなものが伝わってくる。

「わかった」

高澤はうなずいた。

「ただし、受かって今のところから出て行きたければ、ちゃんと学校に通って授業を受けろ」

翔は、反発するように視線を上げた。

「あと四ケ月。たったの四ケ月だ」

瞳に悲壮な色が浮んだ。その表情も一瞬で、すぐに笑みに変わる。怖いもの知らずの年代に特徴的な、いくぶん不敵な感じのする笑顔だった。

自分にもこんな根拠のない自信を抱いていた時期があった、と高澤は思い出す。長すぎるほどの未来を抱えて、少しの怖れも抱かず、努力すれば道は開けると無邪気に信じこんでいた人生の夏は、考えてみれば妻がニューヨークの自宅を出て行った十年前に終わったのかもしれない。

「泊まっていくか？　お母さんには言っておいてやるから」と腰を上げると、翔は少し考え込むように窓の外に目をやったが、「やっぱり帰る」ときっぱりした口調で答えた。

「そうだな、お母さんは心配性だ」

「というか、お父さん、目一杯疲れてるようだから」

愕然とした。虚勢を張って親父の余裕を見せたつもりが、息子に気遣われている。

「僕はとりあえず大丈夫だから心配しないでいいよ。一応、お父さんには報告しないとまずいと思ったから来ただけなんだ」

大人びただけではない。本当に大人になっている。

「なんだよ、相談じゃなくて報告かよ」と苦笑しながら息子の肩を叩く。重たそうな布鞄を斜めがけにして去っていく息子のひょろ長い背中を、高澤は改札口で見送った。


数日後、中野登美子がオフィスを訪れた。また恨み言を吐かれるのか、と身構えたが、抱えてきた布袋からごそりと取り出したのは、箱入りの葡萄だった。

「これ、笠原さんに。本当はお見舞いに行きたいんだけど、ずいぶんお世話になったから」

さっぱりと安らいだような表情にぴんと来た。

「廃業することにしたよ。お客さんにはちゃんと訳を話して、別の代理店さんを紹介したから」

　それを目指してやってきたはずなのに、もう少し何とかならないか、という未練めいた思いがじわりと心を締め付ける。

　年間売り上げ七百万。三百万以下の代理店が多い中で、登美子は健闘してきた。どうにかなるかもしれない、どうにか掬（すく）い上げてやりたいという気持があったと同時に、業績ということからすれば、一律に切った方が良いというごく当たり前の判断もしていた。

「申し訳なかった。中野さんにはもっと頑張ってほしかったのだけれど」

　何一つ含むもののない率直な言葉が思わず口をついて出た。

　登美子は軽やかに笑って首を振った。

「頑張るったって、歳だからさ。もう辞めようと思っていたところなんだよ。こっちが病気になったりしたらお客さんに迷惑かけるしね。それよりあちこち旅行もしたかったし、働きづめで一生終わるなんてつまらないじゃないか」

　長年、こんな仕事をしてきた女に特有の気遣いが感じられる。

「そりゃそうだよな。少しゆっくりしてよ」と言った後に、我ながら白々しいと自己嫌悪（けんお）に駆られる。

他の社員にも挨拶し店を出て行きかけ、登美子はふと振り返った。視線が合った。

何か言い残したことがありそうな気配を感じ、立ち上がってカウンターに近づくと、登美子は高澤を見上げた。社交を取り払った、情のようなものが瞳の底に見えた。

「苦労してるね。あんたが一番大変な思いをしてるっていうのはわかってるよ。体、大切にしなよ」

そうささやきかけられた瞬間、心の内で何かが柔らかく崩れた。

「ありがとう。大丈夫だよ、俺、難問を前にするとかえって燃えるたちだから」と軽い口調で応じて、手を振って見送る。

その日、新橋まで戻ってきて体の異変に気づいた。

電車の座席から立ち上がれない。痛みも、息苦しさもない。膝をだらしなく開き、背もたれに身を預けたまま、体の力が抜けて動けない。開いたドアを睨みつけ、高澤は慌てた。焦れば焦るほど腰が立たない。冷たい汗が額を流れ落ち、両手が震えた。周りの人々の気味悪そうな視線を感じ、高澤は閉まりかけたドアから視線を外し、なんでもない風を装う。目を閉じ何度か深く呼吸をした。大丈夫だ、と言い聞かせる。

品川に止まり、電車の扉が開く前に、高澤は何とか席を立った。痛みやだるさではない。自分の体が自分のもののように感じられない。ふらついたり、衆目の中で倒れたりはすまいと、ひどく緊張して電車を降り改札口に向かう。そのままタクシーで自宅まで帰った。

家に戻った頃には、得体のしれない症状は治まっていたが、今度は着替えるのさえ億劫(おっくう)なほどの疲労感に襲われた。

その夜は、シャワーも浴びず、食事もせずにベッドに入った。不思議と家族のいない心細さはなかった。背負ったもののない身の上をむしろ気楽に感じた。

翌日の午前中に半休を取って、内科医院に行った。

症状を説明して一通りの検査を受けたが、これといった異常は発見できなかった。もともと不摂生には縁のないやせ形の体型であり、時間が許せばジムに通ったりもしているので、メタボの兆候さえなかった。

「心療内科も受けておきますか」と尋ねられたとき、とっさに首を振った。

鬱(うつ)を疑われたのか、と思うと、プライドが傷ついた。自分が鬱になどなるわけがない。そう信じている。楽な局面ではないが、意欲はある。憂鬱でもなければ、死にたいとも思わない。格別ひどい不眠もない。食欲はあまりないが、のんびり食べている時間がないだけだ。リラックスできないのは事実だが、これほどの修羅場で、のうのうとやっていられたとしたら、そちらの方が普通ではない。

たまたま昨日は疲れが溜まっていたのだ、と自分に言い聞かせ、出勤した。軽い頭痛があったが、気分は思いのほか爽快だ。

千葉本部から支社に電話がかかってきたのは、翌日の午前中のことだった。月例報告会があったのをすっかり忘れていた。そういえば前日の帰宅間際、資料のありかがわからなくてずいぶん探したことを思い出す。

ぞっとした。自分の近親者に若年性のアルツハイマーはいなかっただろうか、と高齢の伯父伯母の顔を思い浮かべる。いったん意識すると、ここ数日の自分の行動と判断に、細かいミスがいくつでも発見できる。その翌日には、代理店に行った帰りに道に迷った。何度か訪ねた場所でもあり、迷うはずなどない場所だった。

不安にかられ、物忘れ外来を併設したメンタルクリニックを訪ねたのは翌週のことだった。あらかじめ予約してあったのでほとんど待ち時間はなく、話に聞く有名な簡易知能検査を受けた。その後、問診をした医師は、いとも簡単に診断を下した。

鬱だった。

認知症ではない。物忘れ、突然の脱力、頭痛、その他の身体症状を引き起こしていたものは、それだと言う。

信じられない思いで薬と診断書をもらい、高澤は帰宅した。それでもまだ半信半疑のまま、翌日、有給休暇を取り、週末と祝日をかけて四日間、ゆっくり休んだ。

月曜日の出勤時には気力が充実しているように感じられた。ところが三日ともたなかった。週半ばを過ぎると急激に体と心から力が抜けていくのがわかった。目の前の内線電話が鳴って、それが自分宛のものとわかっていても手が伸びない。無理せずに病休を取るようにと支社長に言われたが、休んでも人の手当てはない。ただでさえ忙しい職場で、自分が抜けたらどうなるのかわかっているから休めない。

無理をして出勤したところ、また以前のように立ち上がれなくなり、早退した後、二日間、休んだ。

二週間後、支社長に呼ばれた。

「ひどくならないうちに、治療に専念して完治させるべきだ。体を壊したら元も子もない」

ことさら親身な口調で相手は言った。病休の話ではなかった。退職を求められたのだ。

代理店システムの切り替えと同時に、営業担当と一般職の女性を対象とした大規模なリストラが行われていた。退職金の積み増しは、早期退職者を募っている今しかない。しかし完治しないまま出社しては休む、を繰り返せば、いずれ何の補償もないまま、今よりはるかに不利な条件の自己都合退職という形で、事実上解雇される。支社長の「元も子もない」という言葉の意味するところが何か、高澤は理解している。

それでも次の仕事が見つかる当てがない中で、辞めるというのは勇気がいる。再就職の難しさは、前回で思い知らされていたし、起業がもてはやされてはいても、成功したという話はほとんど聞かない。何より、自分はもう少し頑張れるのではないか、業界全体が変わりつつある今、自分のような人材が必ず必要になる、という自負のようなものがあった。

「考えさせてください」と答えて、その日はやり過ごした。

一週間後、一般職の女性がやはり過労が原因と思われる胆嚢炎で倒れた。

根拠のない自負はそのとき打ち砕かれた。女性社員の倒れた原因は、激増した事務量を少ない人間で回していたことにある。しかし引き金を引いたのが自分であることを高澤は知っていた。彼が病気で休暇を取ったために、必要な書類の処理が遅れたのだ。そのしわ寄せを彼女たちが被り、負担はさらに増し、体力の限界を超えたのだった。

翌日、高澤は退職届を提出した。当然のことながら慰留はなかった。

自宅に戻ると留守番電話のランプが点滅していた。再生ボタンを押すと、息子からだった。

「ええっと」

少し照れたような口調にぴんと来た。自分のリストラに気を取られ、大切なことを忘れていた。

「都立西高、受かりました」

沈黙があった。じわじわと喜びがこみ上げてくる。

「一応、報告、しました」といううれしさをかみ殺したような声を残して電話は切れた。

すぐにこちらからかけ直した。先方の受話器が上がる。

「あ、もしもし俺」

「ああ、はい」

由貴子だ。少し気まずい。

「合格したって。良かったな」

「ええ。まあ」

抑えた口調に安堵の思いが滲(にじ)んでいる。

「あなたのところに相談に行って、気持が固まったみたい。あれから一生懸命やってきたのよ。お陰様で……」

一呼吸置いて、「ありがとうございました」という、少し他人行儀な礼の言葉が聞こえてきた。照れと居心地悪さを感じながら、ことさら素っ気なく尋ねる。

「翔は？」

「友達のところ。発表を見に行って電話で合格を知らせてきたきり。お祝いするのは友達と」

良かった。そんな友達がいたのか、と言いかけたとき、「母親なんか二の次」という愚痴めいた言葉が漏れてきた。

何と答えていいかわからない。短い沈黙すら重い。

「とにかくおめでとう。翔が帰った頃、また電話する」と言い残して電話を切ろうとすると「何も変わりはない？」と尋ねられた。心配げな口調に、女性らしい情味が感じられた。意識してのものではない。そう長くはない結婚生活が、ふと甘やかなものとして記憶によみがえってくる。

それでも「リストラされた」などという話を聞かせられる間柄ではすでにない。赤の他人ならためらいなく話す、夫婦であれば真っ先に事実を報告する。しかし別れて十年という年月は微妙だ。とことん話し合い、あるいは憎み合って別れたわけではない。だからこそ距離が広がってしまい、そこに見栄と気遣いが交錯する。

「変わりないよ、何も。元気だ」と答えて受話器を置いた。電話を切った後に、おそらく由貴子は、仕事や健康について尋ねたのではなく、こちらの家庭環境は変わっていないのか否か、端的に言えば再婚の可能性などはないのか、ということを今後の息子のことなどを考慮して尋ねてきたのだろう、と気づいた。夫婦関係は解消できても、子供の両親という関係は決して解消できないとあらためて知らされる。


最後の勤務を終えた三月半ば、世話になった人々に挨拶をし、送別会もなく、形ばかりのねぎらいの言葉とともに高澤は、船橋支社を後にした。エントランスの階段を降り、ふと振り返れば、支社の入っているフロアには煌々と灯りがついている。高澤が部屋を出たとき、営業担当者はまだ戻ってきておらず、女性たちは、黙々と仕事を続けていた。

交差点まで来たとき、背後から声をかけられた。

中野登美子がいた。

「ほら、みんな待っているんだから」と腕を摑まれた。

一昨日、中野登美子から「世話になった高澤さんのために一席設けたい」と電話をもらったときには驚いた。自分は彼らを切った人間だ。しかもさんざん無理なことを要求した挙げ句に。

ただでさえ負い目を感じている上に、気力も萎えたままで、そんな気分にはとうていなれない。固辞したが、まさか文社の近くで張っていられるとは思っていなかった。

腕を摑まれたまま、強引に駅前にある古い寿司屋兼居酒屋に引っ張っていかれた。狭苦しい店内の急な階段を上がっていくと、座敷には六十をとうに過ぎた女性ばかりが十人以上集まっていた。契約打ち切りを申し渡したときに「あんたは鬼だよ」と怒鳴った女もいた。

「あんときは、悪かったね、あんたも辛い立場だったんだよね」

しみじみとした口調で言うと、高澤のグラスにビールを注いだ。

「なんだかんだ言っても、大手の損保なら、とっくの昔にばっさりやられていたところを今まで残してもらったさ。考えてみれば、ずいぶん親切にしてもらったんだよね。あんたが口先だけじゃなくって、実のある男だって、ここにいる者はみんなわかってるさ。感謝してるよ」と肩を叩いたのは、「プリンタって何?」と尋ねてきた老女だった。

社交辞令で返すことはできなかった。熱いものがこみ上げてきた。

「俺、何もしてないよ、何もできなかったよ」と言いながら、涙をこぼしていた。

二度目の就職先との縁はこうして切れた。

それから週末にかけ、ほとんど眠って過ごした。

翌週から、新たな仕事探しが始まった。

早朝に起き、軽く自宅周辺をジョギングした後、シャワーを浴び、ニュースを見ながら朝食を取る。朝刊に目を通し、メールをチェックし、室内にざっと掃除機をかける。

生活の規則正しさは、メンタルクリニックの医師にわずか数分で「鬱」の診断を下された後も、大洋損保を退職して失業者となった今も、まったく変わらない。

前回以上に就職状況が厳しくなっているのは予想した通りだった。知り合いを訪ね、ハローワークに通い、求人広告に目を通す。新たな仕事を見つけられないまま、夜明けが早くなり、周辺の緑が濃くなっていく。

それは手応え（てごた）もなく、十数回目の面接を終えた夕刻のことだった。

乗換駅の新橋で、去っていく山手線の音を聞きながら改札口に向かって歩き始めたとき、順風満帆なエリート人生の途上で、突然断ち切られた田村の命のことに思いが及んだ。

もし彼が生きて、ここにいたら、どんな顔をするだろう。そしてどんな言葉をかけられるだろう。

金曜日の夜だった。

不況のさなかとはいえゆりかもめの駅には、これから台場方向に流れていく若い人々の華やいだ姿があった。

竹芝（たけしば）を過ぎた頃、目の前に海が開け、レインボーブリッジのきらびやかな光が目に飛び込んでくる。若い女性たちの歓声を背に高澤はゆりかもめを降りた。そのまま新橋方向に戻り、気がつくと品川駅から最終の岡山行き新幹線に乗っていた。

翌朝、新神戸駅近くのビジネスホテルで目覚めると、明け方の空は鉛色の雲でおおわれ、外は冷たい雨が降ってきた。

傘を持っていなかったので、コンビニでビニール傘を買う。

神戸港を見下ろす高台にある田村の墓までは、タクシーで三十分足らずだった。

地震でも倒れないように、との配慮で建てられた洋風の墓石に花と線香を手向け、一部始終を報告する。

「せっかく紹介していただいたのに、私の力が足らず、このような結果になってしまいました。申し訳ありません」と深々と頭を下げた。

「男の本分は仕事だ」という田村の言葉が、不意に生々しく鼓膜の底でよみがえる。

高層階にあるワインバーの窓から見る夜景は、ちょうど目の高さにあった。周辺にあるオフィスビルの窓という窓は、深夜にもかかわらず煌々と輝いていた。

「良い仕事をしていれば結果は後から必ずついてくる」

自信ありげな笑顔を見たような気がして灰色の墓石に触れた。ひやりとなめらかな冷たさが掌（てのひら）に伝わってくるばかりだった。

手にしたビニール傘を墓石に差し掛け、高澤は雨に濡れながら駅に戻り始める。

指定席も取らずに乗った帰りの新幹線は混んでいた。空き席を探していると、三人掛けの真ん中が、たまたま一つ空いている。通路側の男に会釈（えしゃく）しながら座席にかけたとき、男がこちらをちらちらとうかがい見ているのに気づいた。

「失礼ですが」

声をかけられた。同年配の男の顔に見覚えがある。

「片根（かたね）ですよ、カリフォルニアでご一緒していた」

「おお」

思わず声を上げた。二十年近く前に社内留学していた折、大学の寮で一緒だった。彫りが深く、ウェーブした髪を後ろに流していたルネッサンス風の美男子であった彼は、今、整った顔立ちはそのまま、同じルネッサンス絵画の中の聖職者のように頭の中央が見事にはげ、どこかしら厳かな風貌に変わっていた。

やはり証券会社の経済研究所から来ていた片根とは、同じ日本人同士ということもあり、行動を共にすることが多かったが、彼は半年足らずで寮を出て市内のアパートに引っ越していって、それきり縁は途絶えていた。

「で、今、どうしてるの？」

二人同時に同じ問いを発していた。

先に答えたのは片根の方だった。都内にある私立大学で経済学の教授をしているという。

帰国後、本体の証券会社の収益が悪化し、研究所の中心業務が経済分析からシステム構築に移った。そのためにそこに勤めていたエコノミストとアナリストのほとんどが解雇された。運良く母校から専任講師の口がかかり、二年前には教授に昇格したという。昨日、岡山で学会が開かれ、その帰りということだった。

「で、高澤さんは、あのまま潰れるまで東栄証券にいたの？」

「潰れるまでどころか、潰れた後まで残っていたよ」

大阪を過ぎ、京都を過ぎ、名古屋を過ぎるまで、高澤は身の上話をしていた。

離婚、勤め先の経営破綻、破綻したがゆえの命拾い、再就職、病気、そしてリストラ。国外で短期間付き合っただけの昔の知り合いであるからこそ、見栄も外聞も、心配をかけるという配慮も何もなく、あけすけにしゃべることができた。

「仕事も家庭もさんざんな人生だ」

ため息とともに付け加えると、片根はにこりともせずに尋ねた。

「再就職先は？」

無言で首を振った。

「離婚、ということは、こっちに家族は？」

「いない。台場で一人住まい」

「確か、実家は……」

「弟が跡を取ってる。何しろ、僕がアメリカに行ってしまったんで。孫は三人もいるし、親としては言うことないだろうね」

「環境を変える気はあるか？」

最後まで言い終える前に、片根が尋ねた。にらみつけるような真剣なまなざしが高澤を捉えた。意図をはかりかねた。

「今、掛け持ちで、僕が客員をやっている大学なんだが、金融を教える気はないか？」

とっさに意味がわからなかった。

「理事長が知り合いなんだよ。拝み倒されて教えに行っているんだが、何しろ遠い。新幹線と車を乗り継いで、待ち時間を入れると片道三時間半。とてもじゃないが体も時間ももたない。そのうえ付き合いのある企業から役員の口がかかっていて、そちらも義理があって断れない。すぐに辞めたいんだが、引き継いでくれる人物がいなくて困っているんだ」

「つまり大学の教師か？」と高澤は確認し、相手が答える間を与えずに首を横に振った。

「こっちはアナリストでもなんでもない。学校の先生なんて、とてもとても」

「アナリストはいらない。大学側が欲しがっているのは、実務に精通した人材だ。何しろ今、金融を担当してる教授ってのが、ローザ・ルクセンブルクの研究者だぜ」

二人同時に腹を抱えて笑った。

「安心してくれ。じいさんは来年四月で退職する。僕の後釜を引き受けてくれるというなら、理事長に話してみる」

「ちょっと待って」

自分の方はと言えば、再就職先で不適応から病気になった。「ローザ・ルクセンブルクのじいさん」を笑いものにできるような立場ではない。

「無理にとは言わないが、こちらに仕事も家族もないのなら、向こうに行っても何の支障もないと思うが」

率直すぎる物言いだ。確かに仕事も家族もない。この歳で新たな仕事が見つかる可能性も限りなく低い。

片根は続けた。

「正直に言う。給料は安く、雑用が多く拘束時間が長い。時間単価にしてみればコンビニの店員と変わらない」

言葉を切り、数秒して付け加えた。

「しかし山の中なので、金を使う場所などない。キャンパスの周りには、単身者用マンションが多い。家賃は東京とは比べものにならないくらい安い」

大学の名前をあらためて、尋ねた。

東北国際情報大学、と片根は答えた。

聞いたことがない。怪訝な表情を見て取ったらしく片根は言った。

「確かに一流大学の学生の方が、あらゆる面で教師は楽だ……しかし」

言葉を濁す。リストラされて再就職口がない四十代半ばの男にとっては、これ以上の話はないはずじゃないのか、とその目が語っていた。

「学期についてだが、一部の国立大学や高校のような三学期制を取っている。実務訓練として、三学期の半ばに学生を地元企業に研修に送り込むためだ」

そこまで言って片根は、複雑な笑いを浮かべた。

「と、いうことになっているが、実際のところは、前期後期で定期試験が二回しかないと、学生が勉強しないからさ。どんな大学か、これでわかるよね。教員は教員であって研究者じゃない。自分の研究など当然、できない。ひっきりなしに学生の尻を叩いて、一流でなくてもいいからどこかの企業に押し込むのが仕事だ」

「別にこっちも学者をやろうとは思っていないさ」と高澤は微笑で応じた。

入学時の偏差値で人間の価値や一生が決まるわけじゃない、という正論で、自らの差別意識を封じ込めて、その場で名刺を交換した。

片根のものは現在の職場と肩書きが記されていたが、高澤の名刺はとうにリストラされた大洋損保のものだ。余白に互いの自宅の住所と電話番号、メールアドレスを記入した。

「それじゃ、決心が固まったらよろしく。理事長に話を通さなければならないので、なるべく早く頼む」

片根は名刺を両手で持ち、小さく拝むような格好をした。

数日後、片根の自宅に電話をかけていた。

そもそも採用されるかどうかはわからない。しかしこれは、自分に与えられた唯一のチャンスだ。一歩を踏み出す決意は固まった。

「ありがとう、本当に助かるよ、僕の方も」と片根はひどくうれしそうだった。

翌日には履歴書や業績リストなど一式をまとめ、東北国際情報大学に送った。

それから十日後には片根と昵懇であるという理事長に会った。教授会その他の承認なども必要であり、しばらくかかるという話だったが、採用決定通知は驚くほど早く届いた。

片根が担当していた金融論の講座を二学期から引き継ぐために、九月から来てほしいと言う。採用決定からわずか三ケ月だ。多少名の通った大学であれば考えられないことだった。

翌日から現地での住まい探しや、シラバスを書くための資料探しなどに追われ始めた。

第三章

東北国際情報大学は、仙台市内からスクールバスで三十分というふれこみだったが、運行時間帯を逃すとない。二時間に一本しかない路線バスに乗り込み、終点近くまで行くと、山の中に突如、新興宗教団体の施設と見まごうような白亜の建物が現れた。バスを降りると仙台あたりに比べても空気がひんやりとして、緑の香りが鼻腔(びこう)をくすぐる。

建物は新しく設備も整っている。研究室は独立したものではなかったが新しい。

「ああ、あなたが片根先生のご同級の」と鶴(つる)のように痩(や)せた白髪の男が、高澤の顔を見るなり素早く立ち上がった。

「阿部(あべ)でございます。よろしく」

一緒に研究室を使うことになっているローザ・ルクセンブルクの研究者、阿部義永(よしなが)教授は、研究対象は流行遅れであっても、こちらが恐縮してしまうくらい謙虚で清廉(せいれん)

な感じの人物だった。ドイツ的な教養の深さと、浮世離れした無欲さが、産学連携をうたう地方の私立大学では、痛々しくさえ映る。片根のようにじいさん呼ばわりする気には、とうていなれなかった。

初秋の陽の燦々と降り注ぐ午後は、校舎の背後に広がる山並みと一帯の緑に目を奪われ、のどかな風景に心を和ませたが、キャンパス裏手にある賃貸マンションで夜を迎えたとき、高澤はアルミサッシの二重ガラスの外に広がる闇の濃さに息を呑んだ。ちょうど山に向いた部屋だったというせいもあろう。人工の灯りの一点もない、夜空と一続きになった漆黒の空間に目をやりながら、一人、引っ越しの段ボール箱を開いていると、静寂が身にのしかかってくる。ガラス戸を開くと、森の木々の間を渡る風の音が流れ込んできて、それはそれでさらに寂寥感を誘う。

冬の寒さに耐えるためだろう。鉄筋コンクリート四階建てのマンションは気密性が高く、隣近所の生活音までほとんど閉め出している。そういえば昼間、教授たちとの雑談で、キャンパス近辺のマンションやアパートはどこも新しく居住環境はいいが、あまりの何もなさに、学生も職員もしばらくすると都市部に引っ越してしまい、大家たちが借金を返せず苦労している、という話も聞いた。

確かにキャンパス内にコートや体育館はあっても、民間のスポーツジムなどは近くにない。来る途中に、ショッピングモールや大型家電量販店はあったが、飲み屋など見渡したところ一軒もない。シネマコンプレックスや大型書店はもちろん仙台まで出ないとない。

軽自動車でもいいので早急にどこかで車を手に入れなくてはと思った。都会に住んでいれば乗る機会もないが、地方では必需品だ。

都落ちという言葉が、身にしみた。当時としては一番勢いのあった証券会社に入り、海外を目指した。一時は世界金融の中心に身を置いたというのに廃業、一転してドメスティックな損保会社、さらにその支社、そしてついに山の中の大学……。

とはいえ、確かにここにいれば生活費はかからない。家賃は台場のマンションの四分の一で、本以外に買う物はない。

しばらくの間、身を落ち着けようという覚悟はできた。小さなケージの中で全力で車を回してきたような、これまでの生活を見直すいい機会かもしれない。

約一週間後、高澤はA４判の用紙四枚のレジュメを作成し、幾分か緊張して、一回目の講義に臨んだ。

階段教室だがさほど学生数は多くない。

高澤の時代とは違い、大学が乱立した今、学生を確保するためにどこの大学も一講座の人数を絞っている。百人を一クラスに押し込めて講義することはなく、二つに分ける。必然的にコマ数は増え教師の負担は増すが、一クラスの人数を減らして目が行き届くようになった。

それで授業の質が上がるかといえばそうでもない、と数分後には知った。

おしゃべりの声が止(や)まない。

講義を止めて少しの間黙りこくった。これで気づいて相手がしゃべるのを止めるかと思えば、まったくおかまいなしだ。一際(ひときわ)高い声は携帯電話をかけているものだった。ペットボトルが机の上にあるのは覚悟していた。まさかパンまで食べられるとは思わなかった。

会社に入ってきた新人であれば怒鳴りつけるところだが、学生は大学にとって大事なお客様だ。学期末には学生による教師の評価があるから、くれぐれも態度と言葉には気をつけるように、と片根には言いふくめられていた。

ようやく気を取り直して、レジュメの次ページに進んだとき、教室内に金づちを打ち付けるような甲高い音が響いた。階段教室の上部ドアから女子学生が入ってきた。もう秋だというのに、肩紐(かたひも)さえない腹巻きのようなものにミニスカート姿。都会ではすでに流行の去って久しいミュールをはいている。その踵が勢いよく階段のステップ部分に当たり、派手な音が響き渡っているのだった。

唖然として高澤は言葉を止めたが、他の学生はそちらに気を取られた風もない。いや、講義以外のすべての事に気を取られているから、そこにミュールが入ってきたとしても気にならないらしい。

手にしたレジュメをその場にたたき付け、「そこの女」と一喝したいところだが、この仕事は、事実上鬱切りされた四十代半ばの男にさしのべられた最後の救いの手だ。破滅したくなければ、耐えるしかない。

「早く座って」と促すと、女子学生はマスカラで真っ黒に塗られた睫を伏せ、思いの外素直な様子で、首だけでこくりと一礼して従った。

混乱する気持を押し隠し、「貨幣と決済システム」の講義を終える。

研究室に戻ると、阿部教授が背中合わせに配置された机の前に座っていた。くるりとこちらを振り返り、何か物言いたげに高澤を見上げた。高澤は無言で笑った。

察したように老教授も微笑した。

「相手を大学生と思ってはいけませんよ。昔の小学生と考えれば間違いない。この部屋の名称は研究室ですが、我々の仕事から研究が消えて久しい。しかし最近では学問だけでなく、教育もできない。生活指導ですよ、私たちの仕事は。あなたも企業にいらっしゃったのですから、新入社員の方の変化を目のあたりにしてこられたでしょう」

「新入社員ではなく、年配の、主に女性たちでしたが」と言葉を濁すと、阿部教授は、「それではわからないかもしれませんね」と答え、「あれでけっこうかわいいところもありましてね。こちらが歳取った証拠でしょうけれど」と苦笑した。

阿部教授に促されて、高澤は同じフロアにある休憩室を兼ねた学科図書室に入った。書架に囲まれたソファに腰を下ろすと、阿部は学部内で教員が分担することになっている様々な雑用、就職指導や入試や広報関連の行事について、事務職員が話してくれなかった苦労話を聞かせてくれた。

なかなか決まらない学生の就職と親からのクレーム、一昔前に比べて格段に増えたコマ数の中で行うオープンキャンパスの負担。

片根の話から勝手にイメージしていた、地方の大学の教員生活とはだいぶ違う。環境を変え、少ない収入と引き替えに精神的なゆとりを取り戻し、次のステップをゆっくり考えようという目論見は甘すぎた、とようやく理解した。

そのとき目の前にお茶が置かれた。白磁の湯飲みに薄手の茶托。象牙色の手首とほっそりした指が目に飛び込んできた。

「おそれいります」と視線を上げ、息を呑んだ。

若い女性だった。うっすらした化粧、長い髪を白蝶貝のバレッタでまとめた女が、丁寧な仕草で、盆の上の湯飲みを阿部教授の前に置く。

胸が締め付けられるような、甘く切ない、感傷的な気分がこみ上げる。娘ほどの歳じゃないか、と自分に言い聞かせた。結婚後、すぐに子供を儲けていれば、こんな娘がいておかしくない。

中高のほっそりした顔に切れ長の一重まぶたの目が涼しい。柔らかな風合いのブルーグレーのスカートにハイネックの半袖カットソーが、都会のOLを見慣れた目には、格別な清涼感を帯びて映る。

学部のゼミ生にしては大人っぽい。マスターくらいかな、と思ったが、ここに大学院はない。

「今どき、女性にお茶をいれてもらえるとは、うれしいですね」

女性の後ろ姿を見やり、照れ隠しのように高澤がささやくと、教授は笑った。

「セクハラや女性差別がやかましく言われますから、滅多にありませんね」

「事務局の方?」

「まさか。一人前の給料を払っている職員にお茶くみなんぞさせたら、理事会から大目玉です」

槙岡（まきおか）というここの学部長が、かつての教え子を秘書として雇っているのだという。

以前はゼミの学生や事務の女性が簡単な雑用やお茶出しくらいはしてくれたが、少し前から研究棟への学生の出入りが、安全上と風紀上の理由から制限され、同時に研究予算もカットされたためにアルバイトの事務員も雇えなくなった。しかたなく学部長が、自分の金でアルバイトを雇ったのだという。

「鷹左右（たかそう）さんといって、ここの一期生ですよ」と阿部教授は付け加えた。

新設大学とはいえ、すでに開校から十数年は経（た）っている。若く見えたが三十を過ぎていたのか、と驚きながら、あらためて女性のまとっていたさわやかな空気を思い出す。

学部長の槙岡が入ってきたのはそのときだった。面接時には、照りのあるスーツと鼈甲縁（べっこうぶち）の眼鏡に、何ともいえないアクの強さを滲（にじ）ませていたが、この日はごく地味なピンストライプのスーツ姿だ。ふとネクタイに目を凝らして度肝を抜かれた。生地に「MAKIOKA」という細かなローマ字が織り込まれていた。ビジネスマンなら考げる。

えられないセンスで、大学教授というのは少し変わった人種なのか、と高澤は首を傾

　槙岡はこの大学について自分のヴィジョンを一方的にしゃべり、その間に先ほどの女性を無造作に呼びつけると、コーヒーをいれるように命じる。ひとしきりしゃべると、時計を見て忙しなく立ち上がり、それから隣に座っている阿部教授をことさら無視するかのように再び高澤に向き直った。

「ところで、先生、来週の日曜日は空いていますか」

　いえ、という返事を封じる口調だった。ためらっているうちに言葉を継いだ。

「仙台は作家や書家など、文化人が実に数多く住んでいる都市でしてね。月一回、彼らを招待して茶会を催しているので、いかがですか？　先生はそんなのにはご興味はありませんか」

「お誘いはたいへんありがたいのですが、何しろ不調法なもので」

　反射的に断っていた。この男にも、その身辺に集まっているという作家や書家という人種にも、生理的に受け付けないものを感じた。

　そう堅苦しいものではないからという誘いを、ひたすら恐縮したふりをして固辞すると槙岡は苦笑して去っていった。

「まもなく学長選挙ですからね」

阿部がささやいた。ようやく気づいた。自分の派閥に入らないかという誘いだったのだ。

「有力ですよ、彼は。あなたもだれについていくか見極めておいた方がいいかもしれません」

物静かで素っ気ない口調に、侮蔑と揶揄の気分が含まれていた。

対立候補として有力視されているのは、工学系の学部長である五十過ぎの教授で、システム構築に関わる産学連携事業で華々しい業績を上げている人物だという。

果たして翌日、花村というその教授からキャンパス内でいきなり声をかけられた。

パソコンが納められているとおぼしき大型のビジネスバッグを軽々と運びながら、大股で近づいてきて挨拶をするその立ち居振る舞いも、ボタンダウンの半袖シャツ姿も、大きな瞳を見開いた快活な笑顔も、とても五十過ぎには見えない。日頃、若い学生を相手にしているとはいえ、異様なまでに若々しい。

「片根さんの後にいらした高澤さんですよね。僕、花村といいます。情報文化学なんて、なんだかわけのわからない学問をやってましてね、片根さんとは大の仲良しだったんですよ」

肩書きも先生付けもない。

「実は僕、今、こんなことに首突っ込んでましてね」と一枚のリーフレットを差し出した。「仙台未来会議」とあり、パネリストとして商工会議所の会頭、若手議員、プロ野球の監督などの名前が並んでいる。

「一応、研究会をうたっていますが、まあ、みんなで酒を飲みながらわいわい知恵を出し合って、わが町の将来を建設的に考えていこうじゃないか、みたいな、ね」

槙岡教授の茶会と同じだ。

笑いを浮かべた頬が上気し、額のあたりが汗でてかてかと光っている。ふと真顔に戻る瞬間、人好きのしそうな大きな瞳に並々ならぬ野心をたたえた鋭い光が宿る。

研究会のメンバーにならないかと誘われたが、何しろこちらに来たばかりで自分の仕事だけで手一杯なもので、と高澤はそちらの方も固辞した。

事実そんなものに参加している時間はない。専任講師として受け持った授業は、週に十コマ以上あって、ほとんど毎日出勤する。そのうえ移り変わりの激しい金融について教えるとなれば、これまでの実務上の経験など役にはたたない。あらためて勉強し直すことが山のようにある。

大学の仕事はそれだけではない。学長の下に、学部横断的な委員会組織があり、高澤はそのうちの学生指導委員会に所属することになった。生活面の指導と相談を受け持つところらしい。広報や評価、ましてや経営に関わる委員は、ある程度、キャリアがないと務まらない。入ってきたばかり、しかも初めての教職ということであれば、まずは学生と密な接触のあるところで現場の感覚を摑め、ということだろう、と解釈した。

二学期が始まって一週間後から、高澤の元にはひっきりなしに問題が持ち込まれるようになった。引き籠りによる留年、親の失業による授業料滞納、コンパの急性アルコール中毒、セクハラ、そして新興宗教にはまった学生の級友に対しての強引な勧誘。委員会組織とはいえ、筆頭の教授は会議や出張が多く直接そうした問題の処理には関わらない。高澤より歳若い准教授クラスもそうした問題はすこぶる気楽に高澤に投げてよこす。

教室とカウンセリングブースの往復で研究棟に戻る暇もなくなった頃、阿部に呼ばれ忠告を受けた。それらは本来学生課の担当職員の仕事なので、速やかに報告書を書いてそちらに回すように、ということだった。そうしてみると何が学生指導なのか、高澤にはよくわからない。

右も左もわからないまま、十一月半ばには定期試験があった。その一ケ月前には試験問題を作り始めなければならず、学生の尻(しり)を叩(たた)くための三学期制、というのは片根の言った通りだが、教員の方も忙しいということがわかった。

試験期間中は、教員に加えて助教も監督にかり出される。電子辞書の持ち込みは当然のように認められているが、カンニングペーパーの電子版として堂々と携帯メールを見ている学生を発見したときには、驚かされた。しかも目が合っても平然と続けている。即座に退室させたいところだが、大学の方針もありそれもままならない。それでも「電源を切りなさい」と命じると、相手が素直に従ったのは少しばかり意外だった。

その学生が研究室を訪れたのは、試験から一週間後、高澤が採点に追われていた時期のことだった。

「すいません、試験の結果、どうですか」

ぺこりと頭を下げた。答案は、友達が送ってきたとおぼしき携帯メールを見ていた最初の問題についてはまあまあだが、電源を切らせた後はほぼ白紙だ。試験結果などいわずもがなで、このままなら落とすしかない。

「ちょっと、いろいろ忙しくって……。もし留年とかしたら、これ以上親に迷惑かけられないし」

あの日、現場を押さえられていながら、平然とこういうことを言ってくる神経にまず驚かされる。

「ほんっと、これでだめなら、もうどっか、消えますよ、自分」

Tシャツにダウン、こざっぱりした格好だ。髪に染めは入っていない。ピアスの類もない。普通の学生だ。しかしとろんと眠た気な目は、外界の何も映していない。物事を頼みにきていながら、危機感や切羽詰まった感じはない。白くなめらかな顔は、熱意や真剣さはもちろんのこと、ぎらついた欲望さえ無縁に二十年近くを生きてきたように見える。

これは何だ、と戸惑いながら高澤はその無邪気すぎる視線を無言で受け止める。

経営の厳しい私立新設校の例に漏れず、ここでもアジア人留学生を受け入れている。高澤のいる経営学科にも男女取り混ぜ十六人の中国人がいたが、何のハンディもつけない日本語の試験を楽々とクリアしている。アンフェアな行為もない。少しやぼったい身なりをした男子学生たちのまっすぐに自分を見つめてくる野心に満ちた目の輝きに、高澤は好感を持った。年長者や教師に対する敬意を込めた言動も快い。女子学生の中には、度肝を抜かれるほど露出過剰な衣装を身につけて登校してくる者もいるが、そんな彼女たちも学習意欲や能力の高さは日本人学生とは比較にならず、総じて礼儀正しい。合格ラインに達しないのは日本人ばかりだ。こうした学生を見ていると、この先、この国はいったいどうなるのだろう、と暗澹とした思いにとらわれる。

「消えてどうする気だ」

低い声で高澤は尋ねた。相手は何も答えない。戸惑ったようにあたりをきょろきょろ見回している。

「この成績で今回、君はうまく切り抜けたとしても、すぐに次の壁にぶつかる。ハードルはどんどん高く、壁は厚くなっていく。脱落することがわかっていて、このまま通すわけにはいかない」

高澤は補習授業の日程をプリントした紙を、学生の前に差し出した。

十二月から始まる第三学期との間の短い休みの間に、カリキュラムはびっしりと組まれていた。昔のようなレポート提出はない。補習を受けて追試験を通れば、何とか単位は取れるようになっている。呆れるばかりの親切さだ。必要なだけの単位が取れなければ簡単に留年させられる時代ではない。入りが簡単なことで知られる東北国際情報大学だが、出るのはそこそこ難しい。試験に通らない学生や授業について行かれない学生は、大学として面倒を見る必要があった。

学生の顔から薄ら笑いが消えてのっぺりした無表情に変わった。日程表と高澤の顔を交互に見ていたが、いきなり両手でプリントを丸めると立ち上がった。

あっけにとられていると、それを高澤の顔にぶつけた。一瞬のことに何が起きたかわからない。

「ざけんじゃねえよ、偉そうな顔しやがって」

甲高い声が響き渡った。身の危険を感じ高澤も立ち上がる。次の瞬間そこにある椅子を蹴飛ばして学生は研究室を出て行った。しかしその直前、高澤は裏返った声で怒鳴った学生の顔色が真っ赤に変わり、鼻水と涙を垂らして泣いているのを見た。

うそだろう……。

呆然としてつぶやいていた。

まるで幼稚園だ。

ようやく気を取り直して部屋を出たとたんに、槙岡学部長のローマ字が織り込まれたネクタイが目に飛び込んできた。室内のやりとりが聞こえていたのだろう。小さく眉を上げると、両掌を上に向けた。

「今どきの学生はあんなもんです。特にうちあたりにくるのは……」

言葉を止めて、じっと高澤をみつめた。

「それでもね、高澤さん、女の子よりマシだよ、男の学生の方が」

すぐには意味がわからなかった。槙岡のオールバックにしたスチールグレーの髪の根元にふけが浮いている。

「つまり……まさか」

単位をくれと色仕掛けで迫ってくる女子学生の話は、噂話や雑誌のあおり記事などで知っている。半信半疑だったが、本当にそんなことが起きるのか？

「東栄証券に、大洋損保。一流企業でしかお仕事されたことがないと、戸惑うことも多いでしょう。実状を知っておかないと、取り返しのつかないことになりますよ」

鼈甲縁の眼鏡の奥の目が、笑っていた。

「明日の晩、どうです？　仙台でちょっとした会合があるんですが、その後、軽く飲みませんか？　お嫌いじゃないでしょう」

来月早々、学長選挙の意向投票がある。最終的な審査は選考会議で行うが、その前の投票では、専任講師である高澤にも投票権がある。

「だれについていくか見極めておいた方がいい」という阿部教授の、冷ややかな諦念の込められた言葉がよみがえる。

「予定が入っていまして」

そんな気はない、というニュアンスの籠った、すこぶる素っ気ない口調で断っていた。

「それは残念」

学部長は忙しない足取りで去っていく。

女の子よりはマシなはずの男の学生は、暴言を吐いただけではすまなかった。

その夜、自宅に電話がかかってきた。

「高澤先生のお宅ですか」

女の声だ。

「錦城(きんじょう)と申しますが」

キンジョウという珍しい姓に聞き覚えがある。昼間の学生と同じだ。

「先生、うちの子だけ落としたそうですね」

母親だ。信じられない。未成年、とはいえ、大学生の息子の試験のことで母親が教師に電話をかけてよこす。

自宅の電話番号は公開していないのだが、どこかで調べるか聞き出すかしたのだろう。驚きを押し隠し、成績評価の基準を淡々と説明し、落とした理由と、補習授業と追試験で救済可能であることを告げる。なぜこんなのを相手にしなければならないのか、怒りよりも疑問が湧(わ)いてくる。

「でも、先生、うちの子が相談に行ったときに、心を傷つけるような言い方をしたそうじゃないですか」

なんだ？　「心を傷つける」っていう物言いは？

「もしこんなことで学校をやめたり引き籠ったりして、就職できなくて将来が無くなったら、先生、責任取ってくれるんですか」

驚き呆れたまま、返す言葉もない。あんぐりと口を開いていた。開いた口がふさがらない、というのは、たとえ話ではなく、本当にそうなるのだということを初めて知った。阿部教授の言う小学生ならまだいい。自分は幼児を預かっている。

翌週から補習授業が開始された。そのほとんどは高澤が受け持った。学科内で雑用の分担をする折に、槙岡教授の鶴の一声で、他の教員の受け持ち分の補習も割り当てられたからだ。もともと補習担当は新米教員の仕事で、ここで一番新しく、教員としてのキャリアの短いのが高澤だった。

ほとんど無報酬で引き受けた補習授業もまったく効果が上がらない、と気づいたのは、ゼミ室に学生を集めて二十分ほど経過した頃だった。金融を含め、経済学の授業ではごく簡単な数式を使うのが普通だが、文系の学部に入学してくる彼らは、基礎的な数学の力がない。一方、英語能力がない学生は、その分野で使われるテクニカルタームの本来の意味がわからない。

研究棟で阿部と顔を合わせた高澤はそのことを話し、「いったい先生方は今まで、どうやってああいう学生に単位を取らせたのですか」と尋ねると、阿部は「簡単なことですよ」とため息とともに首を振った。

「追試験に出る問題をあらかじめ教え、答えを丸暗記させるのです。定員割れしているような大学では珍しいことではありません。私も来たばかりの頃は、それなりに苦闘しましたし、そういう考え方を否定して生きてはきたのですが、物事を学習するのに、やはり臨界期はあるんでしょうね。時機を逸してしまうと、かけ算九九を覚えるのも難しいんですよ」

そうしたクラスに、携帯でカンニングをしていた男子学生、錦城はやはり合格基準に達していなかった女子学生を含む五人の学生とともに出てきた。

補習授業は通常卒論ゼミなどで使われる小さな部屋を使い、五時限、六時限に組まれている。

その日、高澤は学生たちに、高校の数学で扱う簡単な関数を教えていたが、彼らには理解できないことを知った。

新幹線の中で聞いた片根の「一流大学の学生の方が、あらゆる面で教師は楽だ」という言葉が、今、痛切な実感を伴ってよみがえってくる。保険代理店経営者の六十、七十過ぎの女性たちの方が、遥かに優秀だった、と高澤は思う。ここにいる彼らが小中学校時代に受けた「ゆとり教育」を心底呪った。

最初からふてくされていた錦城は、六人しかいないゼミ室で、堂々と机の上に突っ伏していた。寝たふりをしているだけでなく、本当に眠っているように見える。抵抗と呼べるようなしゃれたものではない。砂の中に首を突っ込んで身を隠したつもりでいるダチョウの姿に似ていた。

高澤は高校の数学を捨てて、中二のレベルに遡る。数日前に行った別の補習では、中学一年生の英語やときには国語までカバーしていたから、いまさら抵抗はない。問題が解けると、眠ったような学生たちの瞳に、わずかに光が戻ってくる。錦城もとりあえず机の上から体を起こした。

「そう。それだよ、正解だ。いいぞ、その調子。よし、完璧だ」

褒める。前向きな笑顔で、褒める。欠点を指摘して伸ばせるのは、相手がある程度、自信を持っている場合だけだ。

東栄証券時代、アメリカ留学が決定した後、二ケ月間通ったベルリッツの講師たちの少し大げさで、前向きな物言いを日本語で再現していた。

エクセレント！

パーフェクト！

基礎からさらに基礎へと遡っていくと、時間がいくらあっても足りない。しかし彼らの集中力は一時間ももたない。九十分授業など論外だった。

夕闇が濃くなり、腹も空いてくる時間だ、と気づいた。高澤は千円札を二枚取り出し、錦城に手渡した。

「ちょっと売店行って、パン、買ってこい」

学生たちは怪訝な顔をした。

「閉まってますよ」

「食堂だけだろう」

新設の私立大学の多くがそうであるように、東北国際情報大学の食堂や売店は充実している。ファミレスを思わせる綺麗でゆったりした座席と、あらゆる生活用品をカバーしたコンビニ風の売店。それがこんな時間に閉店するとは思っていなかった。

「今まで、ゼミが長引いたりしたときはどうしてたんだ？　図書館を使いたいときもあっただろう」

驚いて尋ねると、「そんな遅くまでゼミやってるなんてことある？」と男子学生がもう一人に小声で尋ねる。尋ねられた方は無言で首を振った。

「図書館だって五時で閉館だろ」

確かにそうだった。こんな大学があったのだ、とあらためて驚いた。

六時限の終了時間を二十分ほど過ぎて授業を終えたとき、高澤は学生たちに自分のマンションに来るように言った。最終のスクールバスは、その二十分の間に行ってしまっており、後は二時間に一本の路線バスしかない。さぞや空腹で辛（つら）いだろうと、キャンパス裏手にある自宅で何か食べさせてやろうという親心だ。

「やったぁ」と女子学生二人が歓声を上げた。一人は金に近い茶髪に、濃いマスカラとアイラインで目を縁取っている。太もも丸出しのショートパンツにごついブーツといった露出系かそうでないのかよくわからない服装だ。もう一人はジーンズの上にくすんだ色のワンピース、さらにジレといった、過剰なほどの重ね着をしている。こちらの方は、ほとんど化粧気もない。

女子だけで来られたらさすがにまずい、と錦城たちに目を向けると、「マジ、いいんですか？」とはしゃいでいる。

「あれでかわいいところもある」という阿部の言葉通りだ。ためらいも遠慮もなく全員がついてくる。

ドアを開けると、それぞれが狭い三和土に履き物を揃えて上がった。最初に入ってきた学生の真似をしたのだろうが、意外なくらいに行儀はいい。

高澤は冷凍総菜や買い置きの野菜をかき集め、めんつゆを出汁がわりにして鍋にする。

「すっごい、こんなの初めて」

ショートパンツ姿の女子学生、小池しをりが目を輝かせる。

「え、料理したことない？」と尋ねると、「違いますよ」と小池は笑い出す。

「先生の家に来るなんて、考えられないじゃないですか？」

そうかな、と首を傾げた。

「自分、小学校の頃、親にボーイスカウトとか入れられてましたから」と、大柄な学生が、手際よく野菜を切る。松岡という彼は、フットサルの選手でＡＯ入試で入ってきた。二年生だが、一年次にけがのために片根の授業を落としている。一年生の錦城たちと違い、今年単位を取れないと、三年生への進級ができない。それだけに授業態度はまじめだ。

あっという間に、テーブルに食器と食べ物が並んだ。炊飯器の中に昨夜炊いた飯が残っているが、足りないので冷凍チャーハンや、うどんなどを出す。

「先生、もっと大きな炊飯器買っといてくださいよ」と錦城が言い、「厚かましいんだよ、おまえは」と高澤はその頭をはたく。

別の学生が冷蔵庫の中の飲み残しの白ワインをみつけ、「これ、飲んでいいんですよね」と引っ張り出してきて、「だめだ」と高澤に一喝される。

食卓の椅子の他に書斎の椅子や脚立(きゃたつ)まで持ち出して、七人でテーブルを囲み、テーブルの上のものはあっという間になくなった。食器類は女子学生が不器用な手つきで洗う。高澤は彼女たちが洗い物を終えた後の水びたしになった床を雑巾(ぞうきん)で拭(ふ)き、コーヒーをいれた。

食事を終えても、コーヒーを飲み終えても学生たちは帰らない。ゼミ室に入って来たときの死んだ魚のような目つきの学生たちとは、別人のように生き生きとしている。

「先生、なんで俺らにここまでしてくれるんですか」

ＡＯ入試組の松岡が、ふと真顔に戻って尋ねた。

「ここまでって、いうほどのことはしてないだろ」

高澤は瞬(まばた)きした。

「つーか、何で、うちみたいな大学に来たんですか。先生エリートでしょ、プロフィール、見たけど」

自分の受験にどのような後悔を抱いているのか、わずか二十になるかならないかで、人生に失敗した、という挫折感と卑屈さが滲み出た物言いだった。

「言っておくが、人生は出身大学の名前で決まるものじゃない」

教育者の建前論ではない。彼自身のここに至る道のりを振り返り、苦い思いで吐き出した言葉だった。

「でも、松岡さんはまだいいよね。一コは取り柄があるんだから」

聞いている方が脱力しそうな実感を込めて、錦城が言った。

後輩に「一コは取り柄」などという言い方をされ、松岡はむっとした顔をした。

「君だって、何かあるだろう」と高澤が軽い口調で言うと、錦城は首を傾げる。「ない」と即答されるより否定的な感じが強い。

「やりたいことはないのか？」

「別に」

「経営学科に来たってことは、何かあるだろ」

「別に……家、商売やってるから、自然に」

「自然に生えてきた、ってか？」

「俺、先生みたいなエリートじゃないから」

「エリート、エリートって、おまえらな」

学生たちを見回してから一呼吸置いて言った。

「俺は、会社をクビになった男だ」

半ばうけを狙った言葉だが、格別な反応はなかった。

「うそですよね。早期退職とかいうのですよね」

阿佐田ゆかり、という、地味な方の女子学生が、冷めた口調で言った。

「ま、クビみたいなものだよ」

「何、やったんですか？」

松岡が深刻な口調できいた。

「鬱だよ、鬱」

学生たちは笑い出した。

「そんな鬱があるわけないじゃないすか」

笑い過ぎて咳き込みながら錦城が言った。

「ほんとだって、医者がそう言ったんだから。五秒ばかり問診したあとで」

「鬱になりそうなことって、会社であったんですか」

　小池しをりが真っ黒にマスカラされた長さ一センチはありそうな睫をゆっくり上げた。

「ああ、リストラをやったんだ。社員じゃないんだけど、仕事をそれまで頼んでいた人たちの」

「下請け業者さんとか？」

　高澤は詳しい説明をした。

「それって、自分の方が辛いですよね。相手の方だって生活があるってわかってるわけでしょう。だから再就職先は全然違う仕事を選んだんですか」

　高澤はこの大学に来た経緯を話す。ニューヨーク時代の友人の墓参りに行った帰りに、偶然知り合いに出会って、紹介された、と言うと、小池は「先生、ニューヨークに住んでいたんですか？」と尋ねる。

　ニューヨークでの生活、離婚、会社の廃業……。その気もないのに、洗いざらいしゃべっていた。

　一見したところ、ファッションと恋以外に何も関心のなさそうな、小池しをりのインタビューの手腕には驚くべきものがある。共感を示す親身な言葉、相手の心を開かせる的確な相づち、次の質問を繰り出す絶妙なタイミング。

単なる社交性ではない。表面的な学力で測れない知性というものが存在することをあらためて知らされ、彼らの、ひょっとすると持っているかもしれない途方もない可能性に高澤は思いをはせる。

「波瀾万丈の人生を背負っていたんですね」

高澤の話を聞いていた錦城が青白い顔を引きつらせて言った。

思わず飲みかけのコーヒーを噴き出しそうになった。

「波瀾万丈の人生背負ってた、だと？」

「だってそうじゃないですか」

「おまえね、こんなのを波瀾万丈なんて言ってたらさ」とその細い肩を無遠慮に叩いた。

「俺、今日一日、先生に殴られ続けてる気がするんですけど」

「おまえの家じゃ、こういうのを殴るっていうの？」と拳でその頭をなで回す。

「そうじゃないっすけど」と、何とも照れくさそうな笑いを錦城は浮かべた。

「どっちにしたって大学はゴールじゃない。スタート地点だ」

宣言するようにしめくくったとたん、「まだまだこの先が、あるんですね」という錦城のため息がそれに応えた。

その日は、休日だったが高澤は出勤していた。大学で使っているデスクトップパソコンの具合が悪くなっていたので、まとめて時間を取れる日にメンテナンスをしておこうと思ったのだった。

午前中から、セキュリティプログラムを起動させたのだが、この大学の年代物のパソコンがウィルスチェックを終えるまで二時間以上かかる。

その間に調べ物をしておこうと、学科図書室に入った。

休日でもあり、無人のはずのそこになぜか灯りがついていて、かすかに花とも深山(しんざん)の霧ともつかない芳香が漂っている。

独身時代の由貴子のつけていたオーデコロンの香りだ。やるせない気分が胸を締め付ける。

コピー機の作動する音がドア一つ隔てた部屋から聞こえてきた。

そちらをうかがうと、ドアが開いた。こんな季節には少しばかり寒々しい、淡い水色が目に飛び込んできた。光沢のある水色の半袖セーター姿の女性が、分厚いコピーの束を抱えて立っている。槙岡教授の秘書、鷹左右恵美(えみ)だった。

「お疲れ様です。休日なのに出勤されていたのですか」

「お疲れ様」という、厳密には自分より弱いとされる者にかける言葉が、なぜか彼女の口から出ると、ねぎらいの実感と敬意が籠る。穏やかな微笑と、じっと見つめてくる瞳に息苦しさを感じた。

「あなたは、今日は?」と廊下の方をうかがい見る。槙岡教授がいる気配はない。

槙岡が代表を務めている自治体との連携プロジェクトについての資料作成を頼まれている、と恵美は答えた。

「休日なのに人使いの荒い人だ」と軽口を叩くと、恵美は軽やかに笑いながら資料を置いたままどこかに消えた。

数分後にお茶をいれて現れた。

「いいのかな、槙岡先生の」と言いかけたとたんに、「どうぞお気遣いなく」という言葉が返ってきた。いくぶん神経質な口調だ。

雑用係のアルバイト女性を雇う予算を学校から切られたので、自分の懐で秘書を雇う。それも元教え子の清楚な美女とくれば、槙岡教授の普段の言動からして、やっかみもあってろくでもない陰口を叩かれるだろう。高澤自身も、彼女と槙岡の間に何もないとは思っていない。

お茶を飲みながら、恵美は手元の資料を揃え、ホチキスで綴じ始める。無言で高澤は作業を手伝う。

「あ、いいんです」

「いや、こういう手仕事は無心になれる」

「すみません」と恵美は一礼した。

何もせず向き合い、涼やかな瞳で見上げられると、胸苦しくなる。隣り合って手を動かしていられれば気が楽だ。娘ほどの歳の、というには、年齢が行き過ぎている。その分、何か余計に期待し意識する。学生のことをまるで幼児だ、と思ったが、これでは教員の方もほとんど中学生だ。

恵美は二年ほど前までは東京の大手機械メーカーで役員秘書をしていたが、母親の体調がすぐれないため、辞めて戻ってきたということだった。

「一人っ子ですか？」

「いえ。兄がいるんですが、転勤が多くて。妹の方は近くにはいるんですが、嫁いでいるので。向こうの家のお姑さんは良い人で、いつでも見舞いに行っておいで、と言ってくれるそうですが」

親の介護なら、東京で仕事を持っている娘がわざわざ戻ってくるよりは、近くで専業主婦をしている娘が引き受ければ良さそうなものだ。向こうの家の、という物言いに、古い土地柄を感じた。本当のところは三十過ぎてなお独身の娘の将来を案じて、介護を口実に親が会社を辞めさせて呼び戻したのかもしれない。

「お母さんの病気は、そんなにひどいのですか」

「癌なんです、末期の」

息を呑んだ。何とフォローしていいのかわからない。こういう話には慣れていない。

「再発で、あと半年と言われたのですが、このお正月で三年目に入ります」と恵美は微笑む。

「きっとあなたの看護が行き届いているからでしょう」

「でも私の方が一日中、家から一歩も出ないで買い物もほとんど通販という生活をしていたら気が滅入ってしまって。そんなときにたまたまお会いした槙岡先生が、それなら研究室に来て雑用をしてくれないか、と言ってくださって」

自分のいない間の母の介護は、妹やヘルパーに頼み、週に二、三日ここに来ているという。

「短い時間でも、社会と接点を持っているような安心感がありますし、槙岡先生には感謝しています」

勘ぐった自分は下衆だ、と思った。

恵美は最後の資料をホチキスで留めた。高澤もページの漏れがないかどうかのチェックを終えた。至福の時間が終わった。

丁寧に礼を言って、部屋から出て行く恵美の後ろ姿に向かい、「あの」と呼び止めていた。「力になれることがあったら、いつでも言ってください」

「ありがとうございます」という言葉と微笑みが返ってくる。心の芯にほんのりした明かりが灯った。

「力になれるようなこと」は、それからまもなく起きた。

余命半年を告げられながら、二年以上生きながらえている母親の看護に忙殺され、家からほとんど出られない彼女の生活に風穴を開けてやった恩師は、その感謝と信頼を裏切る行動に出た。

研究室のドアは常に開け放っておけ、というのは大学人の常識である。不祥事が起きると困るから、というよりも、教員の方が、妙な噂を立てられたり、単位を落とした学生や昇格し損なった助教の逆恨み、あるいは不安定な年代の若者の妄想から、セクハラ事件をでっち上げられることを怖れるからだ。

大胆なことに、槙岡教授の研究室だけは、常に閉まっている。密室に子飼いの教員や事務職員を引きいれて権力闘争に勝ち残る策を練っているだけではない。地元企業の経営者や、ときには代議士なども呼んで、学内に留まらぬ、地域全体を視野に入れたすこぶるまともで、実効力のある教育再生プロジェクトの企画立案などを行っているのだ。だからこそ、その閉ざされた扉について、だれも文句は言えない。

しかし高澤はその日、そこから彼の私設秘書がタオルを片手に口元を引き結んで出てくるのに出会った。鷹左右恵美は、足を止めると高澤を見上げた。

「どうした？」

恵美は無言で頭を振った。続いて槙岡が顔を出した。上着はない。緩めたネクタイの結び目は胸元にあり、シャツの第三ボタンまでが外してある。高澤は後ずさった。

槙岡は顔色一つ変えずに高澤に挨拶すると、恵美に平静な口調で促した。

「鷹左右君、続き」と。

湿り気を帯びた視線を高澤に送り、恵美がドアの向こうに消える。

ヒーローを気取りたければ、ドアのノブを摑み、勢いよく開け放つだろう。うろたえている学部長に向かい「何をなさっているんですか」と冷静な口調で尋ねるだろう。

現実は安手のテレビドラマのようにはいかない。ここは高澤の三つ目の職場だ。四十代半ばの男が正規職員として就職できただけでもありがたく、息子に対しても世間に対しても、とりあえず肩身の狭い思いをしないですむ仕事についていられる。ここを追われれば次はない。年金が下りるまでの二十年近い期間を、アルバイトで食いつなぐのか？　何より紹介してくれた片根の立場はどうなる？

なすすべもなく部屋に戻った。

「どうかなさいましたか」と阿部が尋ねた。

「いえ」

ドアの向こうで行われていることを想像すると、胃の辺りに焼け付くような感覚が走る。自分を卑怯者（ひきょうもの）だと非難する一方で、槙岡が最初からそういう関係の女を秘書として引っ張り込んだ、と考える方が自然だとも思う。

いや、と頭の中に立ち上がる光景を振り払い、廊下で繋（つな）がれた同じフロアの管理棟に走った。

忙しそうに書類封筒を抱えて歩いてくる総務課の女性職員をみつけた。

「すいません、来客があるんですが、ちょっと秘書の方がいないのでお茶をいれてくれませんか」

口から出任せを言った。

創立当時からいるとびきり無愛想な彼女は、人事や予算などこの大学の心臓部に関わる実務を一手に引き受け、昇格もしないかわりに異動したこともない。口が固いと同時に、大学経営の裏側を知り尽くしている女だ。

「給茶器があるでしょう。先生方でやってください。私は研究棟までフォローしていませんよ」

反町（そりまち）というその女性職員は、憤然とした口調で断り胸を張った。

「事情があります。今回だけはどうか」

何か察したのだろう。素早く体の向きを変え、つかつかと高澤の研究室に向かう。

「すみません、槙岡先生の方です」

反町は廊下の片隅にある給茶器に、無造作に来客用の湯飲みをあてがう。盆を持ち、おざなりなノックと同時にドアを開け放った。

「あら、失礼しました。お部屋を間違えまして」という落ち着き払った声が聞こえてくる。

若い女子事務員と違い、反町なら呆れた光景を見せられても激高した学部長に怒鳴りつけられても動じない。「すみません、高澤先生に頼まれたものですから」などという、つまらぬ言い訳もしない。

「あんなことじゃないかとは思いましたけどね、女の方だって三十をとっくに過ぎてるんですから、私にどうにかしてくれって言うのは筋違いですよ」

部屋を出てきた反町は冷ややかな口調で言った。

「で、何が行われていたのですか」

高澤はせきこむように尋ねた。答えによっては筋違い、などでは済ませられない。

「肩揉ませていました。風紀上問題はありますが、うちの職員じゃありませんからね」

「はあ？」

反町は忙しない足取りで管理棟に戻っていく。セクハラではあるが想像していたような事ではなかった。

三時過ぎに、帰りがけの恵美に行き合った。

「ご心配かけました。ごめんなさい」

深々と頭を下げられた。だれが総務の古参職員を差し向けたのか見抜いたようだ。

「大丈夫ですか、それ以上のことを強要されたりはしていませんか」

「いえ」と恵美は恥ずかしそうに微笑んだ。

「先生はそんなことは一切なさいません。豪放磊落なところのある方ですが、人の道に外れたことはなさいません」

人の道に外れたことをしない、と断言されたことに腹が立った。意図はともかく非常識な行為だ。何よりあんな男を尊敬する口ぶりに嫉妬を覚えた。

「出過ぎたことをしてすみません。ただ、あなたの身に何かが起きているのでは、と思うといてもたってもいられなかった」

無意識に言葉が出た。

とまどいと数秒の沈黙があった。驚いたように見開かれた瞳に出会った。晩秋の陽を浴びた思いの外淡い色の瞳が、はっきりした好意の色を滲ませて高澤を見つめていた。

微妙な距離を保ったまま言葉もなく向き合っていたそのとき、ドアが開き、当の槙岡の顔がのぞいた。不審そうな表情が見える。反射的に高澤は恵美から飛び退き、「それでは」と短く挨拶して自分の研究室へと急ぐ。

翌週半ば、高澤は槙岡に呼ばれた。学部長室に入ると例によって槙岡はドアを閉めさせた。

「ちょっと、君の行為が問題になっているんだよ」と低い声でささやく。

さっそく来たか、と思ったがそうではない。

「学生たちを自宅に上げているらしいが」

「ええ」

補習授業の後に家に学生を招いたときから、彼らは呼ばれもしないのに押しかけてくるようになった。友達など連れてときには十人以上が集まることもある。

「我々の学生時代には、普通のことだった。しかし世の中の常識は変わった。わかっているとと思うが、女子学生も一緒だというじゃないですか」

「いえ、女子だけでは」

「そういう問題ではない。彼女たちはそうしたことには無頓着だ。問題は親だ。娘を持った親は神経を尖らせる」

「しかしここの場合、研究棟への学生の立ち入りが制限されていますから、何か相談事があったとしても、我々を捕まえられるところがないんですよ。同じ学内にいながらメールのやりとりで済ますというのも」

「いつの時代の話です、高澤先生」

槙岡は遮った。

「いまどきの学生は、教師に相談事など持ち込みませんよ。それに忘れちゃいけませんが、昔と違って、最近の学生は、一見、大人しくて扱いやすいですが、程度やけじめというものがなくなっていますからね、想像もつかない行動に出るんですよ。必要以上にプライベートな領域に近づけるのは危険だ。我々は親から大切な子供を預かっているということを忘れてはいけない。たとえ何もなくても、大学としての信用を失うような行為は、断じてやってもらっては困る、ということです」

「信用を失うようなことはしません。まずは学生の信頼を得るのが先決かと思います」

　失礼します、と頭を下げ、高澤は学部長室を出た。

　新学期が始まって早々、高澤の自宅に、学生課の職員から切羽詰まった電話が入った。中国人留学生たちの授業料の支払いが滞っているので連絡をしようとしたのだが、寮への連絡がつかない。調べてみるとここしばらく授業にも出ていないのだが、消息を知らないかと言う。

　確かにこのところしばらく彼らの姿が見えなかった。しかし格別の非行もなければ、落とした試験もなく、あまり気にしていなかった。

　慌てて（あわ）キャンパス内にある留学生寮に、事務局の学生課長と駆けつける。寮のワンフロアは静まり返っていた。残っているのは仙台で行われる学生環境会議のために宿泊している他大学の団体だけだ。留学生十六人全員が消えていた。

「やられました」

学生課長が唇を噛んだ。

どこかの組織が関与し、留学名目で不法就労させるために彼らを入国させたのだろうと言う。

室内を探すと、大学側で貸与しているパソコンが残っていた。

インターネットを立ち上げ、残されたメールを調べる。

いくつもの日本語のメールを読んでいくと、どうやら学生課長の言うようなことは起きていないらしいというのがわかった。

すこぶる単純なことだった。

試験が終わり、成績の良い彼らは補習授業に出る必要はない。単位をくれ、と研究室にやってくる必要もない。解放感も手伝い、高速バスで東京に遊びに出て、飲み屋のアルバイトにはまってしまったのだった。

比較的楽な短時間の仕事で、母国では考えられないような高収入が得られる。しかも仕事を終えて外に出れば、そこには、キャンパスのある山の中と同じ国とは思えないようなきらびやかな世界が広がっている。友達が友達を誘い、新学期が始まっても大学には戻らず、ある日、退学手続きも取らないまま、集団逃亡という形で寮を飛び出した。

意欲的で頭が良くて、長上への礼をわきまえた彼らに、見事にしてやられたような気がして、高澤は日本語の本とゴミとスリッパだけの残る部屋に立ちつくした。

二日後、理事や関係学科の教員、事務局長以下管理職が学長室に集められた。

学長からの説明を待つこともなく、槙岡が眼鏡を直しながら、いきなり高澤に向かって質問した。

「学生指導担当は、何も気づかずにいたってことですか」

「いえ……」

「講義にも出てこないということなら、気づいてしかるべきでしょう。だが、見て見ぬふりをしていたと解釈していいわけですね」

とっさのことに言葉を選んでいる余裕がなかった。

「授業料や寮費の滞納等があれば、学生課の方で把握していると思いますが、私の方に格別そうした報告はなく、学生指導担当としても学生の方から相談に来られない以上、わからないし動きようがありません」

「つまり業務分掌上、それは学生課の仕事であるので、自分に責任はない、と、あなたはそう言いたいわけですか」

追及しながら槙岡教授は学生課長に目配せした。確か学長選挙前の意向投票には、事務局の管理職も有権者に入っていた、とぼんやりと思い出した。

理不尽な攻撃は、誘いを二度、三度、断ったからだけではあるまい。その後の行動や受け答えから、自分は彼の陣営の人間ではない、と判断されたのだ。

自分の置かれている立場が嫌というほどわかる。大学という組織は特別のものではない。権力闘争ということについては、一般企業と何一つ変わるところはない。

高澤にとって幸いだったのは、文系の大学の教員は、理系の大学や一般企業のラインのように、チームでは動かないことだ。比較的独立性が高く、そのうえ教授たちは授業のあるとき以外、学校には出てこないので、普通の組織ならありうる延々とつづくパワハラは免れた。それでも新任の講師としての立場は弱い。今後何が起きても文句は言えない。

覚悟など決まるわけもない。それなりに不安な思いで高澤は過ごしていた。

その年も終わりに近づいた頃、専任講師以上、事務局では管理職以上が参加する意向投票で、予想通り、槙岡が花村に僅差(きんさ)で勝った。この結果をもとに年明け早々には、教授や理事などで構成される選考会議によって学長は決定される。とはいえ事故や重病など、学長職に堪えない特別な事情でも生じない限り、意向投票の結果が選考会議で覆されることはない。

「私は来年三月で定年だからいいが、高澤さんにとっては何かとやりにくくなるだろう」と阿部が同情をこめた口調で漏らす。相手方の派閥に所属している教員や助教などが昇格の機会を逸したり、高齢の女性教授に教養課程の体育実技を押し付けるといった嫌がらせも過去に行われたという。

「しかたありません」と高澤は半ば諦めてうなずく。たとえ槙岡に尻尾を振ったにしても、僅差で敗れた花村がもし勝っていたなら、冷や飯を食うのは槙岡側だ。

問題は、たかが冷や飯で済むかどうかだ。この先、何を口実にここを追い出され、再び失職するかわからない。それを思うと不安になる一方、ここの大学の仕事に喜びや希望めいたものを見いだしている自分に気づき、腰を据えてやっていきたいという気持が強くなってくる。

メンタリティは幼児、学力は中学生、と一時は見限った学生たちが、基礎に立ち戻った補習によって、急速に力を付けてきている。あの日、「取り柄なし」と自分を見限ったような言葉を吐いた錦城も、補習授業には欠かさずに出席し、高校どころか中学生レベルの数学からやりなおして追試験を無事に通った。

成長期のどこかでたまたま学習のチャンスを逸しただけで、その気になって指導してやれば驚くほどの速さで伸びてくる。若芽のような柔軟さと可能性が、高澤にはまぶしく、評価にも金にも業績にも直接結びつかない仕事にやりがいを感じている。それだけに中途半端なまま、ここを追い出されたくはなかった。

「家で勉強する習慣とか、ぜんぜんなかったんですよ。兄貴は優秀だから、東京の大学に行ったんですけど」と錦城が語ったのは、二度目の補習授業の後に、他の学生たちと一緒に、高澤の家で例によって食事をしていたときだった。

新潟市内で酒屋や貸しビル業などを営む父親から勧められるままに、錦城は簿記の専門学校をいくつか受けた。結果はすべて不合格だった。資格試験合格者数が学校の評価に直結する専門学校は、それなりに入学者を選抜する。そこに落ちた学生が、この大学に入ってくること自体は、別に不思議ではない。

「親父に、将来、うちの商売手伝うのにも、せめて簿記三級くらいは取れって言われたんですけど」

商業高校の生徒が取れる資格ではあるが、錦城が「三級くらいは」と言えるほど簡単な試験ではない。

「お父さんは、ご商売を継がせたいと?」

「社長は兄貴だろうから、僕……何だろうなあ」と、ぽかんと口を開けて天井あたりに視線を漂わせていた。

実家の商売を「手伝う」と表現し、次男の学力に見切りをつけた父親に勧められるまま、簿記専門学校を受ける。この大学の経営学科を選んだのも、おそらく父親の意向だろう。その無気力さと素直さからして、以前、自分の発した「おまえ、自分では何をやりたいんだ」という問いかけ自体が意味をなさなかったのだ、と高澤は知った。

今回試験は通り、順調に行けば高澤の教えている教養課程「経済Ｉ」の単位を取り、来春、無事に二年生に進級するだろう。しかし意欲を引き出せないまま、親の経営する会社に入ったとして、どのような人生を送るのか、考えれば考えるほど不安になる。

学生をむやみに自宅に上げる行為を、セクハラやその他のトラブルを誘発する可能性があるとして、戒める通達が回ったのは、意向投票からしばらくしてからのことだ。名指しにされてはいないが、その文書が自分に向けられたものであることを高澤は理解した。一人住まいの気楽さもあって、友達とその友達まで引き連れて押しかけてくる学生をかまわず受け入れていたのはやはり行き過ぎだったか、と後悔しながら、やむなく彼らを自宅から閉め出した。学生たちのたまり場になりかけていたマンションの台所には、その後高澤が買った一升炊きの炊飯器と、女子学生の持ち込んだキルトの鍋摑み（なべつか）が残された。

同じ頃、恵美の姿が研究棟から消えた。母親の病気がついに終末期を迎え、そちらにかかりきりになっているのかもしれない。

恵美の代わりということもないのだろうが、四年生の女子学生が、学部長室に出入りしている。槙岡派閥の准教授の話によれば、情報処理の専門的な知識のある学生で、槙岡のコンピュータのメンテナンスを引き受けているという話だった。

「もともと先生はコンピュータ嫌いで、メールだって最後まで使わなかったくらいですが、いつまでもそうはいかないですから」と准教授はおかしそうに言う。

見よう見まねでパソコンを動かし、わからなくなると彼女を呼んで、操作を教えてもらっているらしい。当然のことながら、恵美のようにコピー取りやお茶くみの類はしない。

町の賑わいからも文化からも離れた場所に職住を定めた高澤にとっては、ときおり顔を合わせる恵美の清楚な笑顔と涼やかな声色は心和ませるものだった。それだけに彼女の不在は、なんともいえない淋しさと失望感をもたらした。

ところが、大学も冬休みに入り、暮れも押し詰まった頃、思わぬところで恵美と顔を合わせた。買ったばかりの車で、キャンパス前の坂道を二十分ほど下ったところにあるショッピングモールにでかけ、スーパーマーケットのレジに並んでいるとき、声をかけられたのだ。

何気なく見た籠（かご）の中には、プリンやゼリーなどの小さなカップばかりが入っていた。「おや、甘党なんだ、鷹左右さん」と軽口を叩（たた）いたのは、いきなり母親の容態を尋ねられるのも辛かろうという配慮からだ。しかし返ってきたのは、「母のなんです」という沈んだ声色の言葉だった。

もう普通の食事は喉（のど）を通らない。いつまでもつかわからない状態でもあり、今は欲しがるままに冷たく甘いものを口に入れてやっていると、消え入るような声で恵美は答えた。

完全看護の病院に二週間ほど前から入院しているが、家族がいないと錯乱し大声を出したり最後の力を振り絞って暴れたりするので、恵美がベッド脇（わき）に蒲団（ふとん）を敷いて昼夜付き添っているという。

病院は、ショッピングモールから歩いて十分ほどの丘の上に建っている。近いとはいえ、きつい上り坂だ。

「送りましょう」

高澤は支払いを済ませると、恵美を促し駐車場に向かって歩き始める。遠慮しながら恵美はついてきた。

車用のメインロードは丘を大きく巻いて、造成されたばかりの新しい住宅地の間を抜けて病院まで通じていた。

病院に着くまでの数分間、恵美は病室で寝泊まりする淋しさや深夜の廊下が暗く怖いこと、ナースステーションの前を通るときだけほっとすることなどを堰を切ったようにしゃべり続けた。まもなく逝ってしまう母親を見送る辛さと、医師や看護師、母親といった人々以外とは、ほとんど言葉を交わすことのない生活が、いつになく恵美を冗舌にしているようだった。

「夜が長いんです。母の呼吸だけ聞いていると、胸が押しつぶされるように苦しくなってきて。ときどき耐えられなくなって病室の外に出ても真っ暗で。ナースステーションの周りをむやみに歩き回るのも迷惑でしょうし」

「夜中にだれかと話したくなったら電話していいよ。僕は午前二時くらいまでは起きているから」と高澤は、メモ用紙に携帯電話の番号を書いて手渡した。

病院の玄関で恵美を降ろした後も、その痛切でありながら高揚した恵美の口調が耳について離れない。

翌日の深夜、冷たい雨の凍り付いた坂道を、高澤は病院へ向かった。紙袋には、国道沿いのチェーン店で買った小型ポット入りの温かいコーヒーや専用マグカップ、揚げたてのドーナツなどが入っている。

「自動販売機以外のコーヒーは、ずっと飲んでないんですよ」という言葉を聞いていたからだ。他に力づけてやる手段が思いつかなかった。

　夜間出入り口から病院内に入り、エレベーターで病室に上がる。消灯後の病院は確かに緑色の非常灯以外明かりのない、陰惨な静けさに沈む世界だった。こんなところにいたら患者だけでなく家族の方もどうにかなりそうだ、と感じた。ナースステーションで親類の者だと偽り恵美を呼び出してもらう。まもなくスリッパの音とともに、ピンクのフリースをまとって恵美が現れた。

「あっ」と小さく口を開け、あどけなささえ感じさせる無防備な笑顔を見せた。

「付き添いの方を見舞いに来た」と高澤はささやき、ナースステーションの脇にある、面会用ブースを指さした。傍らの自動販売機の明かりが古びたソファを照らし出している。

　恵美は首を振り、無言でエレベーターホールに歩いていく。一階に外来用待合室があると言う。

　ストレッチャー用に奥行き深く作られたエレベーターのドアが閉まったとたんに、恵美は小さな嗚咽（おえつ）とともに高澤の肩に顔を押し付けてきた。

空いた片手でとっさに抱きしめた。冷たい髪と額に悲痛な思いで、頬を押し当てていた。扉が開くまで、わずか数秒のことだった。

非常灯に照らし出された外来用待合室の長いすに腰掛け、無言のまま高澤はポットのコーヒーをマグカップに注いで手渡す。

「良い香り」

恵美はぽつりとつぶやいた。

かけるべき言葉は見つからなかった。

八十を過ぎた高澤の父は健在だが、めっきり足腰が弱くなった。歳を取って我慢のきかなくなった母は近所や親類の人々と始終トラブルを起こす。転勤や留学で実家から遠ざかった高澤に代わり、弟夫婦が家に入り、二十年近くも同居を続けている。少ない収入の中から養育費を支払い続けている高澤に、実家を援助してやるほどの金銭的余裕はない。長男の責任は果たせず、できることは相続放棄だけという立場の高澤にとって、五十代の母親を病気で看取らなければならない長女の悲しさと辛さは、想像の外にある。長生きされても、早死されても、子供としてはそれなりに辛い。

両手でマグカップを持ち、恵美は身を寄せてくる。高澤はその肩に手を置く。湿った温かさが腕に伝わる。しばらく風呂に入る余裕もなかったのだろう。しっとりした髪から立ち上る幾分か脂っぽい匂いが官能的で、この場でそんなものを感じていることが後ろめたい。

　不意に正面のガラス戸が真っ赤に輝いた。サイレンの音が聞こえる。救急患者が運び込まれてきた。自分でも滑稽なほどうろたえ、高澤はコーヒーのまだ半分残っているマグカップを手に立ち上がった。

「それじゃポットとカップは明日にでも取りにくるから」

　そう言い残し、救急受け入れ口のあたりに響く靴音、ストレッチャーのキャスターの音などに追われるように逃げ出す。

　駐車場まで歩きながら、別れ際のあまりの無様さに赤面した。思いを寄せる同級生の家に忍び込み、家族にみつかった中学生の方がまだ落ち着いているだろう。もう少し気の利いた慰め方、力づけ方があったのではないか、と後悔しながら冷え切った軽自動車に乗り込む。

　翌日、高澤がポットを取りにいくことはなかった。

　午前中に恵美から電話がかかってきて、「今、家族や遠くの親類も集まっています」と告げられた。ずっと「今夜あたり危ない」と言われ続け、今度こそ本当にだめらしい、ということだった。

そして翌々日の昼近く、いつまで待っても息を引き取らない病人の元から恵美一人を残して、親類と兄や妹までもが去った直後、母の心臓は動きを止めた。

最初の報を恵美は高澤に入れてきた。

「幸せだったと思うよ。きっと君一人に見送られて静かに旅立ちたかったんだ」

受話器を握りしめ、それだけ言った。

大晦日(おおみそか)のことで火葬場も葬儀式場も休みに入っており、翌年の四日になってようやく葬儀はとり行われた。高澤は弔電を打ち、教えられていた恵美の住所に香典を送った。

休みが明けてしばらくした頃、学長選考会議が開催され、四月一日付の槙岡の学長就任が決定した。

管理棟玄関の階段を弾むような足取りで上っていく槙岡の後ろ姿を横目に見ながら、高澤は研究棟入り口に急ぐ。そのときぎょっとして振り返り、その背中に目を凝らした。

縦縞(たてじま)のスーツの生地に、ローマ字が浮いているように見えた。案の定、織り込まれた縞はＭＡＫＩＯＫＡという細かな文字の配列で構成されている。

そのとき視線に気づいたように、ふと槙岡が足を止め、こちらを見た。とっさに会(え)

釈した。

「このたびはおめでとうございます」という言葉は、口をついて出なかった。そもそも学長就任について、そういう挨拶が適切なのかどうかも少し迷った。相手はくるりとこちらに体を向けると、太めの体に不似合いなすこぶる軽やかな足取りで玄関の階段を降りてきた。

「鷹左右君のところの告別式に出たんだが、君の弔電が読み上げられていたよ」

笑いながら言った。

あんたに何の関係がある、という心の内のつぶやきが凍りつく。

屈託のない笑顔だ。鼈甲縁の眼鏡の奥の目も笑っていた。何一つ含むものもない、上機嫌そのものの笑顔が、この男の手にしている力の大きさを物語っている。

「はい、葬儀に出席するような立場にはありませんので」

サラリーマン時代の、ことさらにへりくだった口調で直立不動で答えていた。あやうく申し訳ございません、と付け加えそうになった。自分の卑屈さに嫌気がさした。

その日家に戻ると郵便受けに封書が入っていた。差し出し人は鷹左右恵美となっている。激しく心臓が打った。エレベーター内で抱きしめた恵美の冷たい髪の感触が掌の上によみがえる。

封を開け軽い失望を感じた。

「母の死去に際しましては、御真情厚い御弔意を賜り……」

単なる礼状だ。おかしな期待をした自分が恥ずかしい。形式的な挨拶に始まり、その後は母を見送るにあたり精神的な支えになってもらえたことへの感謝が簡潔につづられている。

思わず携帯電話を手にした。そこにある番号を押すのは簡単だったが、五十間近の男の分別が、軽率な振る舞いを思いとどまらせた。

それではと返事をしたためようかとも思ったが、様式に則った礼状に対して書くべき言葉がみつからない。

三月上旬に入り、少しずつ日がのび、凍るような空気にかすかな春の気配が忍び込み始めた頃、自宅のパソコンに緊急会議の招集通知が入った。

三学期の試験も終わり、採点がほぼ終わり、再び補習授業の準備に取りかかっていたときだった。いったい何が起きたのかと首をひねりながら、翌日の朝一番で管理棟にある会議室に入った。学長室に隣接したその部屋は、普段は教授会や理事会に使われている。そこに非常勤講師をのぞく教員と助教などの補助教員、さらに事務局の管理職までが顔を揃えている。まもなく苦虫をかみつぶしたような表情で現学長が入ってきた。

いったい何が始まるのか、と高澤は内心びくついて座っていた。中国人留学生失踪事件が、さらに深刻な事件にでも結びついていったのか。

さきほどから気づいていたのだが、次期学長、槙岡の姿がない。もしや無理な選挙活動がたたって倒れでもしたか、といぶかっていると、現学長がマイクを自分の方に向けた。

「本学で発生した不祥事についてですが」

ぼそぼそと聞き取りにくい声だった。

性的嫌がらせという言葉がその口から出たとき、まさかと耳をそばだてた。当事者は、槙岡次期学長だ。

息を呑む気配も、驚きの声もない。どうやら高澤以外には周知の事実だったらしい。気まずい沈黙から逃れようとするかのように、かさかさと資料をめくる音が室内に響き渡る。

口元を一文字に引き結び、資料から顔を上げないのは、「側近」と呼ばれていた、槙岡派閥の教授たちだ。

槙岡が女子学生の体に触る、閉め切った研究室内で体に触らせる、といった行為をしたということで、女子学生の父親が大学に怒鳴り込んできたらしい。

おそらく鷹左右恵美にさせていたのと同じこと、お茶くみ、肩もみの類を、コンピュータメンテナンスのために出入りしていたあの女子学生に強要したのだろう。他人への再三の忠告は、自分の行為に対する疾しさから出たものだったのだろうか。

女子学生と父親には、学長から直々に謝罪し、なんとか和解し警察への被害届けは出さずに済ませてもらったとのことだった。今のところマスコミにも漏れていない。

槙岡現学部長は、学部長の地位を失い、減給十二ケ月の処分となった。当然のことながら四月以降の新学長就任の決定も取り消された。新学長については、次点の花村が繰り上げ当選のような形で就任することになった。

淡々と事実関係を読み上げた後、現学長は付け加えた。

「以上のようなことでありますが、槙岡学部長からは、すでに昨日付けで辞表が提出されております」

槙岡派閥の教職員たちは動揺を押し殺したような、ことさら無関心な表情を浮かべ、花村側の人々は、ある者は腕組みして目を閉じ、ある者はとってつけたような厳粛な表情で現学長の方を見ている。

この三月で退職する阿部だけが、我関せずといったのどかな表情で、レースのカーテン越しに、窓から射し込む春の陽に目を細めている。

「大学人を四十年近くもやってますとね、こんなことは山ほど経験しますよ」

研究室に戻ると阿部がぎしりと椅子をきしませて腰掛け、こちらに体を向けた。

「先生はこんなことには常に距離を置いて、飄々としてご自分の学問を究めてこられたように見えますが」

高澤は率直に印象を語った。

「まさか」

白い眉を軽く上げ、阿部は微笑した。

「権謀術数に長けたものだけが、出世して生き残る。大方の大学はそんなものでしょう。国から無理難題をふっかけられる国立大学では、昨今は学長などだれもやりたがりませんが、昔はいろいろありましたよ」

背もたれを鳴らして、阿部は居住まいを正す。

「いずれにせよ、ここの先生方のやり方はあまり洗練されているとは言えません。今どき、どこの大学でもこんな泥臭いことはやりません。私も幾度か槙岡さんに忠告はしたのですが、あの方は私のような者の言葉には耳を貸さない」

「確かに学生に肩もみを強要すれば、もろにセクハラですからね」

「肩もみの話じゃありません」

　阿部は怒ったように遮った。

「女子学生をこの棟に連れてきたことです」

「どういうことです？」

「花村さんとあの学生の父親というのは、同じ仙台未来会議のメンバーです」

　以前、高澤も誘われたことがある会合だ。槙岡の所属している保守系議員を中心とした政策研究会に対抗する形で作られた、反守旧派の若手議員やマスコミ関係者、ベンチャー企業の経営者などが名を連ねる新勢力だ。

「しかも同じ城西高校の出身だそうです。父親に言い含められたのか、それとも花村さんに頼まれたのか、あの女子学生は槙岡さんの手伝いをかって出た。槙岡さんだってばかじゃない。女子学生の怖さは、大学の教員ならだれでも知っている。自分の秘書と同様になど扱うわけがない。ただ、自分から志願して研究室にやってきた女子学生がいたら、彼のような立場にあれば、その素性を洗う慎重さがないといけない。陥れる（おとしい）ことなど簡単なんですよ。それこそジェントルマンを気取ってコートを着せかけてやればセクハラが成立するし、具合が悪そうにしていたので体調を尋ねたというだけでも、相手がその気になれば訴えられる。槙岡さんのことだから、本人はユーモアのつもりでくだらない冗談を口にしながら、肩に手をかけるくらいのことはしたのかもしれませんね。授業料頼みのここの大学は、保護者が黒と言えば白い物も黒、白と言えば黒い物も白です。我々教員に抵抗するすべはない」

あまりのことに言葉もない。確かに槙岡は、男子学生にいきなり紙つぶてを顔にぶつけられ、唖然としていた高澤に言った。「男子学生の方がマシだ」と。

「くれぐれも慎重に行動なさることです。特に女性と研究費の問題に関しては。相手がその気になれば簡単に嵌められますから」

物静かな口調で忠告し、それから二週間後、阿部はここで任期を終えた前学長や槙岡とともに大学を去った。

それと同時に教授、准教授、専任講師を含む槙岡派の五人が、いきなり非常勤講師に降格された。理由は明らかにされていない。以前にも似たようなことがあったということで、花村勢力からの報復という以外、考えられなかった。

降格された五人のうち、教授二人は即座に辞表を提出したが、そんなことは新学長にとっては、計算のうちであったのだろう。欠員は、花村の知り合いである通信社の女性管理職とカナダ人の女性アナリストが客員教授としてやってきて埋められることになっていた。

その直後に、高澤は新学部長に呼ばれた。

何事かといくぶんびくつきながら室内に入ると、花村派閥の長谷川(はせがわ)という新学部長がくぐもった声で、「次回の教授会で正式に決定されることですが」と前置きしたうえで、高澤の専任講師から教授への昇格を告げた。

「はあ」と言ったきり、こんな場合の口上も忘れ、長谷川新学部長のおよそ存在感のない穏やかそうな顔をみつめる。

花村にすり寄ったつもりはなかったが、槙岡に敵対して攻撃されているように見えたことで、そちらの陣営の者と見なされたのだ。

講師から教授へ。呆(あき)れるほど簡単な昇格だった。しかし今後、尻(し)尾を振るべき人間を間違えれば、あっという間にこの肩書きは失われる。ここでは企業の比ではない恣意(いてき)的で理不尽な人事が行われている。

第四章

　学長候補のスキャンダルは、一部の週刊誌にも取り上げられ、一時は大学の経営危機がささやかれたりもしたが何とか持ちこたえ、新学期が始まり一ケ月もすると学内は落ち着きを取り戻した。定期試験まで間もあり、新入生も大学に慣れ始めた頃で、花梨やアメリカハナミズキの花の咲き乱れるキャンパス内はのどかな雰囲気が漂っている。しかし、高澤の方は教授昇格に伴い、出席しなければならない会議が急に増えた。そのうえ評価に関連する膨大な量の書類の作成もある。

　そんな折に翔から電話がかかってきた。高校のテニスクラブの地区予選大会に出場することになったという。「暇なら来る？」という物言いに、「おまえ、そういう言い方ある？」と問うと、照れたように「見に来てください」と言い直した。

　原因不明の手首の痛みはなくなり、昨年秋からテニス部に入ったという。大きな大会に出るのは、今回が初めてらしい。

手帳に視線を落とし、「わかった。行く」と答え、開始時刻と場所を聞いた。勝ち上がっていった場合に最後までいられないかもしれないが、とにかく息子の勇姿を見ておきたい。

当日、午前九時の試合開始に合わせ、朝一番の新幹線で仙台を発った。

東京駅から中央線に乗り継ぎ、会場となっている杉並区内の私立高校まで行くと、ネット脇の桜の木陰に、懐かしい姿があった。

品質の良さそうな綿のシャツに白のジーンズを合わせた中年女性が、戸惑いの表情を浮かべて頭を下げた。最後に離婚の話し合いの場で会ったときに比べ、ずいぶん痩せている。

出会った頃の清楚ではかない風情が戻ってきたように見えたが、近づいてみるとその痩けた頬や筋張った首筋に、中年太りとはまた違う、疲れの滲む痛々しいほどの年月の跡があった。

「テニスはともかく、ちゃんと学校行ってるようでよかったよ」と視線を仲間と一緒にストレッチをしている息子の方に向ける。

まずは互いの安否を尋ねるところだが、九年ぶりの元夫婦の再会には、少しばかりの気まずさが伴い、交わせる言葉は、息子のことしかなかった。

「ええ。公立が合っていたのね。せっかく受験して入った進学校だったのにもったいなかったけれど、元気に通っているから、あれはあれでよかったんでしょうね」

物静かに由貴子は語る。

「ああ。人生、ストレートにばかりは行かないからな」と苦笑したが、その笑いも言葉に込めた意味も伝わらなかったらしい。

「そうかもしれないわね」と気のない素直さで由貴子はうなずく。

翔たちのペアは、第一、第二ゲームは落としたが、第三ゲームはジュースに持ちこみ、辛くも取った。決してうまいとは言えないが、どこまでもボールに食らいついていき、あまりスマートではない振りで力一杯ボールを叩く様に、息子の気性がかいま見える。

翔たちのペアは勝ったが、団体戦では負け、学校としてはそれ以上進めなかった。負けが決まったところで、息子と言葉を交わす間もなく、会場を後にしなければならなかった。電車の時間が迫っている。

帰り際にユニフォーム姿の息子の名を大声で呼び手を振った。コート脇で先輩や他の部員とともに後片付けをしていた翔は、勝ち上がれなかった落胆の残る顔に、少しばかりの照れ笑いを浮かべ、ことさら気のない風に手を振り返してきた。

由貴子は、慌てふためいて仙台に戻る元夫を不審そうに見ている。

「試験したり成績を付けたりするのは、夏休みが終わってからでしょう」

「いや。六月。三学期制なんだ、うちの大学」

不思議そうな顔をした。

「筑波なんかもそうだし、別に珍しくはないよ」

「ご自分の研究などもあるのでしょう。あまり無理をして体を壊したりしないで下さいね」

大洋損保を辞める間際のことは、何も知らないはずだが、翔の話や電話でのやりとりから、何か感じ取っていたのかもしれない。眉を寄せた顔に、やはり九年前に会ったきりの由貴子の母親の面影が重なる。それは九年前の由貴子自身よりも、遥かに目の前の女に似ている。

「俺の方は大丈夫」と少し照れながら答え、「研究なんかないんだけれど、会議が明日の朝一番で入っているんで準備があってね」とつけ加えた。

「非常勤講師もそういうのに出るの」

「いや。専任講師、だったけれど、今年の四月で教授になった」

由貴子は息を呑み、高澤を見上げる。

高澤はそこが決して東京の人間の考える「一流大学」ではないことを、謙遜でもなく説明した。そのことは由貴子も知っているはずだが、「大学教授」という響きは、人に何か特別のものを感じさせる。短い沈黙を、高澤は苦い思いとともに受け止める。以前なら、その肩書きに、高澤自身いささかの敬意を払っていた。しかし今、肩書きそれ自体の軽さと無価値さが身にしみる。

言葉も交わさず、手を振っただけで別れた息子とは、夏休みに入ってすぐに再会した。

学校で行っている夏期講習の合間に、初めてこちらにやってきたのだった。その数日前に息子が電話をかけてきて、母親に代わった。仙台市郊外ということで、日帰りするには少し遠いので、そちらで泊めてやってほしいと他人行儀な口調で由貴子は頼んできた。

仙台駅に迎えに行きマンションに連れてくると、翔は室内のドアというドアを開け、無遠慮に探索して回り、やがて大学のキャンパスを見下ろす廊下側の窓べに立ち、ぽつりと言った。

「僕、ここでもいいか」

「ばか言え」

慌てたのは父の方だ。

「ここに入ってきてどうする気だ」

ほとんど無意識に口をついて出た言葉だった。

翔はにやりとした。

公立進学校の二年生ともなれば、各大学の入試偏差値は頭に入っているのだろう。ある受験業者に「格付け外」と名指しされた東北国際情報大学のレベルを知っての冗談だ。それならそれで腹が立つ。

「お母さんにもあまり苦労かけられないし」

ふと翔は真顔に戻った。

「おばあちゃんがボケて、ときどき変なことをやる。おじいちゃんは病気で三ケ月ごとにうちと病院を行ったりきたりしているし」

「病気？　何の？」

離婚前後に、高澤のことを「嫌がる娘をアメリカまで連れていって、病気にした挙げ句に、邪魔物扱いした」だの、「仕事はできるのかもしれないが、人間的に問題がある」だのと口を極めて自分を罵った義父の、えらの張った精悍な顔を思い出す。

「いろいろ……。胆嚢炎と、白内障と、前立腺癌と、よく知らないけど、病院に行くと新しい病気がみつかる。入院しても三ケ月で退院させられるから、後はお母さんが家で看てる」

考えてみれば義父ももう七十代半ばだ。財閥系企業の取締役まで上り詰めた人物だが、現役中の無理がたたり、退任後の体のあちらこちらに故障が出てきたらしい。

「この間も洗面所で急に倒れて救急車呼んだ」

「何だったんだ」

「知らない」

無表情に息子は首を振る。

「大したことないのに救急車を呼ぶなって、お母さん、医者に怒られてた。翌日にはおばあちゃんがタクシーに乗って、埼玉まで行った。買い物した帰りに、子供の頃住んでいた家に戻ろうとしたらしい。他の人が見れば普通で、ぜんぜんボケてるように見えないから、ドライバーも言われた通り走ったみたい。本庄の警察から電話がかかってきて、お母さん、慌てて引き取りにいった」

九年前、家庭を顧みない婿から、力を合わせて大切な娘を守った両親は、今、急速に衰え、一転して大きな負担を娘にかけている。出戻った後、彼らのおかげで息子と二人、不自由のない暮らしを続けてきた由貴子の立場は、こうなってみると辛い。

「ヘルパーやデイ・サービスは？」

「まさか。おばあちゃんは他人を家に上げたり、他の年寄りと一緒に過ごす老人ホームみたいな場所に行くのは絶対嫌だと言っている。そんなのは子供に捨てられた年寄りの行くところだと。お母さんも、おばあちゃんのこと、人に知られるのを嫌がってる。お父さんにも言うなって」

「なぜ？」

「だから、ボケてるからだよ。他の人にそんなこと知られたら、おばあちゃんがかわいそうだって」

ため息が出た。春に会ったときのあの尋常でない老け方は、どうやらそんな苦労があるからららしい。

奥ゆかしく、優しく、だから惚れた。そうした美徳は内向性や排他性、隠されたプライドの高さと紙一重だ。十二年続いた結婚生活でそんなことは承知の上だが、かつて彼女を守ってくれた両親を逆に抱えていかなければならなくなった今、いつまで持つのか、と心配になる。

別れた妻とはいえ、そこが息子の家庭である以上は支えてやりたい。しかし具体的な方法がわからない。介護保険も、当人と家族が他人の介入を拒否するのでは、使いようがない。結局のところ金しかないのかもしれないが、地方の私立大学の教員では、教授の肩書きがつこうがつくまいが、経済的には心許(こころもと)ない。失業と再就職を繰り返したために貯金もそれほどなく、律儀(りちぎ)に養育費を払うだけが精一杯だ。

翔は一晩泊まっただけで、翌日にはあわただしく帰っていった。

仙台駅まで送っていった高澤は、息子に「お母さんに困ったことがあったら遠慮せず電話くれるように伝えてくれ」と託(ことづ)け、列車に乗せた。

以前に通っていた中高一貫校は、一年三百六十五日受験教育をしているようなものだったが、今、翔の通っている公立高校も二年生の夏休みを境に本格的な受験態勢に入る。いくら地域の秀才の集まる伝統校とはいえ、雑誌等で発表される合格者数を見ると、トップクラスの大学に入る生徒は一部に過ぎず、大半は二年生の夏休みを境にその他大勢、に振り分けられてしまう。

自分は確かにその夏休みを制したのだった、と高澤は自身の都立高校時代を思い返す。

文武両道の伝統はその頃からあったが、今と違って進学型教育課程などなかった。夏休みの補習もなく、高澤は三年生までクラブで試合に出ながら勉強し、進学塾など通わずに現役合格を果たした。ある程度のレベルの公立高校に入れば、自力でそれなりの大学の入学が叶う牧歌的な時代だった。親の意識や経済力ではなく、本人のやる気と努力が実を結ぶという点で、今より遥かに機会の平等が確保されていた時代に、高澤はエリートの仲間入りを果たし、希望していた金融の仕事に就いた。

しかしその先の人生もまたある意味平等ではあった。華々しい学歴は、社会に出た後にその一生を保証するものではなかった。それでも身に付けた自助努力の精神は、人生のどん底を経験したとき、破滅の淵に転がり落ちる寸前で、何とかもちこたえ、はい上がるチャンスを与えてくれるものになるだろうと高澤は信じている。

定期試験で不合格となった学生のための補習授業は、夏休みに食い込むような形で続いていた。

今、高澤の担当科目は、当初、片根から聞いた金融や経済一般からは大きく離れ、高校の数学や英語となっている。

東北国際情報大学は、入りやすい大学だ。入試レベルの問題だけではない。推薦入学が多く、入試科目も少ない。入学後に当然必要となる基礎科目について、高校で履修してこないから大学の授業についていかれない。何とか一年生のうちに大学生並みの水準に引き上げなければ、就職どころか卒業もおぼつかない。

学生たちを見捨てずに就職にこぎ着けられるだけのレベルに四年かけて鍛え上げたいという、高澤の熱意は彼らに通じるところがあったのだろう。学生へのご機嫌取りや、漫談のような授業などしなくても、今期の学生評価は学部内でトップになっていた。とはいえ教員が学生に評価されるという大学のシステムには、高澤は未だに腹立たしさを感じるし、お客様扱いされて学校を卒業した彼らが、社会に出て、どうやって仕事をしていけるのかという危惧もある。

いずれにせよ学生が足を踏み入れることが制限され、またそんなところに入ってきたがる学生もあまりいない研究棟で、高澤の研究室だけには、相談や単なる暇つぶしにやってくる学生が引きも切らない。以前、一緒にそこを使っていた阿部教授が退職した後、代わりにやってきたのが女性二人だったという事情もあり、研究室は高澤一人で使うことになった。空いた空間を本棚で埋めることはせず、高澤は作業台のような机と折りたたみ椅子を入れた。

いつのまにか、その作業台の上には、型落ちの安物パソコンの他に、インスタントコーヒーや菓子を入れた籠が置かれ、研究室は学生のたまり場になっている。

学部長の長谷川からはそれとなく注意を受けたが、その都度、高澤はのらりくらりとかわす。そもそも学究の機能などまったくない大学であるのだから、学生を排除したら研究室は単なる教員の待機所以外の何物でもない。食堂も喫茶室も、図書館までが夕方早くに閉まってしまうこの大学で、しかも学生を自宅に呼ぶことも禁止されているなら、授業以外の彼らとの接点を、いつどこで持てばいいのか。相談室や面接室を設け、担当の教員を貼り付けたところで、もともと信頼関係が築かれていないのなら、だれが相談になど訪れるだろう。

そんな反論を、しかし高澤は口にすることはない。相手を論破するより、実績を上げる方が勝ち、というのは、二十数年、企業人としてやってきて高澤の学んだことだ。

学生の企画した忘年会で、彼らの指導教員を差し置いて高澤に声がかかり、駅前中央通りにある居酒屋で息子とあまり歳の違わない若者たちに囲まれて酒を飲んだのが、この年のもっとも楽しい出来事だったかもしれない。

昨年度末の学長候補の不祥事から、学生との関係については学校側から再三注意を促す文書が回ってくる。そのうえ居酒屋に集まった学生の半数以上が未成年ということもあり、高澤がそちらに目配りしながら慎重に飲んでいると、改まった調子で幹事役の女子学生が、「発表します」と宣言した。それからおもむろにここにいる学生全員がＴＯＥＩＣに挑戦し、全員が五百点を超えたことを知らせた。とりあえず日常生活で困ることはなく、企業内での簡単な仕事ならこなせる、というレベルだ。

カナダ人の客員教授がやってきたこともあり、学内では英語の授業への関心が高まっている。一方で日本語での理解さえおぼつかない学生に、語学以外の授業で英語を取り入れることに意味があるのかという、反対意見も多い。

そんな中、高澤は、数人の学生たちに、英語学習者用ウィークリー紙の経済記事を読む、という自主ゼミを二学期後半から立ち上げるように促した。その折にＴＯＥＩＣの受験という課題を出したのだった。ＴＯＥＦＬでなくＴＯＥＩＣなのは、経営学という彼の担当する学問の性格上、留学よりはビジネスに通用する英語で、少しでも国内企業の就職に有利に働き、就職後に役に立つようにと考えたからだ。そしてそれ以上に、女子の多いクラスでもあり、彼女らの間にある、観光気分の安直な留学志向を戒める意味合いもあった。

そのうち一人は七百点という、この大学に入ってきた彼らの英語力からすると異例の好成績をたたき出した。昨年、高澤が初めて補習授業を受け持った二人の女子学生のうち、地味な方の阿佐田ゆかりだ。しかしこの日、話題の中心にいたのは、阿佐田ではなく、小池しをりの方だった。

成績では阿佐田には及ばないながらも、頭の回転が早く、高いコミュニケーション能力を持つ小池しをりの夢は、経済誌の記者として海外で働くことだ。テレビの経済番組で、ニューヨークの株式市場の動きをレポートしている女性記者にあこがれている。

実現可能性はさておき、今どきの学生にしては珍しい海外志向であり、大きな夢を追う姿は印象的だ。幼い頃から英会話スクールに通っていたということもあり、入学当時、すでに流暢（りゅうちょう）な英語を話し、ネイティブの日常会話を聞き取る耳の良さはずば抜けていたが、家族や仲間といった話題を一歩出ると、およそ中身のある話を理解する力はなかった。その彼女が、大量のリーディングをこなすことで急速に力をつけた。

真冬だというのに半袖（はんそで）、ミニスカート姿で、肩が露出するくらい大きく開いたセーターの襟ぐりには、大判のストールが無造作に巻き付けられている。髪の色は昨年よりさらに薄く、ほお紅は花びらのようなピンクだ。マスカラで縁取られた目はますます大きくなり、輝きを増した。キャバ嬢のような見た目だが、彼女の周りでは話が盛り上がり、ほとんどの男子学生は彼女に好感を抱き、それ以上に女子学生が彼女に一目置いている。わずか十九か二十歳で、すでにカリスマ性を身に付けている、そんな小池しをりの隣で、阿佐田ゆかりは冷めた表情で、黙々と料理を口に運ぶ。ときおり視線だけ動かしシニカルなコメントをするが、だれも耳を傾けない。

「頑張ったじゃないか」

高澤はその隣に行って声をかける。

阿佐田はうっすらした笑いを浮かべた。

「うちの大学ですから」

他に行けば大したレベルではない、という意味だ。

「この調子でいけば、卒業する頃には、ネイティブのレベルまで行ってるさ」

「そうですか」

いささか空虚な口調が気になった。

年明け早々、さほど多くもない年賀状に目を通しているときに、いきなりファクシミリが送られてきた。送り状に印刷された「学生課」の文字にぴんと来た。

また留学生が逃げ出したのか、と身構えていると、このあたりでは珍しい大雪に見舞われた昨夜、仙台市内の路上で、学生がバイク事故を起こしたという内容だった。大雪でスリップして転倒した後、バイクは滑っていって中央分離帯上の樹木に衝突し大破したが、幸い本人も含めてけが人はいなかった。しかし事情聴取に応じた学生は、立っていられないほど酔っていることがわかり、その場で逮捕された。同じゼミの学生同士、駅近くの居酒屋に集まって飲んだ帰りだった。

学期はまだ始まっていなかったが、即座に学生指導委員会が招集された。

学則で禁止されているバイク通学が、大学の立地上、野放しになっていることと、その冬、急性アルコール中毒で病院に運ばれた学生がいたこともあり、飲酒そのものについても問題になった。

「ところで」と学生指導部長が、高澤の方に顔を向けた。

「仙台市内の居酒屋で学生たちに酒を飲ませていたと仄聞しておりますが」

「一年生については飲ませていません」

仄聞という言葉に、何とはなしの陰湿さを感じる。

「女子学生が多いということもあり、節度ある飲み方をしていました」

「女子学生……」というつぶやきが聞こえてきて、そちらの問題にも学校側がいかに神経を尖らせているかがわかる。

「先生の本棚に焼酎の瓶がありましたが」

「帰省した学生が担いできたものですが、封は切っていません」

今、高澤の研究室にはコーヒー、紅茶が置いてあり、集まった学生に勝手にいれさせているが、酒までは飲ませていない。

「まあ、その程度は我々の時代なら当たり前でしたが、最近の学生はいったん緩めると歯止めがきかない。良識の範囲内、という判断を期待できないんですよ。細かくルールを定めて厳格に守らせるしかない」

「酒で止まらずに簡単に薬物までいきますからね」

　別の教員が言う。

　一人が高澤に向かって揶揄するような口調で尋ねた。

「先生の部屋に入り浸っている他の学生たちは、そっちの方は大丈夫なんでしょうね」

　高澤の頭に血が上った。

「あなた、何を言いたいんですか」

　思わず立ち上がって怒鳴っていた。

　ひるんだ相手に、さらに怒鳴り続けていた。

「大丈夫っていうのは、何が大丈夫だ、という意味ですか。どういう根拠でおっしゃっているんですか。彼らに失礼じゃないですか」

　相手は憮然とした表情で黙りこくり、委員会は気まずい沈黙で閉会した。

　それからわずか四日後、懸念されたことは現実になった。

　工学部の学生が大麻所持の現行犯で逮捕されたのだ。

今のところ、容疑は単純所持で、本人は暮れに東京の実家に帰省した折、渋谷のクラブで外国人から売りつけられた、と供述しているらしい。

「この季節になると、みんな東京に出て、事件を起こしてくれる」

年明け早々、二度も緊急招集をかけた学生指導部長は頭を抱えた。

「いや、こっちでやってますよ」と気の抜けたような口調で否定したのは、三十そこその樋口という准教授だ。

「芋づる式に捕まるのを免れるために、東京のクラブで外人から買った、と供述するのは、お約束ですから」

その場の空気が凍り付いた。

「つまり本学の学生が他にも……」

樋口がうなずいた。

「そういう受け応えがすらすら出てきたってことは、逮捕歴がないとはいえ、どっぷり浸かっている証拠です。単純所持だけで済めばいいんですが」

樋口の色白の丸顔は、こんなときでも深刻味をあまり感じさせない。

そのとき会議室の隅に置かれた内線電話が鳴った。学生指導部長が飛びつくように受話器を取ったのは、何か不安を感じるところがあったからだろう。

「警察の捜査が入ったようです」

忙しなく閉会を告げると管理棟に向かう。とっさに高澤も後を追う。結局、六人の委員全員がそちらに行ったが、すでに警察官の姿はない。

学生棟とサークル棟にある、学生の私物用ロッカーの捜索が始まっていた。

高澤たちがその場に着いたとき、ちょうど経済学部の学生棟で、職員が合鍵を使い捜査員に指示されたロッカーを開いたところだった。

スパイクシューズ、ファイルノート、ウィンドブレーカー。

その場のだれもが祈るような気持で警察官の手元に目を凝らした。

「うわっ」と樋口が片手で目を押さえた。

都心のスーパーマーケットで見かけるスパイスのようなもの。ビニール袋入りの枯れ草があった。

警察官の指示したロッカーの中に錦城のものもあった。目の前で扉が開けられる。

教科書とゲームソフトの箱、電子辞書……。何もない。胸をなで下ろした。

経済学部の学生六人が任意同行を求められたという知らせが入ったのは、その日のうちだった。錦城の名前も入っていた。

だめなやつは、なにをやってもだめ。

企業にいるとき、適材適所という言葉が出るたびに、反論のようなその物言いを耳にした。二十歳そこそこの学生について、当てはめるのは残酷すぎる。

彼らは仙台市内にある友達の学生向けマンションに集まって吸ったらしい。高澤たちが上の年代から話に聞いた「大麻パーティー」などというものではない。普通の学生が、普通に仲間の家に集まり、普通に「家飲み」した。その折の缶入りサワーや焼酎の水割りや発泡酒の延長線上に、大麻があった。

四日前、泥酔（でいすい）した学生のバイク事故の折に、学生指導委員の一人から出た「酒で止まらずに簡単に薬物までいきますからね」という言葉は、それほど大げさなものではなかった。合法的な飲酒、未成年者の違法な飲酒、そして大麻吸引へ。引かれるべき一線が、抵抗もなく越えられてしまった。

大麻を吸った学生のうち、所持していた二人をのぞいては、錦城を含めその日のうちに帰された。いずれも初めての吸引であったことに加え、花村学長自らが即座に警察署に出向き、穏便な処理を願い出たことも奏功したのかもしれない。

その一方で逮捕をまぬがれた学生たちにも、学校側は無期停学という比較的厳しい処分を行った。樋口や高澤は、停学期間中にむしろ監督が行き届かなくなるという理由から、もう少し短期間にと求めたが、他の学生への影響もありそれほど軽い処分にはできないということで突っぱねられた。無期停学の無期が、たいてい六ケ月であることは、処分が決定した後に知った。

補習で面倒は見たが錦城は高澤の直接の指導学生ではないため、面談は別の学生指導担当の教員が行った。

処分決定から一週間後、青白い顔で肩を落とした錦城は、高澤の研究室にやってきた。そのとき二、三人の学生がその場にいたが、高澤はその顔色から事情を察し、他の学生を追い出した。

「すいません」

錦城はいきなり頭を下げた。

「自分、退学することになったんで」

「ちょっと待て」

大麻で大学中退……。一生付きまとう履歴とその後のろくでもない人生が見通せる。

「とにかくだめだ。半年待てないのか。やめてどうする気なんだ」

錦城は首を傾げるだけだ。

「悪いことは言わない。卒業だけはしろ」

「でももう退学届け出しちゃいましたよ」

「撤回しろ」

「先生の判子ももらったので」

そのこだわりのなさに二の句が継げない。

「親父に言われちゃって。いい加減な気持なら大学などやめろって。親父、一度言ったことは絶対、曲げない人なんで」

父に言われて簿記の専門学校を受験し、父に言われてこの大学の経営学科に入り、父に言われて、退学していく。最後の最後まで親父の言いなりという中で、それではあの大麻は、唯一の幼い反抗だったのか。遅れてきた反抗期のツケはあまりに重い。

「いったい中退してどうする気なんだ」

「お母さんがオーストラリアに留学したらどうかって」

「よせ」

思わず腰を浮かせた。

こんな形で、遊び半分の語学留学などすれば、今度は、大麻で停学、などではすまない。

「これをやりたい、とかいうことは本当にないのか？」

これまで何度も口にした問いを高澤はくり返す。そして錦城はこれまで同様に首を傾げただけだった。

二日後、高澤は別れ際にメモした錦城の携帯番号に電話をかけ、彼を呼び出した。怯(おび)えたような顔で研究室にやってきた錦城に、買っておいた簿記四級から二級までのテキストを手渡した。

「初志貫徹だ」

錦城は瞬(まばた)きした。

「簿記試験に四級なんてあるんですか？」

高澤自身も少し前まで、簿記検定は三級からだと思っていた。

「甘く見ると落ちるぞ」

「元経営学科の学生が落ちたら恥ですよね」

錦城は虚勢を張ったような笑いを浮かべた。

「一応、俺の授業に出ていたから、用語はわかるはずだ。第一志望は簿記専門学校だったんだろう。それなら難易度の低いところから、一つ一つ攻略していったらどうだ」

ぱらぱらとテキストをめくっていくうちに、錦城の顔から笑みが消えていく。見たこともないほど悲壮な表情を浮かべ、錦城は顔を上げた。

彼に限らない。多くの若者にとって、いや、自分にとっても「何をやりたい？」という質問ほど無意味なものはなかった。そのことに高澤は二日前、錦城を帰した後に初めて気づいた。

子供と若者が夢を語るときの「夢」や将来など、単なる夢想だ。夢想を巧みな形で言語化して語ることに意味はない。夢が、現実的な希望として形を成すようになるのは、地に足をつけて人生を歩み始めてからだ。そのとき、人は夢を語らずとも、その方向に向けて努力を始める。

「宿題ですね」と視線を合わせぬままテキストを鞄に突っ込むと、錦城は「ありがとうございました」と頭を深々と下げた。高澤の顔に紙つぶてを投げつけたときと同様、真っ赤な顔をして泣いていた。

「困ったことがあったら、いつでも相談に来いよ。自宅は俺一人だから」と言うと、「行きません」と意外なほど毅然とした仕草で首を振った。

「え……」

錦城はすらりと立ち上がると戸惑っている高澤を残し、部屋を出ていった。あっけに取られるほど淀みのない動作だった。

キャンパスの植え込み脇を、状況にそぐわぬ軽い足取りで門に向かって歩いていく錦城の姿を、高澤は研究室の窓から悄然として見送る。

大麻事件に学内が揺れるうちに寒さは緩み、再び試験とそれに続く補習授業の季節が来た。三学期末の補習授業には進級の可否がかかっており、学生にとっても教員にとってもいっそう切羽詰まったものになる。また各社の説明会と面接も多くなり、学生の就職活動もピークを迎える。どこの企業に就職できるかといったことが、彼らの人生における重大事であるのと同様、大学にとっても少子化と不況の中で、存続をかけた重要課題だ。

就職課の就職支援担当は全国の企業を飛び回り、就職指導担当の教員は、学生に頭の下げ方、椅子の座り方、視線の方向、といったところから始め、受け応え内容や態度を徹底してチェックし指導する。

こうした面接訓練は意外なほどの成果を収めつつある。単なる小手先の技術であるはずが、同じ地域にある国立大学や入学時の偏差値の高い私立大学の学生が、面接でふるい落とされる中、東北国際情報大学の学生は次々に内定を決めてくる。

しかしこの春、早々と内定をもらったのは、二年時で高澤の補習授業を取り、高澤の卒研ゼミにやってきた、ＡＯ入試の松岡だった。就職先は、大手の鉄鋼会社だ。大無意味。「就職時の偏差値と会社への貢献度は無関係。学生時に取得したMBA等の資格も無意味。組織内でチームとして動ける人材を採る」というそこの経営者の言葉は建前ではなく、松岡のもともと持っていた運動部体質の協調性が高く評価された。しかしそれだけでこれまで事実上の指定校制度を取ってきた大企業に食い込めるはずがない。学科内の他の教員から疑問視されながらも、高澤が二学期から強行した英文テキストを使った英語によるゼミが功を奏した。明らかに彼のレベルを超えた内容だったが、体力と持ち前の負けん気でついてきた。おそらく先方の企業の面接担当者に、彼の持っているそうした熱意と可能性のようなものが伝わったのだろう。

「まだ内定の段階だ。気を抜くな」と発破をかけながら、高澤は無意識に微笑(ほほえ)んでいた。

それから六月中旬にかけ、最終面接を終えた学生たちには、家電販売店や信用金庫、情報サービス会社などから次々に内定通知が届き始めた。さらに秋に向かって、地元市役所などへの就職を決めた学生からの報告もあるだろう。

まもなく一学期も終わろうかというとき、今度は小池しをりがカリフォルニアの大学に飛び立っていった。私費の語学留学ではない。東北国際情報大学と姉妹校としての協定を結んでいるアメリカの大学に、交換留学生として行くことになったのだ。選択式テスト、小論文、面接といった選考にパスして、年に一人、という英語圏への留学枠を勝ち取った。単純な語学力だけなら、それ以上に優れた学生はいる。おそらくそのバイタリティーと前向きな姿勢、高いコミュニケーション能力が買われたのだろう。

その年の夏はいつになく暑さが厳しかった。東京の夏に慣れている高澤には、さほどには感じられなかったが、七夕祭りで熱中症の患者が救急搬送されたなどという記事が、毎日のように新聞の社会面を賑わした。

由貴子から電話がかかってきたのは、東京の気温が連日三十八度を超えているというニュースが報じられている最中だった。

夏休みの間、息子を預かってくれないか、と言う。いったいどうしたものか、せっかく高い授業料を払った塾に行かないらしい。

「また以前と同じことになっているのか？」

「わからないの。聞いてもいろいろ考えることがあるって言うだけで。男の子って本当に」と言ったきり言葉が続かない。こんなときには父親には心を開いてくれるかもしれない、と期待しているのだろうと思ったのだが、そうではなかった。

「父が脳梗塞（のうこうそく）のリハビリ途中で退院させられてしまって、母の方もあまり丈夫でなくて……」

あまり丈夫でない、ではなく、認知症で手がかかるのだ。義父は発作を起こして入院したものの三ケ月が過ぎたので追い出され、由貴子の気質からして施設に入れるという選択もできず、また実際に入れる施設もなく、家で年寄り二人を抱え、手一杯らしい。

「私、翔のこと、何もしてやれなくて。翔も落ち着いて勉強できる環境じゃなくてかわいそうで」

「わかった」

最後まで聞く前に、遮るように答えた。

「こっちは涼しいし、部屋にも余裕がある。一夏、来させるといい」

ようやく単なる面会以上のことで、息子に関わることができる。また実質的な形で由貴子の助けになれる。奇妙に弾んだ気分になって受話器を置いた。

ところが翌日も、その翌日も息子は来ない。電話もかかってこず、八月の半ばに業（ごう）を煮やして連絡を入れると、ようやく翔本人が出た。

「どうしたんだ。来ないのか」と開口一番尋ねると、「行きたいけど、行ける状態じゃないから」とくぐもった声で答える。

ぎょっとするほど大人びた口調だ。

「どうして？」

「うちもいろいろあって……。ちょっと目を離せば、おばあちゃん、外に出て、この間なんか脱水起こして、デパートの医務室から電話がかかってきた」

「徘徊(はいかい)か？」

「本人は買い物のつもりらしいけど。引き取りに行くの僕しかいないから。塾どころじゃないよ」

一人息子として育った翔の意外な一面を見た。父親のいない家庭で、彼は本来の高澤の責任を担(にな)おうとしている。

しかし彼は今、この先の人生で日の当たる道を歩けるか否(いな)かの最初の分岐点に立っている。松岡はあくまで例外だ。少なくとも高澤にはそう思える。

他の子供が家庭内の雑事から切り離され、両親のサポートの下にレースを繰り広げているときに、反対に母親のサポートに回って祖父母の介護を手伝わなければならないとしたら、そのハンディはあまりにも大きい。自分の子供のことであれば、人間教育的な一般論と理想論で片づけることはできない。

「いいか、物事には優先順位を付けることも大切なんだ。この先ずっと、ということでなく、来年二月まで期限を切って、自分にとって何が大切なのか考えてくれ」

「大丈夫だよ」

最後まで聞かずに、息子は答えた。

「やることはちゃんとやってるから」

切って捨てるような物言いだ。

「とにかくお母さんに代われ」

何をしているのか、ずいぶん待たされてから由貴子に代わった。

「一人で何もかも回そうとするな。とにかく今の時期だけでも、お義母さんをショートステイに入れるんだ」

「何のこと」

とぼけている。仕事で関わった高澤の周りの女性たちは、親の認知症や精神疾患を恥じ、隠そうとする感覚などだれも持ってはいなかった。他の身体疾患とまったく同様に話し、愚痴り、相談しあっていた。由貴子のくだらない見栄に腹が立つ。

「息子まで巻き込むつもりか」と怒鳴りそうになるのを抑え、冷静な口調で提案する。

「週末に東京に行く。ちょっと相談しよう。ケアマネとの話し合いや手続きについて俺が引き受けるから」

「もう少し待って」

いくら待ってもむだだ、干渉するな、というニュアンスだ。

「お義母さんは医者に診せたのか？」

「絶対に行かない……。プライドはあるのよ、たとえ歳を取っても」

「プライドだの何だのという問題じゃないだろ」

「一度、お年寄りばかりを集めた健康教室に行ってもらったんだけど、嫌がらせをするおばあちゃんがいたらしくて、あれから『由貴子ちゃん、二度と私をあんなところにやらないで』って、怯えたように言うの。私の手をぎゅっ、と握って。どこかに預けるなんてとてもできない」

そこそこ暮らし向きの良い家で専業主婦として生きてきた老人に、集団生活に馴染めというのが無理かも知れない。

「しかしそのままじゃ共倒れだ」

「大丈夫よ。心配しないで」

「わかった。それなら翔を夏の間だけでもこっちに来させてくれ。彼にとって今がどれだけ大切な時期かわかっているだろう」

「ええ、ありがとう」

語尾が湿った。由貴子にもわかっているのだ。

「待っているから」と、息子と代わることもなく、電話を切った。

翌日は、オープンキャンパスで、息子と同じ年齢の子供たちに向けた簡単な講義を受け持つことになっていた。

レジュメや機材のチェックなどのために早めに研究室に行くと、阿佐田ゆかりが廊下で待っている。思い詰めたような表情にぴんと来た。

一ケ月ほど前から危惧していた。予想通り透明なファイルに挟まれているのは退学届けだった。

研究室に入れると、阿佐田は高澤の机の上にそれを置いた。

几帳面(きちょうめん)な文字で、必要事項はすべて書き込まれている。後は高澤が判を押すだけだ。

英語圏への交換留学生の試験を彼女も受けていた。しかし語学力についてははるかに小池を上回っていた阿佐田は落ちた。

結果が決まった後の、友達としての小池の対応は見事だった。気遣っていることを感じさせない気配り、さり気なく敬意を払う物言い。

しかし阿佐田の鋭い感性と知性は、相手の気配りを読む。小池の優れた対人感覚によるさり気ない気配りが、ますますいたたまれない気分にさせていたに違いない。ゼミ室での微妙な空気を高澤も感じていた。

空欄となっている署名欄に視線を落とし、高澤は退学届けを無造作に自分の引き出しに入れた。

「これは預かります。とにかく話を聞こう」と傍らの椅子をすすめた。

講義開始まで一時間と少しあった。

錦城のようなことにしてはならない。

もちろん「留学生試験に実力のある自分の方が落ちて、面白くないから」などという理由を阿佐田が述べるはずはない。

大学にいることに意味を見いだせない、そんな内容のことを多くの例を挙げ、比喩(ひゆ)を使いとうとうと語った。その冗舌さに高澤は驚く。普段の彼女からすると別人のようだ。

「これまで、すごく不自然に生きてきたって思うんですよ。一生懸命、努力はしたけど、でもそれが何のためなのか、ちゃんと考えたこともないし。傷つきたくないからその前に努力するみたいな感じ。痛いのは嫌だから、自分を安全圏に置いて、そこで頑張ってきたけど、そんなの何もなりませんよね」

高澤に視線を合わせぬまま、酔ったように語り続ける。

予想していたものと何かが違う。留学生試験のことは影響しているのかもしれないが、それが原因ではない。

「覚悟を決めなければいけないと思うんです」

鋭い口調で言うと顔を上げた。

夏休みの間に何があったのか。

男か、と考え、すぐに否定した。

Tシャツ、その上に綿のワンピース、下は当然のごとくデニム。この暑さだというのに、肌も体の線も出さない過剰な重ね着に、頭頂部で結わえたストレートの黒髪。

新興宗教か、詐欺(さぎ)か。

「何の覚悟か教えてくれないか?」

「アーティストというか、女優として生きていきたい、と」

「女優?」

思わずむせそうになった。

「ええ、私、普通の人生というか、常識を生きられないんだって……。今まで、ずっと本当の自分に気づかずに生きてきたんです。なぜかというと自我に捕らえられていたから。それを出会った瞬間に見抜いた人がいて」

やはり男だ。

「彼が、君は自分自身が見えてないって。自我にがんじがらめになって、意味のない努力をしているだけだって。自分を捨てろ、自我を抜けって」

「おいおい……」

「ミサキサトシって、知ってますか？」

「いや」

「映画の監督で」

どうせろくなやつじゃない……。

「天才です」

高澤の思考を見抜いたように言った。

「天才って……どんな映画を」

「劇場公開したいけれど、なかなか理解されないんですよ、ＡＶみたいな扱いをされてしまって」

「ＡＶだと？」

思わず叫んだ後にだれかに聞かれたのではないか、とあたりを見回した。

「君がなんでそんな人物と」

「だからAVなんかじゃないって言ってるじゃないですか」

両手を握りしめ、阿佐田は叫ぶ。

「岩手の実家に帰ったときに、東京の美大に行った友達と会って、ワークショップに誘われたんです。沖縄の名護で毎年、夏にやってるんですが。それに参加したあと、美大の学生とか劇団の人とかたくさんいるのに、監督が、私にだけ連絡をくれたんです。とにかく君は特別のセンスを持っているって。心の内に、修羅のようなものを飼っていて、他の人のような人生は歩めないだろうって」

「つまりワークショップを主催した監督にスカウトされたってことか」

本当のところはただの口説きだ。

「いえ、主催は別の人で、ミサキ監督は参加者というか」

主催者、ですらない。

「で、なぜ、大学を辞めるんだ？ その彼と結婚して、東京だかどこだか知らないけれど、そっちに行くということか」

「結婚とか、そういう普通の恋愛とは違うんです」

阿佐田は口ごもった。

「ただ、彼の工房で一週間、暮らして、それで何というのか、自分を彼に委ねるというか……」

「委ねる？」

それ以前に、彼のマンションでというならわかるが、工房で暮らす、というのはどういうことか？

「つまり制作プロダクションでスタッフと共同生活をしている、と」

「いえ彼は全部一人でやって、一人で作っているんです」

「その彼に人生を委ねたいと？」

「いえ、人生とかじゃなくて、私自身の自我をいったん抜かなくちゃいけないから」

君自身を俺に委ねろ、ってか？

吐き気のする物言いだ。

「それで彼の映画の出演準備がありますし、その前にちゃんとけじめをつけて、後戻りできないことをちゃんと自覚して、手続きもしないといけないので、その退学届け、お願いします」

礼儀正しく頭を下げた。

「出演って、おい、まさか」

裸になるんじゃないだろうな、という露骨な言葉を飲み込んだ。女子学生が一人で相談に来ているので、ドアは開け放してある。会話は丸聞こえだ。

「もちろん脱ぐシーンはあります」

おまえが？

無意識に、小作りな目鼻立ちの顔と、幾重にも布に包まれた体に目をやる。

「というか、入れ墨を入れます」

「なんだと？」

反射的に腰を浮かせた。

「はい。明日、東京に出て」

「待て、親は知っているのか」

「電話できちんと話しました」

内線電話が鳴った。

「先生、そろそろ、ホールの方に」

事務局の広報担当からだ。

「すぐ行く」と答え、阿佐田の方を振り返る。

「それで親は止めなかったのか」

「もちろん止められました。まだ許してないと思うし、一生、許してくれないと思います。それも含めて覚悟です」

「映画も自我もわかったが、それでどうしてタトゥーに行ってしまうんだ」

「先生、タトゥーなんかじゃありません」

阿佐田は頰を紅潮させ、顔を上げた。

「ちゃんとした和彫りです。天才的な彫り師の人で、図案も、もう決めたそうです」

そいつも天才かよ、と心の内で吐き捨てる。

「その男、いや、監督が彫れと言ったのか」

その男が目の前にいたら殴っているだろう。

「いえ。私が決めたことです、私がというか、私の自我ではなく、もっと深いところの私自身が」

屁理屈はどうでもいい。

「監督はそうして私自身が自分を見つけ出して変わっていく過程を、説明無しに、ドキュメンタリーとして撮っていきたいと」

「まさか彫る場面を、か」

「彫る場面だけじゃありません。もちろん彫る場面もありますけど」

顎を引き、高澤を見据えて阿佐田は答えた。

そのとき「高澤先生」と樋口が駆け込んできた。彼は今年度から、学生指導委員から、入試広報委員に変わっている。

「先生、もう五分、過ぎてますよ」と腕時計を指した。

来年の入学者数が、この大学の経営状態を決める。そこで行われる講義はオープンキャンパスのメインイベントでもあり、それに教授が遅刻したのでは、大学の信用にかかわる。

「明日の出発は？」

上着に袖を通しながら廊下に出て、振り返り、尋ねた。

「三時二十一分のやまびこで仙台を出ます」

「午前中にもう一度、ここに来なさい。必ず。それまで私は判を押さない」

そう言い残し、樋口に急かされながらホールに向かって走る。

一時間半の持ち時間を、パワーポイントを用い、ビデオショーなども取り入れ、落ち着かない気持ちのまま終わらせ、研究棟に戻ると、高澤は即座にインターネットを立ち上げた。

「みさきさとし」と入れる。

「もしかして三崎聡」「もしかして岬慧」「もしかして三崎諭」と羅列される。

迷っているとノックの音とともに、今日の講義のアンケート用紙を手に樋口が入ってきた。

「感触はよかったですよ」と言いかけたのを遮り、尋ねた。

「ミサキサトシって、映画監督知ってる？」

「ああ」

画面を覗き込み、にやりとした。

「高澤先生って、実は案外、スキモノですか」

その一言がすべてを物語っていた。

「案外じゃなくて、スキモノだよ。アマゾンでＤＶＤは買える？」

「さあ、一時、斬新な手法だっていうんで脚光を浴びたことがあって、その頃のＤＶＤというかビデオテープは買えるでしょう。だれか出品しているはずですから。でもそのあとＡＶの市場はどんどん小さくなってしまいましたからね。仕事がなくなったせいかどうか知りませんが、監督自身はどんどん過激に走っていって。最近のなんかもうめちゃくちゃだそうですよ。確か、ネットで買えるはずです。ダウンロードしておいてあげますよ。どんなのがいいですか？」

「全部」

一瞬おいて樋口は吹きだした。

「脳みそ、腐りますよ」

「ああ。もう腐ってるから。できるだけ最近のも含め、代表作、十本くらい」

にやつきながら、樋口は肘で高澤をつつく。

「貸し一つですね。もしかして、僕、先生の弱み、握りました？」

「それでは今日中に、何とかお願いします。遅くなってもかまいませんから」

真面目な口調で念を押すと、ようやくただならぬ事態に気づいたのだろう、樋口ははっとしたように顔を強ばらせた。

「ひょっとして、うちの学生が出てる、とか？」

「いや。出るかもしれない」

「わかりました、夕刻まで、ここにいますよね」と言うと、あわただしく自分の研究室に引き揚げていく。

数時間後、約束通りダウンロードした三枚のＤＶＤを手にして、樋口は戻ってきた。

「吐きますよ」

手渡しながら身震いするように、首を左右に振る。

「こんなものにうちの学生が出た、なんてことになったらたいへんです」

自宅のパソコンで、その夜、高澤はその映像を見た。一本あたりの長さは、古いものは四十五分、新しいものは三十分程度だ。それが全部で八本、三枚のＤＶＤに収められていた。

本当に吐きそうな代物だった。

最近のものから見ていったのだが、意図的に手ぶれを演出したとおぼしき一本は、腰の振りに合わせて画面が規則的に揺れ、船酔いのような気分になる。情緒的、物語的なエロスを排除して、即物性を極めることで何かを表現したかったのか、あるいは反通俗であると同時に反芸術であると、自分のスタンスを主張したかったのか、よくわからない。人物と風景と物が交替する思わせぶりな場面の合間に、内臓めいた身体とグロテスクな交接の描写が数分ずつ入る。格別の演技もセリフもないままに進行し、ときおり血や体液や吐物、排泄物が画面一杯にぶちまけられる。

制作年代が遡っていくと、作品はごく普通のＡＶに変わっていった。かつて商業ベースで作っていたが、知名度が上がったところで自分の真に表現したい画を撮り始めたのか、それとも需要がなくなって、芸術作品へと舵を切ろうとしたのか。しかし商業的要素を排除したとして、この岬慧という監督に、芸術として通用する作品を生み出す哲学と美学があったとは、高澤には思えない。阿佐田のいう「天才」は感じられず、数十年前に前衛の看板をひっさげて出てきた有象無象のような、奇をてらった幼さだけが見える。

こんなものに女子学生を提供してはならない。変態どもの視線に裸を曝し、しかも刺青という形でこの先、就職にも差し支え、公営プールや銭湯からも排除されるような身体的損傷を負わせてはならない。すぐにでも仙台まで娘を取り返しにこない腑抜けた親に代わり、体を張ってでも止めてやる。そう決意した。

翌朝の十時半、約束通り、阿佐田ゆかりはやってきた。いつも通りの重ね着にバレエシューズ、身辺の物をすべて荷造りしたかのような、大型のボストンバッグを提げている。

「まずこれを見てもらいます。退学届けに判を押すのは、その後でいいね」

阿佐田をソファにかけさせ、ノートパソコンをテーブルの上に移動させる。

DVDプレーヤーを接続したとき、阿佐田は身を強ばらせた。

研究室のドアを閉める。

ぎょっとした表情で阿佐田は高澤を見上げる。

樋口のダウンロードしてくれた一枚をプレーヤーに入れる。一九九〇年代の作品だ。典型的なAVで、なかなかひねりの利いたタイトルが付いている。一応、ストーリーらしきものもあり、出演者も男女ともに俳優だ。

「先生」

阿佐田が腰を浮かせた。

「これは岬慧監督が本当に撮りたかった作品じゃないんです。昔、作らされたんです、こういうのを」

「わかっているから見て」

貧弱なスピーカーから聞こえる湿った音とあえぎ声に阿佐田は身じろぎし、落ち着かなげに視線をあちこちに動かす。

それが終わり、切れ目なく次のものがかかる。すこし制作年代は下っている。

阿佐田は怒ったように画面を睨みつけている。

二枚目のDVDを入れ、三本目の作品を見ようとしたとき、阿佐田は勢いよく立ち上がった。

「先生、私、準備もありますから」

「座って」

静かに高澤は言った。

「ちゃんと見なさい」

古いものから順に見ていくと、特殊な世界とはいえ、それなりの知名度を獲得した監督が、しだいに壊れていくのがわかる。元々安い制作費で作られていたものが、パソコンの普及に伴い、AVの退潮期に入ると、ほとんど素人の投稿ビデオ程度の金しかかけられなくなっていく。

女は素人。阿佐田ゆかりと同様だ。そして男の方は、顔こそ出ていないが、ビデオを撮っている監督自身のようだ。

隣で見ている高澤はすでに気分が悪くなりかけている。阿佐田の顔も青白い。

二枚目が終わり、計五本を見終わったとき阿佐田は洗面所に立った。

戻ってくるとすぐに高澤は三枚目をかける。

コーヒーをいれてやったが、阿佐田はひどく気分が悪そうに首を振るだけで、手をつけない。

今から二年前に制作されたのは、撮っている方も撮られている女も狂っているとしか思えない、性交渉と自傷行為の汚物だめのような作品だった。

何も尋ねず、何もコメントせず、高澤は隣で画面に目を凝らす。

不意にドアが開いた。長谷川学部長だ。

「えっ」と大きく口を開いている。

ソファに肩を並べている女子学生と教員の姿を見て唖然とし、次に彼の位置からは画面の見えないＰＣの、スピーカーから漏れるうめき声と湿った音の正体に気づく。

「高澤さん、これは」

つかつかと室内に入りかけたのを高澤は「すみません。御用があれば後ほど」と両手で押し出しにかかる。

「どういうことですか。すぐにやめなさい」

温厚というよりは気弱な学部長が、さすがに声を荒らげた。もみあうようにして追い出し、扉を閉め、鍵をかけた。

「ちょっと高澤さん。開けなさい」

扉を叩いている。

無視した。いったいこの後、どんな処分をされるのか。そんなことはどうでもいい。

「いいんですか？」

阿佐田が大きく目を見開き、高澤の顔を見る。

「いいからちゃんと見て」

叱責（しっせき）するように言った。

「高澤さん、すぐに開けなさい。自分が何をしているのかわかっているんですか」

長谷川学部長の声が、悲壮感を帯び、扉を叩く音が激しくなる。

駆け寄ってくる足音がする。樋口の声が聞こえてきた。なだめる調子で何か言い、学部長をどこかに連れていくのがわかった。

三時二十一分のやまびこに乗ると言っていたから、そろそろ出ないと間に合わないはずだが、阿佐田はぼんやりと目を見開き画面に見入っている。不意に口元を押さえたので、傍らのプラスティック製のくずかごを差し出したが、阿佐田は立ち上がると扉を開け、洗面所に駆けていった。

戻ってきた阿佐田を座らせ、続きを見せる。

高澤にとっても拷問（ごうもん）のようなものだ。

最後の二本は、さらに無秩序が極まる。

次の作品がどのようなものになるのか、想像がつく。

夏の陽がだいぶ傾いてきた頃、上映会は終了した。

阿佐田が乗るはずだった新幹線は大宮あたりに着いた頃だ。

「ご苦労様」

高澤は言った。それ以上の言葉はいらない。質問は無用だ。熱血教師の説教で説得される学生など、学園ドラマの中にしか存在しない。

阿佐田は、凍えたような姿勢のまま携帯電話を取り出す。

「ちゃんと断らないといけないですよね」

小さな声で尋ねた。

「いや。すっぽかしてかまわないよ」

「私、そういうの嫌ですから」と律儀（りちぎ）に電話番号を押しながら、「何て言えば、いいんですかね」と高澤を見上げた。

「『やめました』。理由はいらない」

相手が出たようだ。「やめました」と言った後、阿佐田は泣き出しそうな顔でしどろもどろに理由を述べようとし始めた。相手が何か詰問（きつもん）口調で尋ねているのが漏れてくる。

「『わかりません』って言えばいいんだ。『わかりません』って」と高澤は耳打ちした。

「わかりません」

何か言われて、また説明をしようとする。

「しゃべるな。『わかりません』だ」と高澤はささやく。

二度目の「わかりません」。

三度目の「わかりません」。

通話が終わる。

「君の住まいと固定電話番号を彼は知っているのか？」

「いえ。マンションに固定電話はありません」

高澤はその手から折りたたみ式の携帯電話を奪い取り、逆側に勢い良く折った。阿佐田は悲鳴を上げる。電話は真っ二つになった。

これで阿佐田と男を繋ぐものは何もない。フラッシュバックのように男が恋しくなっても、阿佐田から連絡はつかない。

「もしストーカーされたら、すぐに俺の携帯に電話をしろ。話をつけてやる」

本気だった。

「だって先生に携帯、壊されたんだから、連絡できないじゃないですか」

言われて初めて気づいた。

「わかった。弁償するよ」

「いいです。他の電話会社に変えれば一円ですから」と阿佐田は初めて笑顔を見せ、そこにあるＤＶＤを一瞥した。

「私、ちゃんと見たこと、なかったんですよね。監督の作品」

高澤は無言でうなずく。

約七時間かけ、間違いなく阿佐田は自分を委ねようとした男の正体を理解した。

「きらっと光るものがあるんだよ、君には。ただしその監督が言うようなものじゃない。ブラックオパールの原石みたいなものだ。ただの白茶けた石の割れ目に虹色(にじいろ)の光を放つ層が、ちらりと見える。間違っても自分からコンクリートの中に飛び込んじゃいけない。磨くのは君自身だ。必死で努力してりゃ、自分しか見えない。当たり前だ。そんな時期もある。気配りとか、共感とか、ご機嫌取りとか、座持ちの良さとか、そんなものはできるやつがやればいい。できないからといって気にすることはない」

高澤は引き出しから、判を押してない退学届けを出し、ゆっくりと両手でひねり、足下のくずかごに落とし込む。

阿佐田は高澤の手元をみつめたまま、うなずいた。

長谷川学部長からはその後、口頭で報告を求められた。高澤はただ、学生が持ってきた退学届けを撤回させた、とだけ答えた。

「手段はともかく不祥事が起きる前にとめてくれてよかった」

学部長はほっとした表情で言った。

部屋で女子学生とソファに並んでいかがわしいビデオを見ていた高澤の行為について、咎(とが)められることはなかった。樋口が、学生のビデオ出演の件と問題のビデオの内容について、長谷川に説明してくれていたのだった。他の教師の間で、そのことが話題になることもなかった。

あらためて樋口の研究室を訪ね礼を述べると、樋口は「これで貸し二つですね」とVサインのように指を二本立て、白く大きな前歯を見せて笑った。

短い夏が終わったとき、何事もなかったかのように阿佐田ゆかりは登校してきた。髪の色も、重ね着も、何一つ変わっていない。

「携帯番号が変わりました。登録お願いします」という、目上、目下の区別なく、一括で送ったとおぼしき文面のメールが、高澤のパソコンに入ってきたのは、あの二日後だった。格別のトラブルはなかった。男にしてみれば、カモはいくらでもおり、一見、ぱっとしない田舎の大学生に執着する理由などどこにもなかったのだろう。

翔の方は、とうとう来なかった。義父の具合があまりよくない、ということだった。そんなのは前からじゃないか、という言葉を高澤は飲み込みながら、我が子だけは思うようにならないものだとため息をつく。

九月も終わり頃になって電話した折、由貴子が出て、義父に大腸癌(だいちょうがん)がみつかり手術をしたことを知った。夏の間ずっと食欲がなく、容態が悪くなることもあったが、おそらく暑さで体力が落ちているせいだろう、と思っていた。しかしつい二日前、夕刻になってひどく苦しみ始め、救急車を呼び、都の拠点病院に運び込んだところ、すでにかなり進行した大腸癌であることがわかった。

緊急手術が行われ、患部近くの皮下に抗癌剤を埋め込んだということだ。

そのときの様子を説明する由貴子の声が震えていた。その心細さを想像すると何と言葉をかけたらいいかわからず、ましてや息子の受験を言い出せる雰囲気でもなく、高澤は「力になれることがあれば何でもするから」と伝えて電話を切る。

数日後、手紙を添えて見舞金を送った。考えてはみたが、手助けできることは何もなく、何かと物いりなときには現金が一番ありがたいだろうと判断したからだ。

その後、息子からの連絡はない。病み衰えていく祖父母をみつめ、その介護に関わることで、受験勉強より大切な何かを彼は学んでいる……。他人の子供のことなら、きっとそんな風に考える。しかし自分の息子についてそんなご立派な見解で片づけられる親などいない。

心配になって電話をすると、翔からは「大丈夫だよ。やることはちゃんとやってるから」という自信ありげで素っ気ない言葉が返ってきた。

二学期の定期試験が始まったその日、高澤は鷹左右恵美らしき姿をキャンパス内で見かけた。

いったい何の用事で、と首をひねりながらも、果たして本人なのかどうか確信がもてず、封筒を抱え軽やかな足取りで管理棟の階段を上がっていく女性の後ろ姿を遠目に追っていた。おそらく人違いだろうと思った。しかしその姿が視界から消えた瞬間、呼び止めてみればよかったと後悔した。人違いなら謝ればいいだけのことだった。仕事が終わった後、用もないのに管理棟に入ってみたが恵美とおぼしき姿は、もうどこにもなかった。

試験の終わりとほぼ同時に、例によって補習授業が始まる。

その日、人気のない研究棟の廊下で、高澤は紛れもない鷹左右恵美と再会した。一週間ほど前に見た後ろ姿は、やはり彼女だった。

「その節はありがとうございました」と深々と頭を下げて挨拶され、どぎまぎしながらいささか儀礼的な言葉を返した。最後に会ってからまもなく二年が経とうとしている。

一瞬軌道を交わらせた二つの惑星のように、その心理的距離は、再び遠く離れてしまっていた。しかし目の前の恵美は変わってはいない。いや、あの頃より遥かに若々しく、躍動感にあふれている。

若草色のシャツカラーから出た首筋の白さがまぶしい。母親の死からほぼ二年が過ぎ、身辺が落ち着いたのかもしれない。顔色に明るさが戻り、花が開いたように見えた。

「今月から事務局の方で働かせてもらっているんですが、ご挨拶が遅くなって申し訳ありません」という口調は他人行儀だが、屈託がない。

清楚でありながら艶やかな笑顔に出会って戸惑う自分に、五十間近の年齢を意識した。もはや一昨年の冬のような形でこの女性に自分が関わる自信がない。

丁重だが、よそよそしい励ましの言葉をかけて立ち去ろうとしたとき、呼び止められた。

「お電話しても、ご迷惑ではないですか」

かっと体が火照った。天にも昇る気持、とはこのことだろう。

「もちろん。かまいませんよ。番号は変わっていませんから」

平静を装って返事をしたが、心臓が激しく打っている。

通りかかった准教授の樋口がいぶかし気にこちらを見た。

小走りに管理棟に戻っていく恵美の後ろ姿を見送って部屋に向かいかけたとき、樋口が「知らなかったんですか？」と馴れ馴れしい口調で話しかけてきた。

「まさかあんなことで槇岡先生が去った後で、事務局にやってくるとは僕も思っていませんでしたよ、まあ、彼女はただの槇岡先生のお気に入りで、人脈とは関係ないんですけどね」

「いったいまた、どういう経緯で？」

「反町っていう、総務のおばさん、いるじゃないですか。前の庶務担当の女の子が彼女とそりが合わずに急に辞めてしまったんですよ。それで慌ててパート募集の広告を打ったら、なんとまあ、来たのは企業でリストラされた五十前後の男ばかり」

そこまで言って樋口は、高澤の前歴に思い当たったらしく、しまったというように言葉を止めた。

「いや、教員ならいいんですが、事務のパートですから、そんなのに来られたらやりにくくてしかたないじゃないですか。で、やっと若い女の子が来たと思ったら、コギャルみたいので、反町さんがあんなのだめだ、と首を縦に振らない。卒業生にも声をかけたけれど軒並み断られて、そのとき槇岡教授の秘書に感じの良い女性がいた、とだれか言いだしたらしい。反町さんも彼女なら仕事を任せられそうだ、と同意したそうで、総務課長が口説き落としたそうですよ」

この日は高校生の冬休みに合わせて開催されるオープンキャンパスの準備のために、入試広報委員の樋口のところに打ち合わせにやってきたということだ。

「仕事についてはよくわかっているし、原稿のチェックをやらせても早いうえに、間違いが一つもないんです。あれには驚きました。槙岡さんが連れてきた理由がわかりましたよ。単純にきれいな人だからじゃなかった」

この男が彼女と一緒に仕事をするのか、と高澤は、樋口の幾分長めの髪をゆるやかに後ろに流したおっとりした横顔を見る。頬には、まだ苦労の痕跡(こんせき)が薄黒い陰となって貼(は)り付いてはいない。何があっても楽観的な表情を崩さないところに、育ちの良さが感じられる。女子学生の間では人気のある男だ。

学生を集めるために、この大学では頻繁にオープンキャンパスを開催するが、膨大な雑務を伴うこの催しでは、教員、特に事務局と連携を取りながら企画運営にあたる広報委員に大きな負担がかかる。そのため体力のある准教授クラスにもっぱら割り振られるのだが、このときばかりは、高澤は少しばかり羨(うらや)ましい気がした。

電話がかかってくるまで待ちきれなかった。その朝、たまたまバス停から管理棟までの坂道を、恵美が学生に混じって上がってくる姿を高澤はみつけた。山の中のキャンパスのことでもあり、駐車場に苦労はしない。バスを利用するのは、学生と仙台市内にマンションを持ち、事情があって駐車場を持てなかった一部の職員だけだ。

その日の三時前に授業を終えた高澤はいったん自宅に戻り、軽自動車で再び職場に戻った。そしてスクールバスの発車時刻に合わせて、バス停までの坂道を車でゆっくり下る。案の定、四時までの勤務を終えた恵美の姿があった。

「ちょうど仙台まで出るところです。どうぞ」

脇(わき)に車を止め、運転席から声をかける。二十数年前、意を決して、初めて由貴子を誘ったときとまったく同様だ。進歩していない。

恐縮しながら恵美は助手席に乗った。

恵美の車は、少し前、ショッピングモールで買い物をしている間に、駐車場で他の車にぶつけられ、修理に出しているということだ。ディーラーの方で手違いがあったために、代車もない。

恵美にとっては不運だが、高澤は当て逃げしたドライバーに感謝したい気持になった。

二十分後には、二人で郊外の大型電器店にいた。電子レンジを買いたいと高澤が言ったところ、恵美がついてきてくれたのだ。いろいろな製品が出回っているが、男性の一人暮らしだと使い勝手の良いものは限られると恵美は言う。若い女と二人で家庭用品を選んでいることに、照れくささを感じながら、比較的機能の少ない、小型の機種を選んだ。

重たい箱を車に積み込み、付き合ってくれたお礼に、と食事に誘ったが、恵美は残念そうに首を振る。早く帰って父のために食事の支度をしなくてはならないらしい。地元で税理士をしている父は、会合や交流会で頻繁に外出するのだが、この夜はたまたま何もなく、家で食事することになっているという。

断られて我に返った。

「お父さん、一緒に住んでいるんですか。僕とほとんど歳（とし）が変わらないかもしれないな」

「そんなことないですよぉ」

恵美は無邪気な笑い声を上げた。

「何を作ってあげるの？」

「女川（おながわ）に嫁いだ伯母が牡蠣（かき）を送ってくれたので、お鍋（なべ）にでもしようかと」

「いいね」

「先生、牡蠣お好きなんですか」

「先生、は勘弁してください」と遮った。「サラリーマン生活が長かったもので、どうにも据わりが悪い」

　本当のところ、敬意の衣をまとった距離感が切ない。

「そうだ、そのうち松島の牡蠣でも食べに行きたいな。せっかくこの土地に住んでいるんだから」

「そんなところまで行かなくても、冬場は伯母が頻繁に送ってくるんですよ」

　勇気を出して誘ったつもりが、朗らかな笑い声で受け流されてしまった。

「いいなあ。一緒に鍋を囲む家族もいないことだし、牡蠣といえば僕はもっぱら酒の肴で、生かな」

　十年前に離婚をして独り者だということは、職員の間には公開してある。

「レモンを搾りかけるんですね」

「いや。スコッチのシングルモルトをかけるんだ。牡蠣の味と燻煙の香りがよく合う」

　田村に連れて行かれたバーで、スモークサーモンとともに出された海鮮プレートにあった。食べ物のまずいと言われるアメリカで、これほど洗練されて、かつシンプルな食べ方があるのか、と驚かされた。もっとも離婚直後の正月のことで、美味に酔う心境でもなかったのだが。

「それでは伯母が次に送ってきたら、お届けします」

社交辞令だろう。

「ありがとう。楽しみにしているよ」と笑いで応じる。

十分足らずで、恵美の自宅に着いた。「鷹左右税理士事務所」の看板を掲げたオフィスの二階が住まいらしい。事務所の明かりはまだ点いており、そこに自分とせいぜい十前後しか歳の違わぬ父親がいると思うと、さすがに気分は萎える。

丁寧に挨拶して車を降りた恵美は、ふと振り返った。外灯に照らされた顔が白く、少し寂しげに見えた。

それきり恵美を家に送っていくことはなかった。週明けに顔を合わせたときには、彼女の白いゴルフは綺麗に塗装されて手元に戻ってきていたからだ。

携帯電話が鳴ったのは、それから一ケ月あまりも経ったクリスマスイブのことだった。

気候は厳しいが雪は比較的少ないこのあたりで、夕刻には久々、五十センチを超える雪が積もっていた。

「牡蠣をお持ちしたいんです。おうちですか？」

恵美の気遣うような声がした。

「はい」

思わず背筋を反らせて返事をしていた。あれは社交辞令などではなかった。

「今、どこに？」

「マンションの駐車場です」

「どうぞ」

数十秒後にインターホンが鳴った。

ベージュのキルティングジャケット姿の恵美が、白いトロ箱を手にして立っていた。

髪にも、キルティングの縫い目にも、白く雪粒が光っている。

「突然ですみません、ここで失礼しますので」

「あの」

ためらいながら尋ねた。

「お父さん、今日は？」

「会合で国際ホテルまで」

「上がってください」と有無を言わさぬ口調で言い、スリッパを揃えた。

箱の中身は殻つきの牡蠣だった。

「殻、剝けます？」と恵美は尋ねた。

「いえ」

ダイニングキッチンに招き入れ、高澤はどこかでもらって以来使ったことのない大皿を箱から出し、軽く水洗いする。

恵美はトロ箱に一緒に入れられている缶切りのような形のものを取り出し、こじ開ける。鮮やかな手つきだった。たちまち白い大皿が殻にのった牡蠣でいっぱいになる。

「食べていってくれますよね。僕一人では食べきれない」

そう言いかけたとき、恵美は小さな悲鳴を上げた。殻で切ったらしい。指先に血が滲んでいる。

大したことはないから、というのを「細菌が入ったりしてはいけない」と手を伸ばし、人差し指の付け根の血管部分を押さえた。濡れた指は氷のように冷えている。そのまま廊下の脇にある洗面所に案内する。空いた手で電灯のスイッチをまさぐりながら、ふと手を止めた。高澤の右手はほっそりした白い人差し指を捉えている。病院の待合室での幻のような時間が、よみがえってくる。

片手で恵美の指脈を押さえたまま、もう片方の手で体を抱き寄せた。薄明かりの中で切れ長な瞳が痛切な光を放って高澤を見上げた。

唇を重ねた。

初めて出会ってから二年三ヶ月、待ちすぎた。

空いた方の掌で、背筋に触れる。熱く張りのある肌が、薄い布地越しに感じられた。ためらいながら布地の上をすべらせ、激しく打っている鼓動を捉えた瞬間、我に返った。

背筋をかけ降りていく生々しい官能を払うように、顔を離し、すばやく洗面棚の救急キットからバンドエイドを取り出す。貼ってやろうとしたが、恵美は笑いながら受け取ると自分で器用に指先に巻きつけた。

冷蔵庫の中には、青菜と蕪、賞味期限の切れかけたナチュラルチーズ、そして十日以上も冷凍になっているフランスパンがあった。

それが二人で囲む初めての食卓になった。

乾いた雪が、軽やかな音を立てて窓ガラスを叩き、温風ヒーターから吐き出される暖気が、レースのカーテンをゆらゆらと揺らしている。

車で来ているからワインは出せない。スパークリングウォーターのようなしゃれたものもなく、ウーロン茶を互いのグラスに注ぐ。

牡蠣にレモンを振りかけようとすると、「スコッチかけるとどんな味がするのかしら」と恵美は小首を傾げた。

「やってみる？」と背後の棚から、グレンフィディックのボトルを取り出す。

「車だから」と恵美は遠慮がちに微笑んだ。

「泊まっていけばいい」

ほとんど考えることもなく、口をついて言葉が出た。

はっとしたように上げた恵美の顔に笑みが広がっていく。

白い身の一つに琥珀色の液体を注ぐと煙たい香気がふわりと立った。

そのときインターホンが鳴った。

向かいの席で恵美が体を固くした。

玄関に出て行く。雪まみれになった制服姿の男が立っている。宅配便だ。

受け取って差出人を見ると別れた妻だった。

今まで、ものを送ってきたことなどない。何があったのか、と不安になった。その場で業者のロゴの入った紙袋を開ける。

グリーンのリボンが派手に花結びにされた赤と金の箱が出てきた。

恵美の視線が手元に注がれる。この季節にどこのデパートでもやっているクリスマス包装だが、派手なラッピングが人目を引く。

リボンに挟まれていたカードがはらりと落ちた。素早く恵美が拾い、高澤に手渡す。

義父が無事に退院したこと、翔が来年二月の受験のための最後の追い込みにかかっていることが、ごく短く形式的な文体で綴られている。

「別れた妻からです。少し前に義父が大腸癌の手術をして、見舞いを送ったんですよ」

理由もなく狼狽していた。

十年前に妻と別れたことや、勤めていた証券会社が破綻したことなどについては、これまで断片的には話していた。

「別れた奥様とは、まだ行き来があるんですね」

静かな物言いに、納得したような響きがあった。

「行き来といっても、息子もいるので、せいぜい……」

慌てて言い訳する。

「いえ、そういう意味じゃなくて」と恵美は首を振った。

「私の母も同じ病気だったので」

「ああ。しかしあちらの親父さんは、もう八十近いので。何と言っても別れた妻は僕とほとんど同い歳なので」

ことさらに由貴子の歳を強調し、「君とは違う」と言おうとしている。無意識に出た言葉の嫌らしさに気づき、訂正するように続けていた。

「義父はここ何年かは、あちこち不調が出てきて病気の問屋みたいな状態らしい。義母の方も認知症だと聞いています」

慌てていらないことまでしゃべっている。

「奥様はお一人でご両親を見ているんですか?」

「一人娘なんですよ。親がしっかりしているうちはいいが、歳を取ると逆に二人分の負担がかかってくる」

なぜくどくどと離婚した相手の身の上などしゃべっているのだ、と自分に腹が立った。

「それじゃずっと再婚もされずに」

恵美が何を尋ねたいのかわかった。

離婚した理由を恵美に詳細に語ったことはないが、「妻が病気になったから離婚した冷酷な男」と思われたくないがために、以前、「一人娘に執着する過干渉な両親に、別れたくもないのに無理矢理別れさせられた」ようなニュアンスで説明したことがある。

「息子も両親もいるから、再婚など考えなかったのだろう。僕の方も、仕事が忙しくてそれどころじゃなかった」

事実だ。

互いに別れた相手のことを引きずっていて再婚しなかったわけじゃない。息子がいるから連絡を取り合っているだけで、今はまったくの他人同士だ。そう言いたかったのだが、説明すればするほど空回りしてくる。

気がついたときは、相手はキルティングジャケットを手にしていた。

「ごめんなさい。先生に牡蠣を届けたら、すぐ帰るつもりだったのに、厚かましく上がり込んでしまいました」

複雑で白々しい空気は、払いようもない。

「いや、そんなことはないから」

「すみません。ご迷惑をおかけしました」

「迷惑なんかじゃない。ちょっと待って」

止める間もなくブーツに足を入れている。

「失礼します」

違うんだ、わかってくれ、と抱き留め、真剣な気持を行動で示すことは可能だ。しかし定年退職した阿部教授の残していった言葉が、高澤を凍り付かせていた。

「ジェントルマンを気取ってコートを着せかけてやればセクハラが成立する。それどころか具合が悪そうにしていたので体調を尋ねたというだけでも、訴えられる」

相手は学生ではないが、独身の女性職員だ。

中年の教授が、女性職員を部屋に連れ込み、逃げようとするのを抱きついて……。紛れもない犯罪だ。

エレベーターホールに向かって遠ざかっていく小走りの靴音を鉄の扉越しに聞きながら、高澤はしばらく放心したように玄関の壁によりかかっていた。

数分間そうしてから、ダイニングに戻り別れた妻の名の記された赤と金の包みを乱暴に破った。中身は薄っぺらな焼き菓子だった。見事なまでに形式的な快気祝いの品を、あたかも何か意味が込められているかのようなたいそうな包みで、こんなタイミングで送ってきた元妻を恨んだ。そうして元妻を恨んでいる自分にも嫌気がさした。

ため息をつきながら、グレンフィディックをかけた牡蠣を一つ食べた。

あの日、田村と二人でニューヨークのバーで食べたときと同じ、敗北の味がした。

食欲は失せていた。残りの牡蠣は殻から外し、ラップして冷凍庫に放り込んだ。

言い訳のメールを何度か書きかけては止めた。何をどう書いても見苦しい。それ以前に着信拒否されそうでもある。

ときめく気持は若者と一緒だ。しかし年齢と分別とようやく得た職は、たとえ守るべき家庭などなくても、人間を慎重にさせる。

暮れから正月にかけては、一人で過ごした。例年通りだった。

メールの一本くらいは来るのではないかという淡い期待は裏切られ、元旦に流麗な筆跡で形式的な挨拶の綴られた年賀状を受け取っただけだった。

受験を控えた翔からは何の連絡もなく、幾度かこちらから電話をかけたが、例によって「やることはやっているから大丈夫」という、こちらを拒絶しているのか、自信があるのかわからない、素っ気ない言葉しか返ってこない。

息子の携帯電話にかけるのは気がひけて、自宅の電話にかけたところ、一度などは義父が出た。

手洗いに行くにも介助が必要で、ほとんどベッドで過ごしているというわりには、意外なほどしっかりした口調で「いろいろお気遣いいただき……」と他人行儀に挨拶されて戸惑っていると、次には「どういったご用件で」と尋ねられた。

息子のことに決まっているだろう、と内心憤慨しながら、その旨を礼儀正しく伝えたが、「ご心配なく、しっかりやっておりますから」と取り次いでもらえない。

少し前まで若い女にうつつを抜かしていたのを見抜かれているような気がして、「失礼いたしました」と受話器を置くしかなかった。

第五章

冷凍庫に放り込んだ食品はついつい取り出し忘れる。ましてや忘れたい一瞬を凍結させた食べ物は、結局のところ数ケ月そのままになって、やがて冷凍焼けし、氷詰めの標本のようになって、冷凍庫の壁から引きはがされ、ゴミ袋に放り込まれる。

しかし恵美の届けてくれた牡蠣(かき)は、それから二ケ月あまり経(た)ってから、フライになって食卓に載った。

淡い太陽の光さえ凍り付くように冷え込んだ三月初旬の午後、期末試験の採点をしていたところに、事前の電話もなく息子が突然やってきた。

ここ一年くらいの間に急に伸びた背丈が、ひょろりとひ弱な印象を際立(きわだ)たせ、少し大きめの紺のダッフルコートが、妻によく似た白く鼻筋の通ったあっさりした顔をいっそう子供っぽく、頼りなげに見せていた。

「おい、どうした」

慌(あわ)てて部屋に上げた。

「滑り倒した……」

口元に照れ笑いのようなものを浮かべ、視線を合わせずに息子は言った。先に行われた私立大学の試験に落ちたという電話はすでに受けていた。

この日は、四つ受けた大学の、最後の合格発表があった。キャンパスに貼(は)り出された掲示板に自分の受験番号を見つけ損ね、駅に戻った翔は自宅に帰るかわりに、仙台行きの新幹線に乗ったらしい。

「そうか……」

昨年の自宅での状況を考えれば当然の結果でもある。

「何かある?」

落胆してる息子にかける言葉を見つける前に翔が尋ねた。

「何かって?」

「お腹(なか)すいた」

「昼は?」

「電車代、一万円以上かかったから。新幹線高すぎ」

「ちょっと財布、見せろ」

　素直に差し出された二つ折りの財布を見ると、五百円玉一つと小銭があるきり、札は一枚もない。もちろんカード類もない。

「もし、俺が出張でもしてたら、どうする気だったんだ」

　翔は首を傾げるだけだ。自分は十八の頃、これほど頼りなかっただろうかと思いながら、不合格を知って途方に暮れ、救いを求めるように父の元にやってきた息子がひどく痛々しく愛おしい。

　昼食を食べさせてやりたくても、中年男の一人暮らしのことで、冷蔵庫には酒の肴のようなものしかない。冷凍庫の奥から発見したのが牡蠣だった。

「お、牡蠣」と翔が即座に反応した。

「去年のだから、もう無理だな」

「平気だよ。冷凍なんだから。フライがいい」

「大丈夫かな」と首を傾げながら凍ったままの牡蠣のむき身に衣を付けて揚げた。付け合わせはキャベツの千切りだけの遅すぎる昼食だ。高澤も付き合った。

　翔の「滑り倒した」は大げさではなく、一月中旬にあった私立大学の入試から、今日発表のあった国立大学まで、滑り止めを含めてすべて失敗していた。

　自分と無意識に引き比べ、その出来の悪さにあきれるが、癌で手術後、在宅療養中の祖父と認知症の祖母と、彼らに翻弄(ほんろう)される母という落ち着かない家庭環境で、しかも介護に関わりながら、家族ぐるみで受験に取り組む普通の家の子供たちと競争しろと言うほうが無理だ。

「これから一年、死んだ気になってやってみるか？」

厚い衣をばりばりとかみ砕いている息子に尋ねると、「そのつもりだけど」と冷めた声で答えた。

「将来、何をやりたい？」

理科系の学部を選択した息子に尋ねたが、息子は黙りこくった。当然ではある。学校という狭い世界で生きてきた十いくつの子供が、大学と学部選択といった具体的な形でいきなり将来を突きつけられても、答えられるはずはない。小学生に尋ねる「将来の夢」とは違う。

「ロボットの開発」

ぽつりと言った。思わず微笑(ほほえ)みがこみ上げてきた。いまどきこんな夢を持てるように育ってくれたことがうれしい。

「人工知能か」

「それもあるけど、人の筋力を補強するやつ。介護用ロボットとか。ガンダムを小型にしたような」

子供の夢などではない。母親や病院スタッフの姿を目にしているからこそ考えた、現実的な希望だった。

「わかった。一年間、こっちに居ろ。ここから仙台の予備校に通え」

「その線も考えてみる」

翔は答えた。「はい」でも「いいえ」でもない、その口ぶりに高澤は驚く。選択肢の一つに入れる、という意味だ。

「今の状況じゃ、考える余地はないだろう。プライオリティーということからすれば、翔の受験勉強がトップにくる」

納得しているのかしていないのか、翔はうなずいただけだ。

お母さんと相談してみる、という言葉を残し、翔はその晩、泊まらずに帰っていった。

入試に失敗した後、どこに行くのか連絡もせずに新幹線に飛び乗ったのだから当然だが、携帯の電源を入れたとたんに、半狂乱になった由貴子から電話がかかってきたからだ。父のところに来ていると知って由貴子は落ち着いたようだが、いったん母の半泣き声を聞かされた息子は、不安になったのか、とにかく帰る、と聞かない。入試の失敗も、これから一年の身の振り方も、どうでもよくなったように見えた。

別れて十年、見守ってきたつもりだが、自分の予定に合わせ、自分の得意分野でしか我が子に関わってこなかった父親の限界を感じた。軽自動車に息子を乗せ、仙台駅まで送っていきチケットを買ったうえ、息子の財布に一万円札を押し込んでホームから見送った。

新幹線の改札を出たとき、ふと景色が変わったような気がした。

その顔かたちを認識する前に、心が騒いだ。

恵美だった。グレーのコートとまとめ髪が、初々しさではなく気品を醸し出していて、近寄りがたい。キャンパス内では、頻繁に顔を合わせ、互いに何事もなかったかのように挨拶し、言葉を交わしていたが、思わぬところで出会ったことに、動揺していた。

昂ぶった気持は一瞬後には、しぼんでいた。

隣に男がいた。樋口准教授だ。

所詮、そんなことかと思った。独身の歳の近い男女が、同じ学内で一緒に仕事をしていれば、どうにかなるのが自然だ。

即座に視線を逸らし、気づかぬふりをしてすれ違い数歩行ったとき、「高澤先生」

と声をかけられた。樋口の方だった。

　振り返ると、わざわざ引き返して走り寄ってくる。

「いや、息子を送ってきたんですよ。受験、失敗したもので、今日、突然、家にやってきた」

「おでかけですか？」

　格別隠すことでもない。傍らで恵美が、小さくうなずく。

「ああ」と樋口はうなずき、こだわりのない口調で続けた。

「そうやって落ち込んだときにお父さんの顔を見に来るって、理想的な親子関係ですよね。感情的になったりしないで、離婚した旦那に息子を会いに行かせる元の奥さんも偉いですよ、ほんと！」

　恵美の顔に浮かんでいた社交的な笑みに、微妙な影が差した。いくら周知のこととはいえ、人で混みあうコンコースで、たまたま行き合った同僚に対し、離婚がらみの話をする樋口も無神経だ。地元の国立大学のドクターを卒業してやってきた優秀な男だが、大学以外の世界を知らないとこうなるのかと首を傾げる。

「これからお帰りになるんですよね？　ちょっとお茶でも飲んでいきませんか？　相談したいこともあるし」

樋口は、飲食店フロアに上がるエレベーターを指差し「いいよね」と有無を言わせぬ口調で傍らの恵美に尋ねる。

そのときになって恵美の手にしている大学のロゴ入り封筒にようやく気づいた。大学が休みに入っている期間とはいえ、プライベートで出かけたわけではない。オープンキャンパスに先立ち、県内の高校に営業をかけにいったのだ。

出張帰り、お茶でも飲んでいきたいが一対一では誘いにくい。そんなところに絶妙なタイミングで人畜無害の男が現れた、といったところだろう。

駅ビル内のコーヒーショップに入って彼らと交わした話は、どうしたら学生を集められるか、どうしたら魅力的な大学になるか、といった学科内ミーティングのときと同様の内容だった。むしろ学生のレベルに絶望している年配の教授たちがいない分だけ、やりとりは前向きなものとなった。また広報担当の恵美も、この仕事に驚くほど生真面目(きまじめ)に取り組んでおり、現場を知った上での、いくつものアイデアを出してくる。

オープンキャンパスという、教員からしてみればつまらない雑用に並以上の熱意を示している樋口を見ながら、彼をそうした気持にさせるのが、事務局側のパートナーなのかもしれないなどと少しうらやましく思った。

三十分ほどで店を出て、駅ビルの前で別れた。

歩き出した直後に高澤は携帯電話を取り出した。

「帰りはバスですか？」

電話に出た恵美に尋ねる。若い樋口より、こんなときには勇気がある。

「送っていきますよ」

「ありがとうございます」

率直な礼の言葉に有頂天になった。

渋滞した道がこのときばかりはありがたかった。抜け道を通らず、時間をかけて市内を走り、高澤はこの日、突然息子がやってきたことについて詳しく話した。息子とは行き来があるが、別れた妻とは、あくまで息子の母としての関わりしかない、ということを説明したかった。恵美がどう感じているかはわからない。

自宅前まで送って行き「またあらためて食事にでも誘わせてください」とすこぶる礼儀正しい口調で言って別れた。

新学期を迎える直前に、約束通りに恵美を誘った。仙台市内のライブハウスでジャズを聞き、ニューヨーク時代の思い出話をした。妻の病気、離婚、会社の経営破綻、敗戦処理……。良いことなど一つもなかった町なのに、恵美を前にして、現地スタッフと連れだって訪れたメトロポリタン美術館や、興味深い話題の尽きなかったホームパーティーなどについて話していると、不運の合間に出会った、いくつもの印象的な記憶がよみがえり、いつになく華やいだ気分になった。

「私、こちらに戻ってきてからは、海外なんてほとんど行ってないんです。母が亡くなる前に、最後の思い出作りに家族とハワイに行ったくらい。ニューヨークなんて八年前に行ったきり」

「そのとき同じ町で僕は仕事をしていましたよ。来春以降になりますが、時間が取れるようならお連れしましょう。多少は土地勘があるのでご案内できますから」

「本当？」

　恵美が視線を上げた。ステージは終わり、店内のスピーカーから流れるダイアナ・クラールのヴォーカルが甘く耳に響いた。

夢物語だった。互いの気持もわかっているし、双方独身で倫理的な問題もない。それでも近づくことができない。

もどかしい思いを抱えたまま、季節は移り変わっていく。

翔は結局、こちらには来ず、東京の自宅に留まったまま予備校に通うことになった。あまりメジャーではないが理科系に特化し、充実したカリキュラムを持つ定評のあるところを都内にみつけたらしい。

高澤にしてみれば気がかりで、再三、説得してはみたが、東京の自宅に留まり予備校に通う、という息子の意志は固い。父親がおらず、祖父が病に倒れた家で、単なる母親思いの息子というだけでなく、家長としての責任を十八、九ですでに自覚し、家を背負う気でいるのは、おそらく父親がわりに彼を育てた祖父の影響だろう。

由貴子と話してみても、母親として息子の将来にどのようなヴィジョンを持っているのか摑めない。自分の立場を思えば、差し出がましい言動を控えなければならず、悶々とした気分で見守るしかない。

ゴールデンウィークは予定が入っていますか、と恵美から尋ねられたのは、それからまもなくの頃だった。紀伊半島に行ってみたい、と言う。

「実は歴女なんです、私。熊野古道、歩いたことがないので」

「それは意外だね」

学生相手の会話のように、「亀山上皇キャラなんてのがあるのかい？」と気楽に返すことができなかった。

自分は彼女のことを何も知らない、とあらためて気づかされた。家庭の事情やこの大学にやってきた経緯などについては聞いているが。清楚で礼儀正しく奥ゆかしく……。自分の内にあるイメージを一歩出ると、恵美が何に興味を持っていて、どんな物の考え方をしているのか、教え子の小池しをりや阿佐田ゆかりについては当然のように把握していることをまったく知らない。

しかしその曇りのない優しい心はわかっている。これからおいおいその距離を埋めていけばいい。そう思えば、むしろこの先が楽しみになってくる。

ゴールデンウィークの後半には様々な学校行事が入っているが、前半には三日間の休みが取れる。

「よし、四月の二十八日に出発だ」

手にしていた手帳を勢い良く閉じると、恵美は輝くような笑みで、高澤を見上げた。

一年のうちでも一番混みあう時期のことで、高澤はキャンセル待ちで何とかホテルを取り、列車の指定席券を手に入れた。

いよいよ明日出発という日の夕刻、巨大ショッピングモールにあるドラッグストアで買い物をしていたときのことだった。

甲高い音で携帯電話が鳴った。翔か恵美だろうと思いディスプレイを見ると、「阿佐田ゆかり」とある。

何かが起きた。

その場に籠を置き、急いで人気のない階段付近に移動する。

昨年、高澤の研究室でビデオを見て以来、男から接触があったという話は聞いていない。

何一つ問題も起こしていない。それどころか三学期に実務訓練で送り込まれた経済専門通信社では、一日二百社あまりから上がってくる膨大な量の決算報告資料に目を通し判断したうえで、正確な数字をコンピュータに打ち込んでいくという仕事を、持ち前の根気良さと生真面目さでこなし、先方の担当者を感激させた。

通話ボタンを押した瞬間、「先生」という涙声が聞こえてきた。

冷たい汗が背筋を流れ落ちた。

「どうした？　今、どこだ」

できるかぎり落ち着いた声色で話そうとするが、心臓は狂ったように打っている。

「先生、あの……」

言葉にならない。

「大丈夫だ。すぐに行ってやる。どこにいるのか教えてくれ」

何が起きたかわからないが、これで旅行はキャンセルだ、と悟った。

「あの……」

有名経済紙の名前が聞き取れた。

「何だって?」

「だから入選です。信じられない……」

「入選って、何が?」

想像していたこととは違った。

逆だ……。

その経済紙が主催している学生を対象とした経済論文コンクールで、名だたる大学の学生たちを抑えて入選を果たした。たった今、新聞社から電話があったところだと言う。

「おめでとう、いやぁ、すごい、すごい」

階上の駐車場まで届くような大声で携帯電話に向かい呼びかけていると、階段を降りてきた親子連れが、ぎょっとした顔で足を止めた。

発表は翌朝の新聞紙上で、先方からはまだ公表は控えるようにと指示されているので他言無用だと言う。

「よしっ、明日の朝刊一面だな」

「一面なんかじゃありませんよ」と阿佐田は初めて軽やかな笑い声を立てた。

他言無用のはずが、その夜のうちに友達から友達への携帯メールとミクシィ、さらにはゼミのメーリングリストなどで、それは学内のだれもが知るところとなった。それどころか午後九時には、精力的だが粗忽者(そこつもの)の花村学長がホームページに、「大学は『名前』ではない。東北国際情報大学の実力を全国に知らしめる快挙」という文章をアップした。

直後に長谷川学部長から、明日は定時に出勤するようにという電話が入った。教育関連の新聞や雑誌を発行している出版社から大学に取材が入ると言う。対応は、基本的には学長と広報担当者が行うが、それに先立って詳細を高澤から聞いておきたいということだった。

恵美との旅行はキャンセルとなった。

取材依頼は、当初、一社だったものが、翌日には全国紙の地方版、地元のコミュニティ紙、学生対象のメールマガジンなど複数に増え、記者会見という形を取ることになった。

会場に阿佐田本人はいなかったが、花村学長が東北国際情報大学独自の教育理念と教育システムについて、例によって若々しく爽(さわ)やかに語るのを、高澤は末席に座り、昨年夏のことを思い起こし、万感の思いで聞いていた。

肝心の論文は、その直前にダウンロードし、あわただしく目を通した。

内容はグローバリゼーション下の貧困の問題を国際金融機関の活動の功罪を通して考察したもので、その独自の視点と丹念な資料分析が評価された。

「リスクと貧困を途上国に押し付けて、自国の繁栄のみを目指す先進国の行き方は許されるのか」という問いかけは、高澤から見ればいささか一面的で素朴すぎる。しかしすこぶる阿佐田ゆかりらしいものだった。

コンクールの上位候補者は他におり、阿佐田の論文は当初は入選圏外であったということは後から知った。結果がほぼ出た段階で、上位三本から、いずれも他人の論文をそのままコピーアンドペーストした部分が見つかり、失格となったのだ。審査の過程で、今後の戒めとして入選作無しにしようという意見も出たが、結局四番手の阿佐田ゆかりの論文が繰り上がり入選した。しかしそんなエピソードは、阿佐田ゆかりの誠実さを証明するものであっても、優秀さを疑わせるものではない。

その後いくつかの学生向けのメディアやローカルテレビに、阿佐田ゆかりは取り上げられた。頭のてっぺんで結わえた黒髪も、ジーンズにワンピースを重ねた、彼女なりのこだわりのある服装も、少しぶっきらぼうな話し方も、普段と何も変わるところはなかった。

そして二ケ月後、彼女は外資系通信社の内定を勝ち取った。経済記者としてニューヨークで活躍する、という小池しをりの夢に、一歩先に近づいたことになる。

報告に訪れた阿佐田は、着慣れないスーツを身に着けパンプスをはいていたが、相変わらずどこかもっさりとして野暮ったかった。その野暮ったい身なりの内側から、いつのまにかまぶしいまでの輝きを放っていた。


翔からの連絡は、その後無い。予備校の夏期講習に通い、受験勉強に勤んでいるのだろう。由貴子からも何も言ってこないところを見ると、一応順調に進んでいるようだ。


大学の夏休みは格別の問題もなく過ぎていき、八月の終わりになってようやく時間をみつけた高澤は、思わぬ朗報にキャンセルとなった熊野古道への旅を実現させた。本来なら恵美と一緒に仙台を出て、羽田から白浜に飛んで一泊し、早朝に本宮に向けて出発するという日程は、今回も直前に変更になった。その前日、大阪で行われる私大協の催しに、高澤が急遽、学部長に代わって出席することになったからだ。

再度のキャンセルはどうしても避けたく、大阪を早朝の電車で発った高澤が、前日の飛行機で白浜に入った恵美と紀伊田辺で待ち合わせることにした。

ちょうどその日の朝から台風が北上していた。不穏な空の下を二人で紀伊田辺からバスで本宮方面に向かう。滝尻王子で降りると、少しばかりあたりは明るくなって、頭上の雲の切れ目から青空がのぞいた。

「心がけがよかったんだね」と笑い合い、川の合流点の向こうにある深い森に入っていく。

王子裏手の剣山の登りにかかったとき、突風が吹いて、恵美が帽子を飛ばされそうになった。幸い雨は降り出さない。杉林の中の急峻な道は少し前に降った雨で濡れており、細身で底の薄いスニーカーを履いている恵美はときおり足を滑らせ、その都度、脇を歩く高澤がすばやく支える。

一時間近くも歩いた頃、鬱蒼とした木立の間から、鮮やかな朱が目に飛び込んできた。苔むした檜皮葺の屋根をいただく高原熊野神社の社殿だった。

石段を登ると、その正面に立ち、二人は並んで賽銭を入れて、手を合わせる。

ごく自然に高澤は一人息子の合格を祈願した。

夏休みの最中だが、境内には人一人おらず、けたたましい蝉の声ばかりが降ってくる。

「神様に何をお願いしたんですか」

息を弾ませて石段を降りながら、恵美が尋ねた。

「ああ、息子の合格。何しろ浪人中なので。あなたは?」

答えはない。横顔がうっすらと微笑している。

空を見上げると雲の流れがいっそう速くなっている。天気の崩れは予想外に早そうだ。

降り出さないうちにと、当初の予定を変更して古道を歩くのを切り上げ、バス通りに降りることにした。

灰色の空からぽつぽつと雨粒が落ちてきたのは、バスに乗り込んだ直後のことだった。濃い緑の山肌に挟まれた渓谷の道は濃霧の中に溶けていき、それもつかの間のことで、ふたたび視界が開けたと思うと、激しい勢いで雨が降り出した。

一時間あまりバスに揺られた後、豪雨の中を、湯の峰温泉にたどり着いた。

川辺に建つ、古いながらも趣のある温泉宿は恵美が予約していた。以前から熊野古道、中辺路ならここに、と決めていたらしい。

夕刻に雨はいったんは小止みになったが、その後すぐに激しい降りとなり、夜半過ぎには雷が鳴り始めた。暴風雨がガラス戸を叩き、近くの川を濁流が下るごうごうという音を、高澤は恵美の温かな息づかいを受け止めながら聞いている。

バスの停留所から数分の距離で豪雨に叩かれ、ずぶ濡れになって宿に到着したから、室内でくつろぐ間もなかった。互いに背を向け、慌ただしく浴衣に着替え、追い立てられるように風呂に行った。

「家族風呂も、今夜は空いてございますよ」という仲居の言葉に、照れ隠しも手伝い「おお、いいね、そうしようか」とことさら磊落な口調で応じたとたん、恵美から、恥じ入るかわりに陽気な笑い声が返ってきたのが意外だった。笑い声にはぐらかされて、そのまま男女別の大風呂に入り、戻ってくると夕餉の膳が用意されている。

一見したところ豪華ではないが、地の物を使った手の込んだ料理が並んでいた。おそらく味は良かったのだろう。腹も空いていたのだろうが、空腹感はなかった。ときおり箸が止まる高澤と向かい合い、恵美はこの日に見たもの、歩いたところについて楽しげに語りながら料理を口に運ぶ。前菜の小さな器が次々に空になっていった。

料理をもてあまし気味の高澤の器に、手際よく鴨鍋をとりわけ、自分の器におかわりをする。その健やかさに目を見張りながら、高澤は気後れし、心中の期待と不安を悟られまいと箸を動かし続ける。

再び風呂に行き、戻ってきたときには、夕餉の膳は片付けられ、部屋には蒲団が敷かれていた。

出入り口に立っていき鍵を確認し、煌々とともっている蛍光灯を消し、枕元の行灯型スタンドの光量を調節し、相手の緊張感を和らげようと仕事同様の細心な目配りをする。

無意識のうちに一連の段取りを頭の中で反芻するうちに、するりと恵美は布団の中に入ってきた。小動物が飛び込んできたような感触だった。思いの外体温の高い塊が、すっぽりと高澤の胸の内に収まる。

なんともあっけらかんとしている。どぎまぎしているのは高澤の方だった。

将来を約束する言葉も、意気込みも照れも空回りした。

緊張した風もない恵美に、昂ぶった心をなだめられるように、高澤はあっけなく受け入れられた。背に回された腕は意外なほどに力強く、年齢が二人の間で逆転したかのような妙な感じを覚えながら、途方もない安らぎの中に落ちていく。

鈍色の空から降りてくるどんよりした朝の光に目覚めたとき、風はさらに強まっており、嵐のただ中で、恵美は何の不安もなさそうに、高澤の腕の中で健やかな寝息を立てていた。

相変わらずの荒天で、その日は、観光を切り上げて帰路についたが、バスも列車も遅れ、結局、仙台に辿りついたときには夜の九時を回っていた。

スケジュールからすればさんざんな旅行だったが、名古屋駅でいつ来るかわからなている。

い新幹線を待つ間さえ楽しく、高澤は天気とは反対に急速に明るんでくる将来を感じ

駅からタクシーで家まで送る車中で、「一応、お父さんに玄関先でご挨拶だけでも」と言いかけると、恵美は苦笑しながらかぶりを振った。

「私、今回の旅行のこと、父に話してはいないんです」

だれと行くか、ということを話していない、という意味だ。

「それでは近いうちにお目にかからないと」

「待って」

慌てた様子で遮った。

「そのあたりは自然の流れで」

なだめるような物言いだ。

「自然の流れ」の意味するところは察することができた。

恵美は別れの挨拶もそこそこに自宅前でタクシーを降り、玄関の内側に消えた。

自分と十前後しか歳の離れていない父親が、このことを知ったらどんな反応をするか。いや、亡妻の代わりに自分の身の回りの世話をしている娘を嫁に出すことに、ためらいを覚えたとして、単にエゴイズムと非難できるのか。

二人きりの旅を機にけじめをつけなければと考える自分と、性の関係を大げさに捉(とら)えることもなく、成り行きまかせで良しとする恵美の間にある世代の違いのようなものを、高澤はあらためて意識する。

二学期の開始とともに高澤は再び、授業に会議に報告書の作成にと分刻みのスケジュールで動き始める。恵美はときおりマンションを訪れる。小さな食卓で向かい合って食事をし、あわただしい抱擁の後に帰っていく。父親に挨拶に行くという話は立ち消えになってはいたが、短い逢瀬(おうせ)にはそれなりの充実感があった。

息子の受験のことも気になり、由貴子に電話をかけたのは九月の連休明けのことだった。

何度か留守番電話になっていて、深夜になってようやく繋(つな)がったが、電話に出た由貴子は「今、ちょっと取り込んでいて」と言葉を濁す。

「何かあったのか」と尋ねると、父が亡くなった、と答えた。

告別式は十日ほど前に済んでいた。

「お見舞いをいただいておきながら、申し訳ありません」

父と折り合いの良くなかった別れた夫に知らせる必要はない、と判断したのか、はなからその存在が意識に上らなかったのかわからない。

「一度倒れてからめっきり弱くなってしまって……歳も歳でしたから」というだけで、直接の死因についても詳しいことは何も教えてくれない。

「大丈夫か、そちらは」

「ええ、ありがとう。私たちのことは心配ありませんから」

遠慮がちな言葉が返ってくる。物静かにカーテンを引くような、立ち入るどころか、覗き見も許さない口調だった。

どの程度の資産があるのかは知らないが、自分が払い続けている養育費も含め、なんとか翔が大学を卒業するまでの母子の生活はもつだろう。経済以外の心配はどうなのか、妻の口調から推し量ることはできない。

翌日になって翔が電話をかけてきて、高澤はようやく義父の死の状況を知った。

癌によるものではなかった。

義母が近所のコンビニエンスストアで万引きをした、と連絡を受けた由貴子が慌てて家を出た後、寝ていた義父は脳梗塞の発作を起こしたのだった。運悪く、翔も予備校に行っていて、家にはだれもいなかった。

コンビニエンスストアで会計の済んでいない商品を手当たり次第バッグに詰め込ん

で店を出ようとした義母は、制止した店員に「失礼じゃありませんか」とくってかかり、由貴子が駆けつけたときには警察に引き渡された後だった。

初期のアルツハイマー型認知症の特徴で、一見したところまったく呆けているようではなく、しかも言っていることが支離滅裂ながら妙に筋が通っているから、傍からは嘘で固めて言い逃れをしているようにしか聞こえない。

当然、相手は怒りだす。本人は悪いことをした、という認識も記憶もないから、なぜ自分がそんな扱いを受けるのかまったくわからない。混乱と興奮から大声で泣き叫び、そこにあった商品を次々に床に叩き付けるなどして暴れたらしいが、それもまた芝居のように見えなくもない。

そうこうするうちに警察を呼ばれ、恐怖と憤激で店員に殴りかかったところを取り押さえられ、パトカーに押し込まれた。

由貴子は警察までタクシーを飛ばし、警察官に事情を話したが、医者にかかっていないうえ、警察官に向かって抗議している義母には例によって呆けている様子などどこにもなく、由貴子の説明は、なかなか理解されない。

三時間後にようやく母を連れて由貴子が自宅に戻ってみると、父の意識はなくなっていた。

すぐに病院に運んだが、それから四日後に息を引き取ったという。

「お母さん、落ち込んでる。もっと手際よく警察官に話して、早く帰ってくればお祖父ちゃんは助かったはずだって」

「そんなことはないさ。別にお母さんの責任じゃない。お母さんなりに精一杯、ご両親の面倒を見たんだから、自分を責める必要などないじゃないか」

「理屈ではね」

その大人びた口調にぎょっとした。

「でも、そんな風に割り切れるものじゃないから、人間の気持って。お母さん、いったんそうだと思いこんじゃうと、いろんなことが頭の中をぐるぐる回っているみたいなんだ。ときどき何か独り言言ってる。つぶやく、というか、つぶやきじゃなくて声が出てるんだ。だれかに話しているみたいに」

ひょっとすると由貴子の方を心療内科に連れていかないと危ないかもしれない。

「お母さんにかわってくれ」

少し間があった。

「今、出かけていていないんだ」

「それじゃ、俺、近いうちに時間作って、そっち行くわ」

「やめた方がいいと思うよ」

冷めた声で息子は言った。

友人や、祖父母が仲良くしていた近所の人々が、それとなく様子を見守っているらしく、洗濯物が取り込んでなかったり、夜、灯りが消えていたりすると、心配して訪ねてきたり、電話をくれたりするという。

「それはよかった」

別れた亭主の出番ではない。

「いいって、いうか……お母さん、そういうの、すごく嫌がってるんだ。気持はありがたいけど迷惑だって。しばらくの間、放っておいてほしいみたいだ」

言葉を呑んだ。おそらく、今出かけているというのも嘘だ。そっとしておいてほしい、というのが、切実な本音だろう。

以前からそういう女ではあった。悲しいときに大声で泣き、苦しいときに助けを求め、不満があれば怒りをぶつけてくるようなら、そもそも離婚には至らなかった。

「しかし……」

「僕が見てるから大丈夫。お父さん、心配しないでいいから。お母さん、僕の前では、涙ぼろぼろこぼして泣いてる」

「わかった」

自分のふがいなさを痛感する。息子の将来、別れた妻の苦況、様々な問題を突きつけられているのに、手をこまねいているしかない。

十八、九で一人前の男として振る舞い、受験を控えた大切な時期だというのに、息子は母を支えようとしている。一方、若い女性を誘って紀州への旅を楽しみ、一人で人生をやり直すつもりでいた自分は、いったい何なのだろう。

後悔と恥ずかしさに、高澤は悄然（しょうぜん）として受話器を置く。

次の連休にどこか連れていってほしい、という恵美からの誘いを、仕事が忙しくどうしても時間が取れないから、と理由をつけて断った。携帯メールへの返信もほとんどしない。

忙しいというのは嘘ではない。学部内での担当替えがあって、高澤は点検評価の仕事にも関わるようになっていたから、さらに業務量は増えていた。出張が多く、学生とゆっくり話している時間もない。食事や寝る時間さえ削られる。メールの返信どころか、どうでもいい私用メールは読む暇もなかった。

多忙を幸い、距離を置くという形で、高澤は恵美との関係を翔の受験が終わるまで、いったん棚上げにした。それでうわついた自分の気持を戒めるつもりだった。

打ち合わせのために樋口の研究室にやってきた恵美と顔を合わせたのは、学園祭を控え、いつになくキャンパスが活気づいている時期だった。後ろめたさを押し隠し、「やあ」と片手を挙げ、こだわりのない調子で数日後に迫ったオープンキャンパスについて、当たり障りのないことを尋ねた。

「手応えありですよ」と傍らの樋口が答え、恵美が「そのときはたいへんだったけど、やっぱり県内の高校を回って、進学指導の先生とじっくりお話しできたのがよかったですよね」と樋口に微笑みかけ、うなずき合う。その前向きで健全な親密さが、棘のように高澤の心を刺す。

立ち去りぎわに、恵美に呼び止められた。

「ちょっと痩せました？ ちゃんと、食べてますか？ 具合、悪かったりしませんか」

のぞき込んできた恵美の心配げな顔を見たとたんに、涙が出そうになった。熊野の宿での包み込まれるような感じが戻ってくるとともに、不思議な懐かしさを覚えた。

その懐かしさの正体に思い当たり愕然とする。由貴子によく似た仕草、よく似た目の色だった。

「大丈夫だよ。あちこち駆け回って無駄な紙の山をこしらえて。評価栄えて大学滅ぶっていうけど、やめりゃいいんだよな、まったく。こんな制度」

この場に不適切な追想と感傷を振り払うように無造作な口調で言うと、樋口が苦笑した。見透かされたような気がして、学科図書室に逃げ込む。

恵美の言葉に身体が反応したのか、その日の午後遅くからひどいだるさに見舞われた。

研究室の椅子に座っていられず、提出しなければならない書類を抱えて、自宅に戻ったまま、倒れるようにベッドに潜り込んだ。

再び鬱か、と実感するような激しい疲労感があって、自分の人生はこのまま失敗に失敗を重ね、野垂れ死にのような形で終わるに違いない、という、悲観的な気分に捉えられた。このだるさがいっそうひどくなって明日の朝までに死ねたら楽だろう、とさえ思う。

深夜、全身の痛みに目が覚めた。凍るように寒く、絶え間なく震えが来る。寒いが、厚い蒲団を引っ張り出すのさえ億劫で、そのまま明け方まで震えていたが、日が昇る頃、突然暑くなった。体温を測ると三十九度近くある。

ようやく気づいた。ちょうどインフルエンザが流行っている時期だった。

大学に病休の連絡を入れ、診療受付の時刻まで待ってタクシーを呼び、市立病院に行った。

診断結果はインフルエンザではなく、普通の風邪だった。このところの忙しさと、不規則な生活、粗末な食事がたたったらしい。真冬でもないのに、かなり重い症状で、肺炎を起こしかけていた。

ふらつきながら診療室から出ようとしたとき、中年の看護師に「どなたかおうちには?」と尋ねられ、「いえ、単身です」と答えたとき、寒風になぶられるような寂寥感が背中を撫でた。

「奥さんには、しばらくこちらに来てもらった方がいいわね」

単身赴任と間違えた看護師の悪気のない言葉が、なおさらこたえた。

途中のコンビニでタクシーを待たせ、野菜ジュースのペットボトルとレトルトの粥を買ったが、パッケージの写真を見ただけで吐き気がこみ上げる。

その日、一日、枕元においた生ぬるい水だけで過ごした。翌日の午前中になってもめまいがして動けず、気がつくと携帯電話に着信記録があった。恵美からだ。午後になって体調を気遣う携帯メールが入ったが、小さな画面を見ること自体が辛く、とても返信などできず放っておいた。

夕刻、仕事帰りの恵美が玄関先に現れたときも、恋しさのあまり幻を見ているような気がした。

「だめだよ、うつしてしまうから。気持だけいただこう」と言って、部屋に上げまいとする分別だけは残っていた。

「何を言ってるんですか、大丈夫ですよ」と恵美は、このときも歳が逆転したかのような口調でたしなめ、すばやく上がると遠慮して後ずさりする高澤の汗まみれのパジャマと下着を脱がせて身体を拭き、食事を作り、シーツや枕カバーまで取り換えて帰っていった。

翌日は多少回復していたが、夕刻になって現れた恵美は、その日は帰らず、一晩、一緒にいてくれた。熱が下がらず全身が苦しいというのに、うつしてしまうという心配からその温かい肌に触れられないことを悔しがっている自分が滑稽だった。

真夜中に起こされ、水をもらって抗生物質を飲みながら高澤は暗がりで決意とともにその手を握りしめた。

「結婚してくれないか。息子の受験が終わったら、お父さんには折を見て、きちんと話をしたい。私もこんな歳だ。迷惑かもしれない、いつまで身体がもつかわからないが、生きている限り大切にする」

「いつまでもつかなんて言わないで」

ひやりとした人差し指が唇に触れた。

「迷惑なんかじゃないです。銀婚式までだって行かれます」

穏やかな口調で言葉が返ってきた。胸がいっぱいになった。「ありがとう」とつぶやくように言いながら、汗ばんだ手でその指を握りしめる以外に何もできない。

翌朝には、熱が下がっていた。恵美の用意してくれたヨーグルトとグレープフルーツを口にすると、体中の細胞が生まれ変わったような壮快な気分になった。

真っ先に考えたのは、恵美との結婚について息子には早い段階で話しておかなければならない、ということだった。しかしどんなタイミングで切り出せばいいのかわからない。連絡は取り合っているが、電話やメールで打ち明けるような内容ではない。

迷っているうちに息子がやってきた。

事前に電話を寄越した由貴子によると、息子が通っていた予備校が倒産したのだと言う。急いで別の予備校を探したが、本人はあと四ケ月ほどなので家で一人で勉強する、と言っているらしい。しかしいくら意欲があっても、指導者もおらず通学という形の生活リズムもなく勉強するのは厳しい。そのことは由貴子もよくわかっており、どうしたものか、と途方にくれていた。

「家の中が今、あまり……勉強に集中できる状態でないから」

介護の必要な寝たきりの病人はいなくなったが、もう一人、身体は丈夫だが、認知症の義母が残っている。朝から予備校に通い、授業終了後に自習室で勉強して戻ってくるという生活が息子にとって必要だ、と由貴子は言う。

「わかった。とにかくこっちに来させろ。翔には俺から話す」と答え、その週末、息子を家に迎えた。

「何がなんだか、わからなかったよ。朝行ってみたら、鍵がかかってて、貼り紙がしてあるんだ。倒産したから入れないって。予備校から手紙が来たのはその後なんだ」

息子はさほど困惑した様子もなく淡々と説明した。

「最初からいい加減なところだったのだろう。すぐにどこか別のところをさがして入学手続きを取らないと」

息子は首を振った。

「授業料を前払いしてるんだ、一年分。戻ってこないだろうって、お母さんも言ってる。他に当たったら、入会金と学費も六ケ月分、払えって話だった」

「金には代えられないさ。一生のことだ。ちゃんと勉強するなら、そのくらいお父さんが出してやる」

「別に。あと三ケ月のことだから」

「あと三ケ月だから気を抜けないんだろうが」と、思わず声を荒らげたが、息子は思いの外冷静だった。

「テキストなんかはそのまま使えるし、ペースは自分で摑んでいるから大丈夫だよ」

昨年と同じだ。言いだしたらてこでも動かない。当然のことながら恵美のことなど話せる状況ではない。

あと三ケ月、最後の国立大学の受験まであと四ケ月だ。今年もまた「滑り倒した」などということになったら大変だ。

その日はいったん帰したが、二週間も経たないうちに由貴子から深刻な口調で電話がかかってきた。

息子の模擬試験の成績が振るわないという。「これではどこにも入れないし、私、どうしたらいいか……」という由貴子の言葉に、「うちの大学なら、自分の名前さえ書ければ入れるぞ」と自嘲的な冗談を返しそうになる。

東北国際情報大学に限らず、専門学校よりも易しい大学はいくらでもあるが、妻の生まれ育った環境では、そうした大学に身内が入ることなどあり得ない。箸にも棒にもかからなければ、海外留学というのが、彼女の知っている世界だ。しかし祖父が亡くなり、そうした手段は現実的なものではなくなった。

「翔は？」と尋ねると自分の部屋にいると言う。

「気持の優しいところのある子だから、追い込むような言い方もできなくて」

突然、説教口調の甲高い声がした。祖母のようだ。おそらく認知症の症状なのだろうが、呆ける前から感情的になると普段のしとやかさが一変して、いきなり高圧的な物言いをすることがあった。老いも呆けも、その人間がこれまで送ってきた人生の延長線上にあるものなのだろう。

「翔には後で電話するように言ってくれ」と告げて電話を切る。

数分後に息子から電話がかかってきた。

「自分でもああいう結果は想像してなかったし」という口調に切迫感がある。

「確か、予備校の本科はなくても冬期講習ならあるはずだな」

「とうに締め切ってるよ」

まもなく十一月だ。「とにかく調べてみる」と言って電話を切り、インターネットで仙台の予備校を当たってみると、まだ受け付けているところがあった。仙台駅の裏手にある大手だ。期間は、十二月の三日から一月上旬までの一ケ月あまりとなっている。

折り返し電話をかけ、「こっちにみつけた。お父さんのところから通え」と命令するように言った。母親の意向は尋ねなかったが、異存はないはずだ。ここまでくれば他の選択肢はない。

午後遅くから雪がちらつき始めた十一月下旬の夕刻、恵美が食材を買ってマンションを訪れた。

もはや同僚や隣近所の目を気にする必要もない。堂々と来客用駐車場に車を入れ、廊下で行き会う住人に挨拶し、ときには世間話などもしながらやって来る。互いに独身でもあり倫理的な問題はなく、半年以内には正式に結婚するつもりだった。

会議が長引き、高澤の方が少し遅くなったが、恵美には合鍵を渡してある。このところ恵美の父の仕事が立て込んでおり、ずっと夜間は家を空けられず、しばらく会っていなかった。そして二日後には息子が来ることになっているので、彼の冬期講習が終わり、受験のために東京に戻る一月十日過ぎまで恵美はここには来られない。

玄関の三和土(たたき)に立ち鉄扉(てっぴ)を後ろ手に閉めながら、まず恵美を抱きしめキスし、もつれるようにして上がる。この前会ったときのそんな出来事を思い浮かべてドアを開ける。

立っていたのは息子だった。

「あれ」と言ったまま、呆然として翔の顔をみつめる。

出汁の香りが漂ってくる。

「メール見なかったの？　留守電にもメッセージ入れたし」

翔の方も首を傾げている。携帯電話は会議が始まる直前に電源を切り、そのままになっていた。とにかく何か事情があって翔は予定より早くやって来た。

それにしては、と出汁の匂いに鼻をひくつかせていると、ぱたぱたとスリッパの音をさせて恵美が出てきた。

何をどう説明したらいいかわからないまま、高澤は落ち着き払った風を装い、家に上がった。しかし気がつくと鞄や資料封筒を玄関マットの上に置きっぱなしにしている。

恵美も翔も、気まずい様子はない。

ダイニングの入り口にある電話のランプが点滅している。

反射的に再生ボタンを押すと、「翔ですが、特に、こっちにいても、やることないので……今日からいきます……。そういうことで」というぶっきらぼうなメッセージが流れ出した。

「ちょうどよかったね、今、できたところ」と恵美は、翔に微笑みかける。どの程度まで自己紹介が済んでいるのかわからない。

「はい。いただきます」

礼儀正しく翔が答える。

「息子の翔です」

他人行儀に紹介し、「こちらは、うちの大学の庶務のお姉さんで」と口ごもっていると、「さっき聞いた。お父さんに買い物を頼まれたついでに、夕飯も作ってくれたんだって」と、素っ気なく翔が言い、恵美がいかにも明るく社交的な笑みを浮かべて、翔に向かってうなずく。

父親から買い物を頼まれ、そのうえ夕飯まで作ってくれる女がいる。尋常なことではないだろうに、翔は驚いた風もないし関係を尋ねるでもない。無邪気なのか、すべて了解した上で素知らぬ顔をできるほど大人なのか、判断がつかない。

いずれにせよ打ち明ける前に顔合わせは済んでしまった。しかも本人のいないところで。

「それでは、先生、私はこれで失礼します」とコートを手に帰りかけた恵美を高澤は慌(あわ)てて引き留める。

「いや、せっかく息子も来たところですから、ご予定が入ってなければ、一緒にどうですか」と下手な芝居を打つ。

「お言葉に甘えて」とごく自然に、恵美はダイニングに戻る。

鍋の中では、牡蠣がほどよく煮え、テーブルには彩りよく盛りつけられたサラダがある。

「お父さん、牡蠣好きなの？　この前来たときも牡蠣あったよね」

尋ねられて高澤は、「こっちの名産だよ、牡蠣は。知らなかったのか」としどろもどろに答える。

その牡蠣の由来に思い当たったのか当たらないのか、恵美は笑いながら食器をもう一組出す。

腹はすいているはずなのだが、さてどんな形で恵美のことを息子に話そうかと思案するほどに胃の腑が縮み上がってくる。ビールを呑んでそんな話をするのも不謹慎な気がして、目の前に置かれたビアグラスをそっと片づける。

「それじゃ、いただきます」と挨拶をして、最初に箸をつけた息子が、「めちゃうま」と声を上げ恵美に笑いかけ、彼女も「ほんとう？　よかった」と無邪気な様子で応える。二人とも、高澤に対するときの態度と違う。

話を切り出すタイミングを探っていると、翔の方が「これからしばらく、親父のところに世話になることになってるんです」といきなり恵美に向かって話し始めた。

「去年、大学、全部滑り倒したんで、今年、同じことやったら後がないですから。何としてもどっかひっかからないと」

「大丈夫だよ、うちの大学来れば？　お父さんもいるし」

恵美が応じる。

思わず後ずさりしたくなる。居心地が悪いことおびただしい。

「勘弁ですよ。親父が教授やってるとこに入るって、最悪じゃないすか？」

「ええ、なんで？　いいじゃない」

快活で素直で乗りが良い。高澤のまわりにいる、今どきの普通の若者がそこにいる。

翔がこんな顔を持っていて、こんな風にしゃべるということが意外だった。これが仲間内で見せる十九歳の若者の顔なのかと、内心驚きながら、少し甲高く軽い口調で話し続ける息子を見る。

息子は十九、恵美は三十五、そして自分はまもなく五十になる。鍋を挟んでの恵美と翔のやりとりは、若者の会話そのものに聞こえ、高澤は軽い疎外感を覚える。

四十分ほどした頃、そこにいる女性が、自分にとってどんな存在なのか、どんなつもりで付き合っているのか、などといったことを息子に説明する機会もないまま、恵美は素早く席を立った。

「ごめんなさい。御馳走(ごちそう)になったまま、食べっぱなしで」と言って帰っていく。

鍋が空になるまで食卓に居座り、洗って片づけ、テーブルを拭き上げて、という「女房気取り」を歳頃(としごろ)の息子の前で演じることを遠慮したのだ。その気配りに感心し、感謝する。

息子は格別、何か感じた風もなく、「いい人だね」と高澤に漏らしただけだった。

まさか自分がこれほど息子の受験にのめり込むとは思わなかった。

午前五時に目覚ましをかけ、息子を起こす。

夜明けの遅い季節のことで、窓の向こうは漆黒の闇(やみ)が広がり、凍り付いたガラスに氷の結晶がきらめいている。

断熱材が入っているとはいえ、ベッドから出ると寒気が肌を刺す。

ヒーターをかけ、寝ぼけ眼の息子のためにコーヒーをいれる。パンを焼き、昨夜の残りや冷蔵庫の中の買い置きで食卓を整える。

軽い朝食を済ませると食卓を拭き、ウォール・ストリート・ジャーナルを置き、問題集を広げる息子と向き合って読む。

中学、高校の受験ならともかく、大学受験ともなれば、親がみてやれることはない。大学での補習を思えば可能ではあるのだろうが、息子から求められない限りは、それをするのは抵抗がある。だから自分もまた現在の仕事に直接関係のない、純然たる勉強をすることで、外野席から応援するのではなく伴走しながら息子を見守る立場に身を置いた。

仙台市内で渋滞が始まる前に家を出て、息子を予備校に送って行き、一限の講義のある日にはそのまま出勤するし、そうでない日はいったん家に戻る。

帰りもまたスーパーに買い出しに行ったついでに、予備校の自習室で勉強をしている息子を拾う。夕飯は気分転換も兼ねて翔に手伝わせながら作る。

自身の生活を律するものが受験を制する、というのが、高澤のモットーでもあった。熱意は翔にも伝わったのだろう。いささか素直過ぎるくらいに、高澤の立てたスケジュールに従い勉強に励む。

泣いても笑っても三月までの話だ、と高澤は口癖のように言う。辛いのもそれまでだからがんばれ、と自分を叱咤しながら、寒さの中で俗世の楽しみを断って息子と二人、勉強に励む日々に生き甲斐のようなものを感じている。文系に弱い息子と、その日のニュースについて英語で会話するのも楽しかった。

勉強するのは良いが、生活リズムは崩してはならないし、何より体調管理が大切だ。夜の十時には息子を机の前からはがすようにして寝かせ、自分もベッドに入る。明かりを消し、目を閉じたときだった。カーテンの隙間(すきま)から白い光が一条室内に入り込み、ベッド脇の棚に少しのみだれもなく置かれた時計やラップトップのたぐいを照らしていた。

その明るさに驚きながらカーテンに手をかけて外を眺めた。ちょうど中空に昇った月が珍しく降り積もった雪を照らして、あたりを白く輝かせている。

ホワイトクリスマス、と不意に思い浮かんだ。

棚の電波時計に目をやる。

慌てて飛び起きた。

十二月二十四日。受験生の息子がいるからなかなか家に来てはもらえないが、せめてクリスマスイブくらいは、外で二人で会おう。息子には学部内の忘年会か、会議後の懇親会がある、とでも言って、夜の三、四時間の暇をもらう。そんな約束をしていた。

仙台市内で食事をして、ライブハウスにでも、というつもりでいた。クリスマスメニューを出しているおいしいビストロがあるから、と恵美が予約を入れてくれた。

それが七時だった。待ち合わせ場所もそこだった。何か気の利いたクリスマスプレゼントでも探して、先に行って待っているつもりだった。約束をしたそのときには。失念していた。日を間違えたとか、ついうっかり、などということではない。そんな約束自体が、この一週間、頭のどこにもなかった。ときおり恵美から翔の受験と父子の健康を気遣うメールが入っており、高澤は礼儀正しいがおざなりな文面のメールを即座に打ち返していた。

それなら「明日は、……で……時」といった確認のメールをくれれば良さそうなものを、昨日携帯電話に届いたメールも、いつもと変わらぬ内容だった。こともあろうに午後から夕刻にかけて雪がひどくなったこの日、一人で店に入った彼女は、クリスマスイブを祝うカップルや女性客で満席になったそこで、どんな思いで自分を待っていたのか。

携帯電話を鞄の中から取りだした。習慣的にマナーモードにしてある電話の着信記録は三本あった。約束した時間から三十分後、四十分後、そして一時間後。

最後の着信の直前にメールが一本。

「事故とかじゃないですよね。一時間待ったのですがいらっしゃらないので、帰ります」

とっさに着信番号に電話をかけようとして、思いとどまった。

襖一枚隔てた和室の、客用蒲団に息子が寝ている。ダイニングとの境も薄いドア一枚だ。かといって携帯を手に、パジャマの上からダウンジャケットを羽織って、マンションの階段でぼそぼそ謝るのも、たとえ見られていないにせよ息子の手前、抵抗がある。

あまり誠意が感じられないやり方だが、相手の携帯に謝罪メールを打つ。

約束の場所に行かれなかったこと、連絡の一つも入れず、かかった電話にも出なかったことについて、理由を探しうまい嘘をつくこともできるだろう。しかしそこまで不誠実にはなれない。

このところ息子の受験にかかりきりになっていて、すっかり失念していた、と、とにかく平謝りに謝る文面のメールを送った。この埋め合わせは、といったことを書くのも控えた。相手の気持を思えば、今は、ただ謝罪を重ねるしかない。

あなたを大切に思う心は変わらない、ただ、息子の受験が終わるまで、あと二ケ月少々、頻繁に会うことはかなわず、メールの交換もそれほどできないかもしれないが、寂しいのは自分も同じなので、どうか待ってほしい、とそれだけ伝えた。

すぐに返信が来た。

「だれでもそんなときはあります。大丈夫です。気にしないでください。翔君の受験、うまく行きますように。こころからお祈りしています」

胸が熱くなった。すぐにでも車で彼女の家に乗り付けたい。妻にするならこの人しかいない、と切実に思った。

息子は元日から登校した。彼の通っている予備校では、大晦日と元日、二日の三日間は、特別講習期間として別カリキュラムが組まれ、受験生を家庭での正月気分から隔離して、いっそう充実した授業を行うことになっている。言われるまでもなく、高澤も正月を祝う気などない。新たな年を迎えるのは息子が第一希望の大学への入学を果たしたときだ。

早朝、翔を仙台の予備校に送っていくと、零下十度近い屋外のエントランス前に中年の男がスーツ姿で立ち、真っ白な息を吐き出しながら、登校してくる生徒一人一人に「おはようございます」と挨拶している。この予備校の校長だった。決して「おめでとうございます」ではない。身の引き締まる思いで家に戻り、高澤もまた仕事を始める。

翌日の昼前、連絡もなく恵美が訪れた。フリルカラーのジャケットがいつになく華やいでいて、世間は正月なのだ、と実感する。昨年のクリスマスのことを謝る高澤に、ぜんぜん気にしないでいいから、と笑いかけながら持ってきた包みを差し出した。おせち料理だと言う。

「ぜひ翔君に食べてもらってください。試験頑張ってもらいたいから」

「僕にはないの？」と笑いながら家に上がってもらい、久々に二人で向かい合って食事した。持ってきた餅で恵美は雑煮を作ってくれた。

タクシーで来たということなので、高澤は彼女の前に小さなグラスを置き、屠蘇の代わりにリキュールを注いだが、自分は飲まない。

「願掛けですか？」

「予備校に息子を迎えに行かなければならないので」

恵美は納得したようにうなずいた。

テーブル越しに、恵美のすべすべした白い手に触れた。そのまま手首を取って立たせ寝室の襖を開け紺のカバーの掛かったベッドの上に押し倒した。恵美の戸惑ったような声を自分の唇で封じ、スカートの下の張りのある太ももを掌で撫でる。

「皺になるといけないね」

そう言いながら素早くジャケットと下着までもはぎ取って、裸で抱き合った。

そこまでだった……。

身体が反応しなかった。何をどうしてもできなかった。

女が純然たる母親である時期に、女であることを全否定して性を拒む、ということは経験上知っている。しかし男である父親が、こうした場で自らにはめた枷(かせ)によって、意に反した形で縛られようとは、想像だにしなかった。

およそ愛の交換とはほど遠い、焦(あせ)りといらつきを感じながらの様々な試みの最中にも、ベッドサイドの時計に眼をやるのを忘れなかった。何もできないまま時間が過ぎた。

高澤は跳ね起き、素早く衣服を身に着けた。

こちらに背を向け、ジャケットに袖(そで)を通している恵美の方を見ることもなく、神経質にベッドカバーを直す。枕に散らばった長い髪を素早く拾い、ティッシュに包んでくずかごに捨てる。外は寒いがいったん窓を全開にして、室内に淀(よど)んだ吐息と甘い体臭を外に出す。

後ろめたい息抜きの時間は終わった。

息子が東京に帰って行ったのはそれから約一週間後のことだった。

高澤の生活は変わらない。学生たちのゼミの打ち上げなどには付き合うが、会合や会議の後の懇親会には軽く顔を出すだけに留めている。早々と家に帰り、持ち帰りの仕事をし、余暇は語学学習や資料を読むのに充てる。

再び一人になったが、恵美に連絡を取ることはない。一日一回あったメールが、このところまったく来ないのは、そのあたりの高澤の心境を汲んでのことだろう。

一週間後の週末に行われるセンター試験から始まり、二月上旬の一般入試を経て、三月の国立大学の後期二次試験まで、息子にとってはもっとも厳しいシーズンとなる。

センター試験が終わり、正解が公表された夜、息子に電話をした。

「まあまあ。大丈夫だと思うよ」

いつもと変わらぬ、いささか素っ気ない口調で翔は答えた。それ以上根掘り葉掘り尋ねられても本人には答えようがないだろう、と考えそそくさと電話を切る。

この先は三百キロ離れた場所で、黙って見守るだけだ。

吉報は二月の中旬に入った。ある私立大学の工学部に受かった。しかしあくまで滑り止めなので、まだまだ気は抜けない、と翔は格別力むでもなく言う。

「体調管理だけはしっかりしておけ」とアドヴァイスして電話を切った。

祖母がこの日、手洗いで倒れて救急車で病院に運ばれたとかで、由貴子はまだ病院から戻っていない。相変わらず家の中は落ち着かない様子で、高澤は気が気ではない。

試験がすべて終わるまで入院しててくれればいいが、と切実に思う。

数日後、翔から今度は本命の私立大学理工学部の受験に失敗した旨の電話があった。とはいえ一つは受かっているので口調はそれほど悲観的ではない。

祖母の方は軽い脳梗塞を起こしたらしいが、検査してみると糖尿病もかなり悪化していることがわかり、そのまま入院したという。最長でも、三ケ月で出されてしまうらしいが、それでもこの大切な時期に家にいないでくれるのはありがたい。

何があっても最後の国立大学の入試までベストを尽くせ、と言って電話を切る。

都立の受験校から滑り止めの私立大学二校と国立大学一校。受けた三校すべてに合格し、ストレートで国立大学入学を果たした高澤には、翔の成績は心許ない。自分の勤めている大学の学生ほどではないにしても、その理解力や語学センスの鈍さに呆れることもある。離婚せずにそのまま自分がついていれば、こんなことにはならなかったのにと後悔しないではないが、そうした本音はだれにも言えない。

三月下旬に最後の合格発表があった。

翔は九州にある国立大学の工学部に合格を果たした。

「やったじゃないか」

「まあ、本命はだめだったけどね」

あまり前向きではない言葉と裏腹に、その口調は弾んでいる。ホームページを見て合格を知り、真っ先に知らせてくれたらしい。

「頑張った甲斐があったな」

「うん。なんか、やればできるんだって気がしてきた」

結果がどうこうということ以上に、努力は実を結ぶという事実を息子が知ってくれたことがうれしい。

他にも知らせるところがあるだろうと、いったん切る。

その夜、あらためて自宅に電話をすると由貴子が出た。

「おめでとう、良かったな。本当に。これで一安心だろう」

「ええ……」

何か言いたげだ。

「どうした？」

「いえ、うれしいけれど、遠くに行ってしまうと思うと……」

合格のうれしさ半分、手放す淋しさ半分。一人暮らしをさせる心配はそれ以上。親なら当然に感じるところだ。

「一年前にどこにもひっかからなかったやつが、この一年の努力でそこまでやったんだ。もう好きにさせてやるしかないだろう。しっかりしているから大丈夫だよ、あいつは」

「もしも卒業しても戻ってこなくなって、向こうで就職でもしてお嫁さんをみつけてしまったりしたら……」

「そこまで心配していたのか」

呆れると同時に不憫(ふびん)になった。離婚後、両親の助けを借りたとはいえ、たった一人で育ててきた息子を巣立たせる淋しさは、高澤の比ではないだろう。

「そのときはそのときだ。無理矢理、東京の大学に入れて手元に置いたところで、就職自体ができないようなレベルの大学では意味がない。しばらくは淋しいかもしれないが、あれでけっこう母親思いの息子だから、将来的に君を一人にするようなことはしないよ」

「そうね」という言葉とともに洟(はな)をすすり上げる音が聞こえてきた。

「お義母(かあ)さんは？」

「おかげさまで、もうずいぶん良くなって」という言葉に、社交辞令めいた明るさがある。

「退院できそうなのか？」

「ええ」

「自宅で看るの？」

「はい。やっぱり……」

それで言葉を止め、それ以上語らない。やっぱり、何なのだろう。実の娘がいるのに他人の手になど委ねられないというのか、それとも息子が家を出た後、一人にされるのは淋しく心細いというのか。

翌日、恵美に四ケ月ぶりにこちらから連絡を入れた。

「ようやく息子の入学が決まりました。さっそくですが今夜あたりいらっしゃいませんか」と携帯にメールを入れると、即座に「できればお家ではなく、どこかの落ち着くレストランで」と返事が来た。

確かにそうだった。職場外で二人で会うのは正月以来でもあり、三ケ月近く待たせてしまった。これまで息子の伴走をしてきたことの打ち上げという意味もあり、仙台市内にある高級ホテルのメイングリルを提案した。

しかし戻ってきたメールは、そんな高級なところではなく、と以前にも連れていった個室風の居酒屋を指定してきた。料理がおいしく、値段が安く、比較的静かで落ち着ける店だった。そんなセンスにますます妻にするならこの人しかない、と思う。

週末の夜、約束の時刻より少しだけ早く店に入ってきた恵美は、ベージュのコートをさらりと脱ぎ、中表に畳んだ。同時にワンピースの鮮やかなすみれ色が目に飛び込んできた。開いた襟ぐりからのぞく白い胸元とすらりと伸びた首、とろりとした光沢のある布地の下からそこはかとなく現れる身体の丸みがまぶしい。

清楚(せいそ)な感じのシャツカラーを見慣れていた高澤は戸惑ったが、そんな服装も似合う。久々に会うので気合いを入れてきたのかと思うと愛(いと)しく、すぐにでも自分の部屋にさらっていきたくなった。

何かおかしい、と感じたのは、息子の入学について、一通り語った後のことだった。

「おめでとうございます」という口調が他人行儀だった。

居住まいを正し、一瞬、高澤を正面から見つめ、すぐに目を伏せた。

「二人きりでお会いするのは、これを最後にさせていただきたいんです」

「は？」

悪い冗談か？

「ちょっと、待って。よくわからないんだけど」

何か誤解をしているのだろう。まずは相手の話を聞いてやらなければならない。

「ですからこれを最後に」

「何を唐突に」

無意識に強ばった笑いを浮かべている。

ようやく思い当たった。高澤は膝の上に両手を揃え、頭を下げた。

「申し訳ない。三ケ月も放っておいて、本当にすまなかった。不安になる君の気持を考えなかった。しかし君を忘れたことはなかった。ただ息子は受験で、彼の家で祖父が亡くなったり、祖母が入院したりで落ち着かなかったので」

わざわざ「別れた妻の家」ではなく、「彼の家」という言い方をした。

「息子が苦闘しているときに、父親が楽しんでいてはまずいような気がしていた。だから待ってもらったんだ。わかってほしい」

「いえ。私にとっても三ケ月の間にいろいろ考えることができたので、かえって良かったです」

理路整然とした口調とまっすぐに見つめてくる視線が、恵美のものではない。いや、ここにいるのは紛れもない彼女だ。それでは自分は恵美がどんな女だとイメージして付き合っていたのか。何を期待していたのか。

「何を考えることがあったんだ」

「考えるというか……一度だけ翔君と会ったとき、これは、私、ちょっと入っていけないと感じたんです」

「入っていけないって、父子の間柄と君に対する気持はまったく別物じゃないか。それに息子は無事に合格して離れていった。宮崎に行ってしまうんだ。頼りないが独り立ちした」

恵美は困ったような顔で頭を振った。

「親子の絆（きずな）って、やっぱり親と子だけではなくって、前の家庭の歴史みたいなものをそのまま引き継いでいるものなんですよね。お父さんもお母さんも全部を含めて……」

「離婚した妻のことか。まだあのことにこだわっていたのか。彼女はすでに他人なんだ。だから他人として礼を尽くしている。前の家庭などない。それに息子はあんなに君と仲良く話していたじゃないか。年寄りの僕は少し妬（や）いたくらいだ。息子も君のことを良い人だといっていた。僕の前では、あんなふうに軽いノリでのびのびと率直な物言いはしてくれない」

「軽いノリでのびのびしていたと思いました？」

恵美の口調が鋭さを帯びた。

「毎日、若い子たちに囲まれているのにわからないんですか？　あの友達風のしゃべりは、若い子にとっては礼儀だし社交ですよ。あれって、『あなたは僕の心の玄関から先には上げませんよ』って意味、じゃないですか」

「心の玄関って、……僕にはあいつはまるで素っ気ない。困ったときだけやってきて必要以上のことはしゃべらない」

「信頼しているから、どう突っ込まれたっていいということですよ」

　自分たち父子はそんな風に映ったのだろうか、とあの日、鍋を囲んだ食卓を思い返す。どうしても高澤にはわからない。

「いずれにしても息子はもう小さくはないし、独立したんだよ。四月からは宮崎で一人暮らしだ」

「わかっています。だけどついていけないというか……だから入れないんです」

　うつむいて言葉を濁した後に、恵美は顔を上げた。

「高澤先生のことは今でも尊敬しているんです。たぶんこれからもずっと。でも男性として見て、お付き合いするのは、もう、これで最後とさせてください」

　嫌だ、と心の内で叫び声を上げた。尊敬などいらない。尊敬などされたくない。残酷な社交辞令だ。それが年寄りの男を突き放し、穏やかに距離を保つための方便としての物言いであることは、十分過ぎるほど理解した。

「わかりました。君は若い。幸せになってほしい。僕からのお願いはただ一つだ。この先、決して泣き顔を見せない結婚をしてほしい。僕自身が妻に辛い思いをさせてしまったことがあるから、よけいにそう思う」

くずおれそうになる心をどうにか保ち、穏やかさを装って腰を上げる。はっとしたように見上げた恵美の目が潤み、何か言いかけた。

わかっているよ、というように、小さくうなずく。

おずおずと恵美は自分の分の食事代を差し出す。

「何やってるんだよ」

ことさらにざっくばらんな口調で言って、札を差し出した手の甲を摑み、押し戻す。すべすべした手は冷たかった。

一人で帰れるというのを無理矢理、タクシーに乗せ、ドライバーに千円札を二枚握らせる。「それじゃまた」と頭を下げて見送った。

「また」なのだ。部署は違うが、職場は一緒だ。この先もことあるごとに顔を合わせる。

別のタクシーに乗り込み、ドライバーに行き先を告げる。

突然、これでいい、という気持になった。息子は大学合格を果たし、短い期間だったが、これまでやってやれなかった父親としての務めを精一杯、果たすことができた。背もたれに体をあずけ、これでよかった、とつぶやいたとたんに涙がこぼれた。うつむいて小さく洟をすすり上げると同時に嗚咽(おえつ)が漏れた。

「お客さん」

ドライバーが不意に声をかけてきた。

「お客さん、お客さん、気分、悪いんですか?」

「いや、大丈夫」

かすれ声になった。

「吐きそうならいつでも車止めますから、言ってくださいよ」

ドライバーの声が険しい。

「大丈夫です。ちょっと風邪気味なもので」

予定していた時刻よりも数時間早く、たった一人で家に戻ってきたとき、電話機のメッセージランプが点滅していた。

もしやと思い、再生ボタンを押す。期待していた市内局番は現れなかった。「ショウ」という文字が液晶に浮かび上がる。

「翔です。えっと……一応、宮崎は、寮はよして、ワンルームにしました」

かけ直し、言葉をかけてやれる状態ではない。

翌日、息子の方から電話をかけてきた。母親と二人で大学の寮や地元の不動産屋を回り、学生専用のワンルームマンションをみつけてきたと言う。祖母がちょうど病院にいるので、母親も一緒に九州まで行くことができた、ということだった。

「ちょっとお金、かかるけど、寮はやっぱり無理かなっていう感じだから」

いつになく生き生きとした物言いだ。ためらいながら巣穴近くの枝を蹴り、風に乗って滑空していく若鳥の爽快な羽音が聞こえたような気がした。

「ちょっとお金かかるって、おまえ、気楽に言うなよ」

苦笑すると、「バイトするから大丈夫。一、二年のうちはそんなにカリキュラム、きつくないし」という言葉が返ってきた。

電話を切り、これでよかった、と再びつぶやく。

気が抜けた。

息子は旅立ち、自分には何も残らない。

孤独だった。

息子と二人で勉強した時間、息子が東京に戻ってから受験が終わるまで、自分もまたウォール・ストリート・ジャーナルを隅々まで読んでいた時間は、ぽっかりと空いた。彼がやってくる前、その時間帯に何をしていたのか、思い出せない。確かなのは、息子が来る直前まで続いていた、甘やかで華やいだ時間は二度と戻ってこないということだけだ。

一気に十も老け込んだような気分になる。事実、だいぶ白いものが増えた髭をそりながら対面する鏡の中の顔は、短く切った髪の量こそ、さほど変わらないが、狷介そうに目が引っ込み、頬が痩け、確実に年齢が刻まれている。

翔の入学と同時に、東北国際情報大学も新入生を迎えた。その子供っぽさと出来の悪さと、存外の素直さに、高澤はもう戸惑うことはない。この大学も五年目に入り、他大学や地元企業などとの連携事業の担当としての仕事も新たに加わり、負担はさらに積み増しされる。

恵美は何事もなかったかのように勤務を続けており、頻繁に行われるオープンキャンパスの準備で、研究棟に出入りする。顔を合わせれば挨拶する。樋口とともに、簡単な打ち合わせをすることもある。仕事上のやりとりで交わす恵美の口調に、まぎれもない尊敬の気持が籠っているのが空しい。

翔からはまったく連絡がない。便りがないのは元気なしるしとわかっていても、初めての一人暮らしを経験していると思うと心配だ。父親がいちいち電話をかけて安否を確認するのもどうかと思うが、別れた妻に電話をかけて聞き出すのも抵抗がある。ときおり息子のパソコンにメールを入れてみるが、携帯からの返信の短歌より少ない文字数で無事を告げてくるだけだ。

ゴールデンウィーク明けに、ようやく電話をかけてみた。落ち着いて話をするために、夜の十時過ぎにかけたのだが、電話に出た息子の第一声は、「あ、どうも」というものだった。

「あ、どうも、はないだろう」

「すいません」という口調は素直だが、忙しない。

「今、何やってるんだ」

「実験のまとめ書いてる、資料が日本語じゃないからけっこう厳しいけど」

「何の資料なんだ」

日本語ではない、ということに高澤のプライドが反応した。英語は外国語ではないぞ、という言葉が口をついて出そうになったそのとき、「別にいいよ」という返事が聞こえた。

はっとした。いつまでも受験生ではない。昔の秀才親父の出番などない。

「で、どうだ一人暮らしは？」

「どう、って、別に……」

素っ気ない。息子の素っ気ない物言いは慣れているし、悪気のないのもわかっているが。

「生まれて初めて、お母さんの世話にならずに暮らしてみてどうなんだよ」

「別に……地下にコインランドリーがあるし、どうせ夜までびっしり授業あるから、学食で食べてるし」

「友達はできたか」

「小学生じゃないんだからさ」

軽い笑い声がカンに障った。素っ気なさの向こうに、病人や年寄り、心配性の母親に囲まれた家庭から離陸できた喜び、生き生きと青春を謳歌する響きがあった。

「小学生じゃないって、その言い草は何なんだ」

説教していた。

「おまえどうやって、だれのおかげでそうしているんだ。お母さんだってあんなにたいへんなときに、サポートしたんだろう」

俺が、というのはみっともないから、母親を引き合いに出した。

そう、おまえがここにやってきたおかげで、人生をやり直すチャンスを失った。

「何がコインランドリーだ、何が学食だ、それが親の代わりになるというのか」

理不尽な物言いだと、自分でもわかっている。

いつまでも親がかりでは困る。

これでいい……。

しかしいったい俺は何なんだ。

どう考えても理屈の通らぬ言いがかりをつけて、息子に当たり散らしていた。

「どうもすいません」

素直な声で謝られ我に返った。

「ま、いい。元気ならいいんだ、元気なら。夏休みはお母さんのところに帰るんだろ」

どうでもいいことを尋ね、辛うじて親の面目を保つ。

電話を切った後に、淋しさといっそうの空しさが、寒風のように胸の内を吹き抜けていく。

「あの」

恵美が遠慮がちに声をかけてきた。同じ職場にいれば挨拶もすれば言葉も交わす。今さら何の期待もなく、高澤は足を止めて言葉を待った。

「私、結婚することになりました」

一瞬息を呑み、「そうか、それはよかった。おめでとう」と型通りの祝福の言葉を返す。

「天国のお母さんも喜んでおられるだろう。ご主人になるのは何やってる人？」という言葉が口をついてすらすらと出ることはなかった。

居酒屋の個室で別れの言葉を切り出されてから、二ケ月しか経っていない。こだわりがないと言えば嘘になる。

自分が連絡を絶っていた冬の間に、人に勧められて見合いでもし、とんとん拍子で話が進んでいたのかもしれない。

「お仕事は今まで通りに続けられるのですか？」

おめでとう、で終わらせるのも据わりが悪いので、どうでもいいことを尋ねた。

「はい。樋口先生ですので」

質問と答えの間に齟齬があった。しかし言わんとしていたことはそれだった。

樋口？　樋口ってあの樋口？

彼女と一緒にオープンキャンパスの準備に駆け回っていた樋口。あの色白の、ふっくらした顔立ちの、どんな状況でも深刻そうに見えない、どんな物言いをしても憎まれない、頭は良くても空気の読めない、あいつと？

「それじゃ貸し二つね」と入れ墨ビデオ事件のときに、指二本をVサインのように立てた笑顔が記憶に蘇る。

手際よく貸しを回収していった。

「そうか。良い相手で僕も安心したよ」

余裕を見せてうなずいた。五十男の自分より、彼女より三つ年下の樋口の方が自然だ。歳に見合った、そこそこ真面目で手近な男と、別の男と別れてわずか二ケ月で結婚を決める。悪いことなど何もない。だれが非難できよう。

賢明な選択で結構。腹の中で皮肉を言ってみる。

二日後には、樋口の方から、弾んだ口調で同じ内容を告げられた。

恵美が家から出てしまうと父親が一人残されるので、結婚後は彼女の実家に入ると言う。

「家は広いし、僕みたいな安月給だと、ありがたいですよ」

自分より一世代若い男に、つまらぬ男の沽券はない。双方にとってメリットのある選択で、ますます賢明だ。

「式の方、出ていただけますよね」

強烈なボディブロウだ。

「もちろん。こんな慶事だ。何をさしおいても出席させてもらいますよ」

昨年の秋、彼女が頻繁に俺のマンションを訪れていたのを知らないのか、というつぶやきは腹の内に封じ込める。一時、どころか少し前まで公認の間柄だったが、破綻した男女関係は最初からなかったことにするのが大人のルールだ。

日程は、一ケ月後だった。

「ずいぶん急だね。まさか、今、流行のできちゃった婚とか」

「とんでもない」と樋口は目をむいた。

入籍は二、三日前に済ませてしまったので、多少、仕事の手が空くときを見計らって式を挙げることにしたと言う。会場はホテルでも結婚式場でもない。ここの大学の付属女子短大が仙台市内にあるので、そこのチャペルを使うらしい。披露宴は隣接した学生食堂で行う。

「学食？」

驚いて問い返すと、樋口は人の良さそうな目を糸のように細めた。

「やだなあ、先生。学食っていったって、女子短大のはうちあたりのとは別物ですよ。軽井沢あたりによくあるじゃないですか。フローリングの床で天窓のついた、こじゃれたカフェテリアですよ。卒業生なんか、普通に結婚式に使っているらしいです。僕たち、二人ともここの職員なんで、費用も公営の式場の半額くらいなんですよ」

若い世代は、どこまでも手堅い。

朝から東北とは思えない強い陽射しが照りつける中を、高澤は式に参列した。

青葉を背景にして立つ小さなチャペルのバージンロードを、ごくシンプルなウェディングドレス姿の恵美が父親と歩いていく。いくぶん薄くなった白髪頭の男は、老人というには若過ぎる。あらためて自分と十ほどしか変わらぬ歳なのだ、と実感する。洗練された立ち居振る舞いが、高い鼻梁と削げた頬の醸し出す鷹のような鋭い印象を和らげ、ユーモアと冷静さを兼ね備えた挨拶の言葉の端々に、高いプライドと育ちの良さがうかがわれる。

こんな男を父と呼ばずに済んだことに、高澤は少しばかりほっとした。

披露宴会場の学食は広々として明るく、シャンデリア風の照明やスポットライトまで用意されており、ちょっとした公営結婚式場の披露宴会場より豪華だ。

大学関係者たちの集められた来賓席で、高澤は入室する新郎新婦に祝福の拍手を送る。

今時めずらしいハイネックのカクテルドレスに着がえた恵美は気品にあふれ、近づきがたいほどの美しさだ。

次世代の教育を通し、日本の未来を担うために云々、という大学のPRのような花村学長のとびきり長い乾杯の音頭が終わり、スパークリングワインの満たされたグラスを掲げる。

学生時代の恵美の人柄を褒め称える恩師、樋口の学問分野について場違いに詳しい解説をする長谷川学部長。ハープで「愛の讃歌」を演奏する恵美の幼なじみ。

新郎新婦ともに三十を過ぎていることもあり、披露宴も節度を保った上品なものだった。

抱き合ってのキスも、悪友たちの下ネタまじりの冷やかしも、スクラムを組んでの校歌もない。その行儀の良さと、とうに夫婦という感じの二人の落ち着きぶりが、高澤のまだ癒えない傷にひりひりとしみてくる。

注がれたワインを一息に空ける。

「こう見えて、なかなか正義感にあふれた男でございまして、あるとき……」

「有能なんですけど、それを鼻にかけたりしない、すごく思いやりのある女性で……」

来賓や友人たちの言葉が、耳朶を滑り落ちていき、その間にも背後からグラスにワインが注がれ、高澤は機械的に飲み干していく。

「それでは新郎のご同僚にあらせられます東北国際情報大学教授高澤修平様からご祝辞を賜りたいと……」

はっと我に返った。

聞いていない。そんなことは樋口から一言も聞いていない。当然過ぎることなので、あらかじめ頼んでおくこともしなかったのだろう。

立ち上がったとたんにふらりとした。

一般企業のキャリアが長いから、こんな場合の挨拶には慣れている。心がこもっているか否かは別として、外した内容や長すぎるスピーチはしない。

「樋口祐一さん、恵美さん、ご両家の皆様、このたびはまことにおめでとうございます」

定型の挨拶文を吐き出しながら、身体がぐらりと揺れた。何か割り切れない、怒りに似た切ない気分がふつふつとこみ上げてくる。

「大丈夫ですか」と、樋口が、心配げに声をかけてきた。それがカンに障った。こいつは何もかも知っている……。

咳払いを一つした。足がふらつく。

「将来のあるお二人の門出に際し……わたくしが、わたくしのようなものが……なぜこのような晴れがましい席に……なぜもって招待されているのか、まったく理解いたしかねております」

微妙な空気が会場に流れた。

「本来、わたくしは、とうていこうしたところに列席させていただく立場にはございません。わたくしはたとえていうなら、キャンパスの裏庭に生えたドクダミ、研究棟の壁紙に生えた黴、将来のある樋口君とは……」

目眩がして、景色が傾いた。

「先生、先生」と呼びかける声が聞こえてきた。

「高澤さん、そのくらいで」と気弱な声でささやき、背後から肩を抱いて、マイクの前から遠ざけようとしたのは、長谷川学部長だった。

「新婦、恵美さんも、このような場にわたくしが参ることについては、さぞやご不快にお感じになられているかと……」

「先生、先生、やめてください」

三十そこそこの講師が飛び出してきて小声で叱責しながら、席に連れ戻そうとする。

「わたくしが、この場におりますことのお詫びと、そして若いお二人へのはなむけに、ホルストのジュピターを」

若い講師を振り払い、マイクの正面に立つ。

口をついて出たのは、平原綾香の歌ではなかった。

「I vow to thee, my country……」

留学中にニュージーランド人のルームメートから教えてもらった歌、二十年も思い出したことさえないイギリス国教会の聖歌だ。

「all earthly things above……」

――祖国に誓う。比類なく完璧な祖国に我が愛と身を捧ぐ――

歌いながら、同僚二人を振り払うようにして、司会者のマイクに近づく。

「The love that asks no question, the love that stands the test……」

――疑いなき愛を　試練をも乗り越える愛を――

ふらついてスタンドに手をかけ、倒した。

同時に自分も転倒しそうになったのをだれかに支えられた。

クリーム色のカクテルドレスに身を包んだ新婦だった。

「いやぁ、おめでとう」

晴れがましい敗北感とともにその肩を叩いた。直後に、屈強な男数人の腕に抱きかかえられ、車いすに放り込むようにして座らされた。ウェイターに押されて会場を出る。

「大学教授って、ちょっと変わった人が多いわねえ」という中年女性のささやきを、朦朧とした頭で聞いた。

第六章

その冬は葬儀が相次いだ。

足元がおぼつかないながらも、弟夫婦や孫たちと元気に暮らしていた父が、末期の肺癌と診断されたのは、梅雨のさなかのことだった。

以前から背中や肩の痛みを訴えながらも歳のせいと言い張り、決して病院に行かない父を見かね、弟夫婦が日帰り温泉に行くと偽って車に乗せて病院に連れていったときには、癌は全身に転移していた。

持って半年、と電話口で淡々と語る弟の声を聞きながら、高澤はあらためて実家との縁の薄さを思い、この十年あまり、ほとんど顧みることもなかった両親の老いと死を意識して、悲しみと後悔めいたものに胸をふさがれた。それでも何か治す手段はないものかと無駄と知りつつインターネットで病院や薬について調べている。

週末に上京して入院中の父を慌ただしく見舞い、治療費などについて弟と相談し、近いうちにまた来るからと言い残して仙台に戻ったのもつかの間、四週間後には、治癒の見込みなしという理由で、退院が決まっていた。

こちらで何とかするから大丈夫だ、という弟に対し、そうもいかないからと弟夫婦とともに病院に行き、メディカルソーシャルワーカーから訪問看護や医師の往診などについて一通りの説明を受けた。

しかし弟は急な話で家でも受け入れる準備が整っていないので、一週間ほど待ってほしいと病院側に訴え、ちょっとした押し問答があった。

「とにかく先生、あと一週間だけ、お願いしますよ」

恰幅（かっぷく）がよく、高澤より遥（はる）かに年上に見える弟が、薄くなった頭を担当医師にぺこぺこと下げ何とか猶予（ゆうよ）をもらったが、高澤には何がそんなに準備が必要なのか、やりとりを見ていてもよくわからない。

釈然としないまま仙台に戻って五日後、弟から父のホスピスへの転院が決まった旨（むね）、連絡が入った。

実は末期癌とわかった時点で、知り合いのつてをたどり、申し込みを済ませておいたのだという話を聞いたときには、その手回しの良さに驚いた。四十人待ちということで、当初はまったく期待していなかったのが、入院している四週間で順番が回ってきたということだった。

「老人ホームと違って、空くの、早いんだよな」

微塵の感傷も含まぬ弟の口調に、割り切れないものを感じる。

「ちょっと待ってくれ、寝耳に水だ」という高澤に、弟はすでに手続きは済んでおり、明日、今居る病院からそちらの施設に移送する手はずだ、と告げただけで、高澤の言葉に耳を貸さずに電話を切った。

前回、病院で受けた説明によれば、住み慣れた自宅で最期を迎えるにあたって、様々な支援があるということでもあり、ほとんど口もきけずに横たわっていた父も、家に帰りたい、という希望を告げることだけはできた。

いったい父の意思はどうなのか、確かめずにはいられず、その週末、高澤は半日だけ時間を作って、そちらの施設を訪れた。

東京郊外にあるカトリック系の病院の一郭にもうけられた施設は、実家からはかなり離れているが、真新しく開放的な作りの、一見したところリゾートホテル風のところだった。大きな一枚ガラスの窓越しに庭のみずみずしい緑が映り込むロビーで、弟が「おっ、こっち」と合図した。

弟の妻と、子供たち、それに年老いた母。それだけではない、父までいる。

つい四週間前、眉間に皺を寄せてベッドに横たわっていた父が、車椅子で点滴や酸素吸入のチューブに繋がれた状態で笑っている。

行き交うスタッフの対応も温かい。弟は最良の選択をしたのかもしれない、とその姿を間近に見るうちに不信感は消えていく。

「どうだ、仕事の方はうまくいっているのか。ずいぶん忙しそうだが」

車椅子の父は、高澤を見上げて尋ねた。痛みがあまりないのか、表情がゆったりしている。顔色もいい。

「まあ、このご時世で忙しいっていうのは、ありがたいと思わないと」

「まだ一人なのか?」

一瞬ことばに詰まり、ことさら冷めた口調で応えた。

「不自由はしてないよ」

「嫁ってのは不自由だからもらうもんじゃないだろう」

「ま、そりゃそうだけど……なかなかうまくはいかなくて」

「兄貴、昔から女見る目、ないからな」と弟が天井に視線をやったまま冗談ともつかぬもの言いをする。

「人生、うまくいかないからおもしろいんじゃないか。な、そうだろ」と父は母の方を見る。浮かない顔つきで座っていた母が、痛々しい笑みを浮かべる。

高齢でしかも病名と余命を告げられて一ケ月近くたっており、弟にもその子供たちにも、格別、悲観的な様子は見えない。午後の陽光のさんさんとさしこむ吹き抜けの部屋で、観葉植物の緑に囲まれてコーヒーを飲みながら、テレビドラマの団欒の図のように、和やかに話をしている。思春期以降、何とはなしに敬遠していた父と、死を目前にしてようやく構えることもなく言葉を交わせた。そのことに高澤は不思議な感動を覚えていた。

帰りの新幹線の時間が迫っており一足先に腰を上げると、母も立ち上がった。疲れたので先に帰ると言う。弟が、困惑とも苦笑ともつかぬ微妙な表情を浮かべて目配せしてきて、タクシーで実家まで送っていってくれないか、と耳打ちする。それほどまでに落胆しているのか、と母の気持を思い胸をつかれた。

「わかった」と返事をして、別れを告げる。

それまでほとんど家族の話に加わっていなかった母が、堰を切ったようにしゃべり出したのは、緩和ケア病棟を出た直後だった。

「病人の看病なんてできない人だし、やる気もないのよ。じいちゃんにはさんざんかわいがってもらったくせに、手がかかるとなったとたんに、あんなところに入れて」

弟の妻のことだ。実家に行くことがほとんどなかったせいもあるが、これまで母と弟嫁との不仲の様子になど、まったく気づかなかった。

「手術するなり、いい薬を使うなり、治療の手段はいくらでもあるだろうに、あんな死ぬためのところになんか入れて。自分が病人をみるのが面倒くさいものだから」

語尾が嗚咽(おえつ)に変わった。

「死ぬための施設なんかじゃないよ」

外来棟のだだっ広い待合室の片隅のベンチに母をかけさせた。

「過剰な治療はしないというだけで、必要な治療はしてくれるんだ。お父さんも楽そうにしていたじゃないか。もう歳なんだから、できる限り苦しませたくはないだろう」

母はしゃくり上げた。

「痛かろうと苦しかろうと寝たきりだろうと、死んじゃったらおしまいじゃないか。再来年は米寿だっていうのに。一日だって長生きしたいよ、人間、死んだら二度と生まれてこないんだから」

はっとして高澤は母の顔を見る。自分にとって米寿は遠い未来の話だ。そんな歳まで生きている自分など想像できないし、生きたくもない。七十でたくさんだと思う。

しかしまもなく八十になる母は違う。三十年後の死は抽象的なものだが、三年後の死は恐ろしく忌まわしい実在感を帯びている。そして残りが少なくなるほど執着するのは、金も生も同じだ。

「ひどいよ、あんなのは家族でも何でもないよ。もともと人のために苦労するなんてまっぴらごめんっていう人だったけれど」

ため息をつきながら高澤は無言で母の言葉を聞く。一言でも弁護や反論をしたらますます激高しそうだ。うっかり相づちでも打とうものなら、弟夫婦に向かって何を伝えられるかわかったものではない。

「何で黙っているの」

怒りの矛先は、いきなり高澤に向けられた。

「ずるいよ、あんたは。自分の立場を守ることしか考えてないんだから」

図星、かもしれない。ただでさえ人間関係はややこしい。兄弟の間でまで、無用なトラブルを起こしたくはないと思っていた。

そっと立って、自動販売機のところに行き、百円玉を入れて母の好きな缶入り汁粉を出してきた。

プルタブを開けて缶を手渡してやると、突然、母は目を輝かせた。

少し前まで嫁を罵っていたことも、余命いくばくもない父の姿に涙していたことも忘れたように、嬉々として飲んではしゃぎ始めた。

何かおかしい。別れ際の、弟の微妙な表情と耳打ちを思い出す。

こっちもか、と心臓を摑まれたような、恐ろしいような悲しい気分に見舞われた。由貴子の母親の話を翔から聞いたときには客観的に捉えていた認知症が、自分の母親に出てきたのかと思うと、冷静ではいられない。

由貴子が母親の病気を隠し通した理由が、突然、実感として理解された。見栄などではない。自分が見たくないのだ。向き合いたくないのだ。病気なんかじゃない、だれだって歳をとれば若い頃のようにはいかないものさ、と笑って済ませたい。本人はもちろん血縁の者も。話題にすること自体が辛いのだ。他の病気以上に。

結局、予定していた新幹線を一本遅らせ、母を自宅まで送った後、高澤は仙台に戻った。

その夜、母親が寝入った頃を見計らって、弟に電話をかけた。

「お母さん、ちょっと、様子が変じゃないか。親父のこと、ショックなのかもしれないけれど」

と婉曲に尋ねる。

「ああ。血管性のね。小さな梗塞が脳にたくさんできてるんだ」

ことともなげに弟は答えた。

「医者には？」

「ああ。俺はただ、歳のせいだと思ったんだけど、女房がすぐに気づいた。それで内科医に連絡を取って紹介状を書いてもらって、同じ病院の脳外科で即、検査した。で、今のところはまあ、あんな感じさ」

弟は事態を受け入れている。しかしそのことを兄に相談する気にはなれなかったようだ。

これから先のことを話す度胸もないまま、高澤は電話を切った。いずれ由貴子のところのようになるのだろうか、と思うといてもたってもいられず、インターネットであらゆる情報を集めている。症状、原因、治療、サポート制度、そして余命……。情報を集めるほどに、事実に向き合うのが怖くなってくる。

夏の盛りにホスピスに入った父は順調に衰弱していき、四ケ月後、睡眠薬を投与されて呼吸困難の苦しみから解放され、眠ったまま逝った。

もう少し自分の健康に気を配ってくれていたなら、それ以前に、母の半分ほどでもいいから、生に執着してくれていたなら、と思わないことはない。それでも余命を告げられた後、話に聞く末期の壮絶な苦しみを味わうこともなく、驚くほどの穏やかさで旅だっていったことに高澤は安堵していた。

死の間際に病室に駆けつけたときには、すでに薬で眠った後だったので、言葉を交わすことは叶わず、「嫁っていうのは不自由だからもらうもんじゃない」「人生、うまくいかないからおもしろい」と、以前、談話室で交わした軽口だけが、五十を過ぎた高澤に残された。

それから一ヶ月と経たない翌年の元旦に、長患いしていた伯母が八十六歳で亡くなった。

正月で斎場は休みに入っており、葬儀は四日の夜まで待って行われた。

その通夜振る舞いの席で、母は甘エビの刺身を口に入れた直後、ビアグラスと箸を手にしたまま、居眠りするように姿勢を崩した。

「あれれれ、しょうがないね」

叔母の一人が、脇から支えた。テーブルにこぼれて泡を立てているビールを大学生になる姪がティッシュで拭き取る。大半は飲んだ後なのでそれで十分だ。口を半開きにしてうつむいている母の頰のあたりはほんのり赤かった。

「疲れたんだな、歳も歳だし」と年配の従兄弟が、ひょいと抱き上げ、後ろのソファに横たえ、叔母が自分の布バッグを枕代わりに頭の下に押し込んだ。

親類に酌をして回っていた弟嫁が、小走りで近づいてきたのは、そのときだった。

「携帯貸して」

叱責する口調で、傍らの叔父に言った。

「早く」

だれに相談するでもなく、弟嫁は即座に救急車を呼んだ。そのときになって、ようやく高澤も親類の者たちもただならぬ事態に気づいた。

斎場の玄関に横付けされた救急車に、高澤は弟嫁と一緒に乗った。

深夜、しかも正月のことで病院の受け入れ態勢が十分とはいえなかった。四十分もかけて救急車は都内を走り回った挙げ句、ようやく脳外科のある大学病院に母を運び込んだ。

その二十分後に母は息を引き取った。意識はまったく戻らず、高澤にも弟にも、何一つ言い残すことはなかった。

あまりに呆気なく、悲しむ余裕もないうちに、伯母の告別式の二日後には、母の通夜が執り行われた。

高澤は昨年に次いで、二度目の喪主をつとめたが、隣近所の人々はもとより、伯父伯母の顔と名前さえ一致しない。そんな兄にかわり、親類付き合いも地縁もある弟が、万事を取り仕切った。

その手際よさと、自然に年寄りたちの話の輪に加わり、座を和ませている世間知のようなものに、高澤は圧倒される。

「いきなりで驚いたけれど、大好きな甘エビを食べながら、こくっと眠るように逝ったっていうのは、お袋らしかったよね。仲の良かった姉妹が正月早々二人揃ってってていうのも、ある意味、めでたいっていうのかなんと言うのか」

通夜の席で弟はけろりとした顔で言ってのけ、せめてもう少し早く受け入れ病院が見つかっていれば、と悲嘆の思いに暮れている高澤を驚かせた。

「その言い方はないだろう、いくら何でも」

思わず声を荒らげると、「兄貴さ、看取るまでの苦労で流した汗と葬式で流す涙の量ってのは、反比例するものなんだよ」と切り返された。

「別に家で看取ったわけでもないだろう。親父は入院していたし、お母さんだって、多少、認知症は入っていたかもしれないけれど、自分の身の回りのことは自分でできたじゃないか」

小声で言ったつもりが、向こうにいた弟嫁の耳に届いてしまったらしい。鋭角的な動作でこちらに顔を向けた。

「独り身で、自分の人生を好きなようにしか生きてこないとわからないかもしれないけどさ」と弟は、首を振ってため息をついた。

「親と一つ屋根の下で暮らすってことは、言葉じゃ言い尽くせないくらいにいろんなことがあるってことなんだぜ。うちのやつが楽天的な性格だから何とかやってこれたが、ぐちぐち文句言うタイプだったらとっくに家庭崩壊してるさ」

返す言葉はない。ぐうの音も出ない、とはこのことだ。

あまりに急で、ちょうど良い写真を探し出すこともできなかった。母の遺影は、ピンぼけ気味のトレーナー姿で微笑んでいる。

「痛かろうと苦しかろうと寝たきりだろうと、死んじゃったらおしまいじゃないか。一日だって長生きしたいよ、人間、死んだら二度と生まれてこないんだから」

そんな言葉が不意に蘇ってきて、高澤をいっそうやりきれない気分にさせる。

死亡届、初七日、墓の準備、四十九日法要、相続の話し合い……。

生まれるときには出生届だけで済むのが、死に際しては山のような手続きと儀礼があり、一息つく暇もない。仕事の合間を縫って、仙台と東京を行き来するうちに、その年の春は過ぎていった。

八月の上旬、新盆のために東京に出てきた折のことだった。

菩提寺の本堂で、僧侶の読経の最中にポケットに入れておいた携帯電話が震え出した。

大学からの緊急連絡かと思い、ディスプレイを見ると翔の携帯電話番号が表示されている。

席を立って、外で電話を受けると、「お母さんが倒れた」とひどく取り乱した声で翔は言った。

どういう状態で、いつ、と尋ねても要領を得ない。

降るようなアブラゼミの声とまとわりつく藪蚊が、いらだちを倍加させる。

胸が痛い、と訴えて病院に行ったということだが、それ以上はわからないらしい。

「今、どこだ」

「宮崎」

先輩に頼まれて市内のオフィスでデータ処理のアルバイトをしており、この時期、東京に帰らなかったという。午前中に由貴子の叔母から電話がかかってきたので、すぐに戻りたかったのだが、ちょうど帰省シーズンで飛行機の座席が取れない。福岡までのハイウェイバスも、この時期渋滞のために使えない。在来線と新幹線を乗り継いで戻るつもりだが、順調に行っても東京に着くのは翌日の十一時過ぎになる。

「わかった。すぐに連絡を取って俺が行く。心配するな」と答えて電話を切り、由貴子の家に電話をする。

電話に出たのは、由貴子の叔母だった。おそらく結婚式で顔を合わせて以来だろう。顔かたちも名前も記憶にないが、由貴子の母親の妹、というから、若くても六十は過ぎているだろう。

胸が苦しいと今朝ほど電話を受けて、由貴子の家にやってきたということだ。由貴子は救急車を呼ぶのを拒み、一人でタクシーで病院に行き、その間実姉である由貴子の母を看ているのだと言う。

どこの病院に行ったのかと尋ねても、取り乱していてこちらもまた要領を得ない。「ドウジン病院」という名前はわかっても、どこの「ドウジン病院」なのかわからない。

由貴子の携帯電話番号を尋ねると、別れた夫と名乗ったにもかかわらず、躊躇（ちゅうちょ）なく教えてくれた。「お願いします。どうかお願いします」という口調が切羽詰まっていた。

しかし携帯電話は通じない。高澤は寺務所に飛び込むと訳を話して、そこのコンピユータで検索させてもらった。

「同仁病院」は、この日の休日救急診療の当番医だった。電話をかけると由貴子は確かに、胸痛と呼吸困難を訴えてそちらの外来に行っていたが、そこから設備の整った別の病院に搬送されたということだ。

弟に理由を話して、法要を中座させてもらう。

「なぜまた、離婚したのに？　一応、施主だぜ、兄貴」と不審そうな顔をされたが、説明している暇はない。

タクシーに飛び乗り、走り出してから喪服ではまずい、と気づき、ネクタイを外し、上着を脱ぐ。

病院に着いたときには、すでに症状は治まった後のようで、医師が由貴子にこのまま検査入院するように勧めているところだった。介護の必要な老人を抱えているから無理だと訴える由貴子と押し問答になっている。

高澤が入っていくと、何も知らされていなかった由貴子は唖然とした顔をした。

「ごめんなさい。叔母様、びっくりしてあちこちに電話をしたのね」

「いや、飛行機が取れずに翔が来るのが遅くなるから」

短く答えると、若い医師がいらついた様子で、机上のコンピュータと高澤の顔に代わる代わる視線を走らせる。

「入院して検査を受けるように言っても、奥さん、納得してくれないんですよ。無理にとは、こっちの立場から言えませんが、このまま家に帰ってどうなっても責任持てませんよ。ちゃんと僕、今、説明しましたからね」

その言い方はなかろう、と思ったが、自分の判断ミスを棚に上げて、何か起きたときに病院と医者の責任を追及する患者が後を絶たず、こんな言葉を言わざるをえないのかもしれない。

「母が高齢でそんなに長い時間、家を空けられないんです」

憑(つ)かれたような悲壮な表情で、由貴子は訴える。

「叔母さんがいるんだろう、大丈夫だ」

「七十過ぎているから、とても一人では」

「翔も明日の昼には着く」

「これ以上、あの子には……」

「まあ、俺がちょっと様子見てくるから」

とんでもない、という風に首を振った。

「おまえが死んだら、お義母(かあ)さんを看る人間はだれもいないんだ」

医師の手前、夫婦のような口の利き方をした。

「大したことないの、本当に」

危うい前向きさが、その表情に現れる。医師の眉間に皺が寄る。

大したことない、私の方ならまったく大丈夫……。

ニューヨークにいた頃のように、不調を訴えることはない。年老いた両親を家庭内で看るうちに、その責任感と義務感に押しつぶされて、彼女の中の黄色い信号は完全に壊れてしまった。今は、自覚がないまま赤信号を突っ走っている。

業を煮やしたように医師は、本来、二泊三日の入院が必要だが、どうしてもということなら、一泊二日で帰れるようにする、と言う。

「とにかく先生の言うことを聞くんだ。もうじき翔も来る。心配なら電話をしてくれ」

命令するように言い残し、その場を後にした。

離婚の話し合いをして以来十三年ぶりに、高澤は由貴子の実家を訪れた。門から玄関まで続く、隣家に挟まれた細長い通路も、和洋折衷の天井の高い玄関も、少しも変わっていなかった。

応対に出た由貴子の叔母は、恐縮しながら高澤を座敷に上げる。

「朝早く、胸と背中が痛くて苦しくて動けない、と電話がかかってまいりましてね」

地下鉄と電車を乗り継いでやってきてみると、由貴子がうずくまっていたと言う。母を頼む、と言い残して、病院に行ったらしい。

「私もできることなら、やってあげたいんですけどね。でも足腰が思い通りになりませんでしょう」

口調や態度は七十過ぎとは思えないくらいしっかりしているが、骨粗鬆症から大腿骨を骨折して、手術を終えたばかりなので、歩くこともままならないのだと言う。

「ついさっき訪問看護師さんが帰ったばかりですのよ」と、叔母は病人が寝ていると いう座敷に案内してくれた。

庭に面した十畳間。昔、由貴子の父に「お嬢さんをください」と、深々と頭を下げた部屋であり、離婚の話し合いをもった部屋でもあった。

長患いの病人や年寄りがいる家に特有のすえたような臭気はなく、室内にはハーブの芳香が漂っている。よほど行き届いたケアがなされているのだろう。

まばゆいほど白いシーツと白いカバーに包まれるようにして、真っ白な髪と透き通るように白い肌の老人が寝ていた。入れ歯を外しているせいか、頰が落ちて別人のようだが、たしかに義母だった。

「こちら、ほら、由貴子さんの元のご主人。高澤さん」

叔母が呼びかける。

「それはそれは。どうもご丁寧にありがとうございます」

はっとして、無意識に後ずさった。意識がある。高澤を認識しているのかどうかはわからないが、末期の認知症とは思えないまともな挨拶だった。

「和子さん、足、痛くない……ああ、そう。良かったわ」

叔母が呼びかけながら、そっと布団をまくり上げて見せる。

固まったように指先が丸め込まれた小さな足に包帯が巻いてある。

「痙攣がありましてね、血が通わなくなって、腐っちゃったの。真っ黒になって、骨が見えてしまって、それでも手術できなくて。ほら、糖尿がありますでしょう、それに麻酔で死んでしまうこともあるから」

小さな声でささやいた。

身体から血の気が引いていくような気がした。

そのまま布団に手を入れた叔母が、「あら」と首を傾げる。異臭がした。

おむつ交換をするために、高澤は部屋を出された。

二十分ほど待っていると、濡れた手を拭きながら叔母は出てきた。

「胃瘻にしたんですけど、お医者様のおっしゃる分量だけ入れると、下痢してしまって」

「胃瘻ですか……」

「ええ、もちろん口からもアイスクリームとかでしたら、少しだけ、いただけるんですけどね。ほら、姉は甘いものが大好きでございましょう」

昨年の春、翔の合格後にいったん退院したが、その後誤嚥性肺炎を起こした。そのときは通院で良くなったが、その後、同じ病気で二度入院し、二度目の入院で、口から栄養を取るだけでは体力が落ちて死を待つばかりだ、と言われ、胃瘻造設の手術を受けた。

「でも、胃瘻にしても誤嚥性肺炎は起こすんですの。良いのか悪いのか、こうなると……」

重苦しい沈黙があった。

「痛かろうと苦しかろうと寝たきりだろうと、死んじゃったらおしまいじゃないか。一日だって長生きしたいよ」という実母の言葉が、再び、よみがえる。

現代の「長生き」の凄惨な実態を知らずに、母は逝った。確かに弟の言う通り、めでたいことだったのかもしれない。

「訪問介護士さんは」

「いえ」

「じゃあ、どうやって？」

「由貴子さんがいるじゃありませんか。どうしても外出しなければならないときは私に電話をかけてよこしますけどね」

　認知症とはいえ、だれにケアされているのかはわかる。むしろそのことだけに敏感になっている。ショートステイやヘルパーという形で、肉親以外の人間が関わるという話を聞いただけで、由貴子の母は血圧が上がったり下痢したりといった状態になるのだと言う。

「私も、体がこんなでなければ、毎日でも来てあげたいんですけれど」と叔母は自分の足をさする。

「いや、無理はしない方がいいですよ」

「私も年寄りを三人、家で看取りましたのよ」

「はあ」

「本当にしょうがないわねぇ」とその口からため息が漏れた。「あの子は小さい頃から体が弱くて。若い頃は甲状腺（こうじょうせん）がどうとか、少し前は自律神経失調症のような、何かそんな病気で倒れて、先月は帯状疱疹、それで今度は心臓だなんて」

典型的な介護ストレスだ。

「一人娘で蝶よ花よと育てられたものだから、気がしっかりしていないところがございましてね。だからこんな肝心なときに自分が病気になってしまって。本当に情けないやらふがいないやら」

仰天した。呆けてはいない。血のつながった姪に辛く当たるつもりもない。しかし認識が戦後まもなくのところで止まっている。あるいはそれで済まされる恵まれた経済環境と家族環境に生きてきた女性なのか。

由貴子には同世代の友達がいないのだろうか、と思った。たとえいたにしても彼女は、そうした一身上の問題を友人に持ち込むということはしない女だ。それを節度と心得ているようなところは、昔からあった。頼りになり、相談相手になるのがこの叔母しかいないのかと思うと、哀れでもあり、それ以上に危機感を覚える。

「いずれにせよ、このままではどうにもならない」

「本当に。娘に来てもらえればいいんですけれど、よそ様にお嫁に行ってますでしょう、そう自由な身の上でもなくて……。翔君は男の子で、こんなこと手伝わせるわけにはまいりませんし、本当にどうしたらいいものやら」

そういう問題ではない。

「ケアマネージャーの連絡先は」

「さあ……」

「書類の置き場所は？」と尋ねてみたものの、自分の立場でそんなところをかき回すわけにはいかない。

昨年由貴子の母が入院していた病院についてだけは、叔母が知っていた。

即座に電話をした。介護者が病気で看るものがいないので、入院させてほしい、と告げる。

少し待たされた後、治療はすでに終わっており、そうした理由で受け入れることはできない、ショートステイを当たってみるように、とあっさり断られた。

ショートステイを調べようにも今、パソコンは手元になく、電話帳をめくった。それらしき施設はすぐに出てきた。相談に行く前にとりあえず電話で問い合わせる。

叔母が戸惑った表情でこちらの手元を見ている。

先方が出た。胃瘻のケアは医療従事者か家族しかできないため、こちらでは受け入れられない、と言う。

別のところにかける。同じ答えだった。

さらに次に書かれた番号にかける。こちらは胃瘻のケアはできるが、ベッドが空いていない、と断られた。

数カ所電話をしたが、どこも受け入れてはくれない。

年寄りなど看たことがない。そんなことには関わらずに生きてきた。父親のときにも、手続きは弟に任せていた……。

ほかにどんな方法があるのか尋ねようと区役所に電話をかけた。休日でもあり自動応答だった。

わらにもすがる思いで、最後に弟の携帯電話を鳴らした。

「何やってるんだよ、突然、消えて」という言葉をさえぎり手早く事情を話し、どんな方法があるのか尋ねる。

「俺もちょっとわからないから」と弟は即座にその妻に代わる。

「あ、そりゃ、ケアマネ、通さなきゃだめよ。いきなりお義兄(にい)さんが電話かけたってうまくいかないわ」

弟嫁の言葉は明快だ。

「連絡先がわからなかったら、そのへん適当にかき回してみて。出てくると思うよ。保険証とか入ってる引き出しがない？」

「やってみる」と立ち上がったところに、この家の電話が鳴った。

叔母が壁に手を置いてそろりと立ち上がり、片足をかばいながらゆっくり歩いて行きかけたのを見て、すかさず受話器を取った。

案の定、由貴子だ。

高澤が出たことに驚いた様子で、一瞬言葉が止まる。しかしすぐに恐縮した様子で礼を言い、これから家に戻るから大丈夫だ、と言う。

「だめだ」と遮り、ケアマネージャーの連絡先を聞く。

「私は大丈夫だから。母は病院が嫌いなの」

「好き嫌いの問題じゃない」と声を荒らげた後、はっとして自分を落ち着かせる。

「君に何かあったらお母さんは一人になるぞ」

「大丈夫よ」

「俺は、君に先に死なれたくないんだ」

この場で何の意味もない言葉だった。しかし悲痛な思いとともにごく自然にこぼれた言葉だった。由貴子は沈黙した。

「どこにある？　介護保険の書類一式」

由貴子はその場所を告げた後、「ありがとう」と小さな声で言った。

その日のうちにケアマネージャーとは連絡がついた。すでに勤務時間も終わっているというのを、事情を話し、無理をしてその日のうちに来てもらった。

様々なシステムや機関についてのケアマネージャーの話は、叔母の理解を超えている。少し不服そうな顔で相談には立ち入らず、無言のままお茶出しをしてくれた。

ケアマネージャーに緊急性は理解してもらえたらしい。その場でさきほど高澤が電話をかけた同じ病院に電話をかけたところ、即座に入院が決まった。

病院からタクシーを飛ばして由貴子が帰宅したときには、すべて手はずは整っていた。

母親の入院は明朝ということで、この夜だけは叔母も泊まってくれることになり、由貴子の方の容態が気になりながら高澤は、東京駅発の最終の新幹線に乗った。

翌日の昼、官庁に提出する報告書の作成に追われているところに、由貴子から電話がかかってきて、この日、母の入院に合わせて、自分も検査のために三日間、入院をすることになったと告げられた。

「大丈夫か、俺、行かないで」

「ありがとう。大丈夫。翔も叔母もいるから」

一人で空回りしていたような閉め出されたような、少々不愉快な気分で「それじゃ、無理しないように」と言って受話器を置く。

翌週には、由貴子から手紙が届いた。心臓カテーテル検査では、冠動脈に狭窄や閉塞などといった異常は発見されなかったこと、薬は飲んでいるが生活は普通にできること、医師からもっとリラックスして普段からストレスを溜めないようにとアドヴァイスされたことなどが、丁寧な礼の言葉とともにしたためられている。

役にも立たないアドヴァイスを、と舌打ちした。リラックスしてストレスを溜めない生活が可能なら最初からそうしている。

インターネットを立ち上げ、狭心症について調べると、格別冠動脈の閉塞など見られず、動脈硬化を起こしていない場合でも、急性心筋梗塞に似た危険な症状が出ることがあるらしい。

どうにも気になって電話をかけると、応対する由貴子の口調が忙しない。母が、明日退院することになったと言う。

「明日だと?」

ずいぶん急だ。

「退院後のことは?」と尋ねると、明日、退院前に病院から説明があると言う。単に説明ではなく、ケアマネージャーも含めた話し合いだろうと想像がついた。

「同席させてもらっていいか？」

そう言ったのは、悪くするとまた以前同様に、由貴子が一人で抱え込むのではないかと不安になったからだ。

「叔母も来てくれるから」

「足の悪い叔母さんをいちいち呼ぶのか？」

あの叔母が来たのではまとまる話もまとまらない、と判断して尋ねたのだが、由貴子は沈黙した。

「こういうのは男が入った方がいい」

有無を言わさぬ口調でたたみかけた。

高澤が仙台と東京を自由に動けるのも夏休みが終わるまでだ。二学期が始まったら、授業と会議と書類作成で、身動きがままならない。手を打つなら今しかない。

翌日の午前中、東京駅から高澤が駆けつけたときには、相談室には由貴子の他、病院のソーシャルワーカーとケアマネージャーが揃って、すでに説明は終わっていた。

訪問看護とベッドのレンタルは以前から頼んでいるが、ホームヘルパーや入浴サービスはまだだった。しかし由貴子は格別、そうしたサービスを使う気はなさそうだ。

自宅の風呂（ふろ）はすでにリフォームが済んでおり、見知らぬ介助者を母が嫌がるから、という理由で、できる限りのことを自分でやるつもりでいる。しかしこんな状態になっても由貴子の母は、医師によれば、内臓は丈夫なので長ければ二年くらいは生きるという話だった。

本人と赤の他人にとってそれが長いか短いかはわからない。しかし介護する家族にとっては十分に長い。新聞の社会面で頻繁に報道される悲劇、実際にはそれより遥かに多く起きている凄惨な事件が、自分の身近で起きるかもしれない。それは由貴子の人生だけではなく、翔の将来までをも台無しにしてしまう。

ソーシャルワーカーもケアマネージャーも、家族の意思を確認するに留まり、強く勧める風はない。介護サービス会社の社員である、このケアマネージャーが、立場上、自社サービスの営業を疑われるような言動をすることが許されず、もどかしそうな表情をしているのを高澤は見て取った。

「君自身も病気を抱えていることを考えたら、利用できるサービスはフルに使うべきじゃないか」

高澤はやりとりに割って入る。

「今までも、やってこられたし、看護師さんが来てくださるし」と由貴子は首を振る。

「また倒れたらどうするんだ。夏休みが終われば、翔だって頻繁に東京には戻れない。

というよりは、あいつは何か起きれば、どんなことがあっても戻ってくるだろう。それで単位でも落としたらどうするんだ。来年になれば実験が入ってくる。帰ってこいと言ったって、そう簡単にはいかない。工学部の実験はチームを組んでやるから仲間にも迷惑がかかる。あいつのことだ。いよいよとなったら、こっちに相談もなく退学届けでも出しかねない。ようやく入れた大学なんだ、そんなことで万が一でも中退なんてことになったら」

由貴子が憂鬱そうな表情で洗面所に立つと、ケアマネージャーの女性が、ぽつりと漏らした。

「ご家族の中には、どんなヘルパーさんが行っても、やり方が気に入らなくて自分でしないと気が済まない方がいるんですよ」

前回、由貴子の実家を訪れたときに見た、あの日にしみるような白く清潔なたたずまいを思い出した。ニューヨークで病気になる前の、あのどこまでも細やかに丁寧に整えられていた日々の生活が脳裏によみがえってくる。

しかしこの先、由貴子一人で老親を看るのは不可能だ。半ば強引に高澤はヘルパーの派遣を含む申し込み書にサインさせた。

タクシーで連れ帰った由貴子の母を、高澤はベッドまで抱き上げて運ぶ。

そんな形で、人と身体的にふれあうのは初めてだった。湿った温かさと、驚くべき軽さ。相手は、もう高澤がだれかなどということはわからない。不安気な表情で力なく首を動かす。それでも生きている。もはや使うことのなくなった口の中は乾いて出血し、身体の一部が腐り始めていた。しかしそれでも、生きている。

その日のうちに様々な書類のやりとりが待っていた。

ケアマネージャー、ヘルパー、入浴サービス、介護用レンタル用品、すべてのサービスに関する契約も業者もばらばらだ。それぞれの会社から別の人間がやってきて、それぞれに契約を交わし、口頭で説明をする。整然としているつもりの高澤の頭でも混乱する。

なぜ由貴子がこうしたサービスを利用するのを拒んだのかわかるような気がする。日々の介護で精根尽き果てているからこそ、この手続きだけでつまずいてしまう。ケア・ビジネスの独占を避けるための配慮かもしれないが、煩雑(はんざつ)なことおびただしい。きっとこれまで介護に関わったことのない、自分のような男たちが机上で練ったプランに違いないと高澤は思った。

その夜、仙台に戻った高澤は、ここ二、三年、付き合いの始まった同窓生の一人に電話をかけた。都内の大病院で内科医長を務める男だった。別れた妻の母親のことで療養病棟か施設はないか、と尋ねる。

「離婚した奥さんの親？」と相手は、弟同様、不思議そうに尋ねた。「なんで高澤さんが、そんなことに関わっているの？」

「一人息子の家庭のことだからさ」

「そういう関係が続くのか」

「まあ、人によるんだろうけど」

相手はしみじみとため息をついて続けた。

「女房と別れて若い嫁さんと人生やり直すなんてのは、所詮は男の見果てぬ夢ってことかね」

昨年春の出来事を思い出し、苦い笑いが込み上げる。

「で、その元嫁さんの家の暮らし向き、というか、経済状態は」

「内情はわからないが、目黒区内にだだっ広い家と土地がある。亡くなった父親は一部上場企業の役員だった」

「なら心当たりはある」

即座に相手は答えた。

お茶の水に認知症病棟と療養病棟を備え、急性期の病気治療の終わった認知症患者を受け入れてくれる病院がある。彼の紹介であれば待たずに入れるということだった。人生の最終期にあたり、金と、つての有無がこんな形で現れる。あまりのわかりやすさと理不尽さに言葉もない。

その場で由貴子に電話をかけた。

「ありがとう。でも、まだ、今のところは大丈夫」

またしても「大丈夫」という答えが返ってきた。

「嫌がるのよ、デイケアも、病院も。嫁いでから五十年以上も、母はこの家で暮らしてきたの。退院してこの部屋に戻ったら、ほっとした顔をした。母はちゃんとわかっているのよ。傍からはどう見えても。だから父の思い出が染みついたこの家で、最後まで看てあげたい。知らない人にケアされて、知らない人と眠るなんて、そんなかわいそうなことさせられない」

声が震えていた。

甘い。介護の経験などない高澤にさえ、それはわかった。いったいそんな状況が、どれだけ長く続くと思っているのか。メディアのタレ流す心豊かな在宅ケアなど幸運なレアケースだ。しかし由貴子の頑なさを前にこれ以上の説得は無理だと悟った。

「わかってるよ。ただ、何かあったときに安心して預けられる場所があるってことを知らせておきたかった。それだけ覚えていて、もう限界だ、と思ったら電話をくれればいい。いや、限界が来る前に、必ず電話をくれ」

「ありがとう」

いつもの礼の言葉を耳に、受話器を置いた。


東京駅構内で由貴子と待ち合わせたのは、その年の暮だった。弟夫婦と会って相続税の申告と納付方法について相談した後、会話も弾まないままホテル内のレストランで食事をした帰りのことだ。

意外なことには由貴子の方から駆け寄ってきた。喪服姿だった。

「たった今、翔が宮崎に戻ったところなの。羽田まで送って行った帰りよ。冬休みだというのに、工業英語の講習を受けていて、お正月も休めないんですって。あなたに会えなくて残念がっていたわ」

老(ふ)け込み、やつれてはいたが、細身の黒いスーツが、気品ある容貌(ようぼう)を引き立てている。紅のない顔は、清潔感と透明感が際だち、美しかった。

由貴子の母は、結局、あれから三ケ月あまり生きた。ヘルパーを受け入れ、介護サービスをフルにつかい、由貴子はなんとか乗り切った。長ければ二年、という医者の見立てよりは短かったが、あの状態からすれば精一杯生きたともいえるし、それ以上続けば、由貴子の方が危なかった。

　この日はちょうど納骨だった。

　香典やら葬儀の出席やらの負担をかけることを遠慮したのだろう。由貴子は、四十九日を前にして、母の死を、丁寧な礼の言葉とともに手紙で知らせてきたのだった。

　恵美とそっくりの筆跡と文体にぎくりとさせられ、自分の恋心の背後にあったものと、彼女に去られた理由に、高澤はいまさらながら思い当たった。

　あらためてお礼を、という申し出に、「どうかお気遣いなく」と応じるべきところを、さっそくに上京の日程を知らせたのは、この一年、何とはなしに感じ始めていた寂寥感のせいであったのかもしれない。

　身辺の年寄りたちが、季節が移り変わるように相次いであちらの世界に旅立ち、どこか観念的に捉えていた自分自身の老いと死を身近なものとして意識するようになった。大学生を頭に三人の甥姪たちも、格別高澤になついているわけではなく、あらためて実家、血縁との縁の薄さを自覚し、孤独感を深めていた。

　新幹線改札にほど近いカフェのテーブルで向かい合い、由貴子は礼の言葉とともに高澤に薄い箱を差し出した。

今度は焼き菓子ではなさそうだ。

「ほんとうに気持だけなんだけど、使う機会も多いでしょうから」

「何だろう、開けていい？」

ほのかに甘い、ときめきめいたものを覚えた。

「どうぞ」

袱紗だった。慶弔両用に使える青紫色の縮緬地で、裏はラベンダーのぼかしが入った繻子だ。

期待していたようなものではないが、相手に格別の気兼ねもさせない、一つ持っていれば必ず重宝する、由貴子らしい心配りの行き届いた品だ。

「手作りなので、ちょっとつれたりしていて恥ずかしいんですけど」

はっとして、その白い顔を見た。

「手作り？　君の？」

由貴子はうなずいた。

切なく熱い気分がこみ上げた。手仕事が得意で丁寧な生き方をする女だった。奥ゆかしい好意の示し方に、この人は少しも変わっていない、と青春時代の面影をよみがえらせた。

「ありがとう。大切にするよ」

青紫色の布を無造作に折り、しまいかけたとき、由貴子の手が伸びてきて布を取りあげて、滑らかな動きで畳み、元通りきれいに箱に収め、もう一度、高澤に差し出した。白く乾いて薄青く静脈の浮いた手が、愛しかった。その手の甲にそっと自分の掌を重ねてみたくなった。

「母の思い出に、お世話になった方々に差し上げているの」

うつむいたまま、由貴子は言った。

「お世話になった、方々？」

つまりみんなに、ってことか？

「ええ、これ、母の羽織の生地なので」

「はあ……」

間の抜けた笑いで応じるしかない。

「そりゃどうも」

「最後は本当にあっけなかったわ。今年はとりわけ気候が不順だったから、暑かったり、寒かったり、母にとっても辛かったのかもしれない。いつもの看護師さんが見えて、足の包帯を取り替えてくださって、私、玄関で見送ったの。それで部屋に戻ってみたら、呼吸が荒くなっていて、慌てて呼び戻したんだけど、お医者さんがいらっしゃる前に、ふうっと眠ってしまった……本当に眠ったのよ、そのまま……今でも眠っただけみたいな気がするの」

「そうか」

「一人で寝てると怖くなるの。夜中に目が覚めて、風の音が、とても大きく聞こえて」

頼りなげな口調だった。どうにかしてくれ、という意味合いなどない。その手のほのめかしや手管には、まったく無縁の女だった。それだけにその寂しさが伝わってきて胸が締め付けられる。

「母に守られていたのね、私。何年も前から、わがままな子供に戻ってしまって、最後の一年は、看護師さんには内緒で、口からアイスクリームを食べるのだけを楽しみに生きていたけど、お布団の中で私を見守ってくれていたのよ。あなただけでなくケアマネージャーの方も、共倒れになるから施設を探した方がいいって言ってくださったけれど、最後まで自宅にいてもらったのは、今、考えてみると、母が嫌がるからではなくて、本当は私のためだったような気がするの。寝たきりの母が私を支えてくれたのよ。寝たきりになって、傍からは何もわからないように見えても、私のことをずっと守ってくれていたの」

これからは僕が支えてあげよう、などという安易な慰めを拒絶するような重い響きに、高澤はただうなずくしかない。

「結局、何もしてやれなかったな、君には」

自分の両親にも、と心の内で付け加えた。

「いえ。本当に、助かりました。最後まで家で看取れたのも、あなたがいろいろ面倒な手続きを引き受けてくれたから」

ためらうように続けた。

「あなたが見守っていてくれたおかげで、翔がまっすぐに育ってくれたし……」

そう言ってうつむいた拍子に鎖骨の上にそばかすのような小さな染みが見えた。ネックレスの真珠の白い艶（つや）に浮かび上がるかのようにのぞいた加齢による染みは、不思議と美しく、いとおしかった。

「これからも、あの家に一人で？」

「ええ」

門からのアプローチの長い、玄関の天井の高い、薄寒くだだっ広い和洋折衷の家。

「大丈夫よ。卒業すれば翔も帰ってきてくれるし、いずれ結婚して孫でも生まれれば賑やかになるでしょうから」

「孫か」

無意識に嘆息していた。

自分はそういう歳回りだったのだ、と、あらためて思った。

息子夫婦と孫たち。由貴子の将来設計はそうした形で完結している。これ以上、別れた夫の介在する余地などないことを知らされる。

とはいえ一浪して入学した翔はまだ二年生だ。来年から就職活動に入り、うまく就職したとして入社して三、四年は、結婚どころではない。理科系に進んだということは、大学院に進学する可能性も高い。由貴子の期待に反して、孫が出来るのはずいぶん先の話だろう。

それでもいずれは祖母と若夫婦とその子供の三世代の暮らしが、あの土地で始まる。自身の結婚生活で見つけ損ねた幸せを、由貴子がそこで手にしてくれるといい。

「身体に気をつけてな。翔のためにも」

そう言って、ホームに上るエスカレーター脇で別れた。

息子を巣立たせ、恋人に去られ、父母を失い、「高澤」という家と事実上縁を切り、今、別れた妻を見送る。清々しいほどに孤独だった。ずいぶん前に動物ドキュメンタリーで見た、雪の中にぽつりと立ちつくす、老いた雄カモシカの姿を自分に重ねている。その想像に、ほんの少しばかり悦に入った。

それからわずか二週間後のことだった。学生の実習先企業への挨拶回りや、事務局に提出する書類作成に忙殺された年明けの数日が過ぎ、いつになく早く蒲団に入った週末、電話の音に起こされた。

「あなた、翔が、翔が……」

由貴子の半狂乱の声が鼓膜を直撃した。

「どうした」

嗚咽が聞こえる。

事故か……。

全身からざわざわと音を立てるようにして血の気が引いていく。

「どうしたんだ、何があった？」

「妊娠させてしまったの。女の人を」

男をはらませるわけがない。

「ちょっと待て、どこのだれと」

「だから宮崎なんて、あんな遠くにやりたくなかったのよ。あんなに真面目な子だったのに。一人暮らしだから、寂しくって、ついそんなことを……。せめて私がまめに通ってやっていれば、こんなことには。母のことで手一杯で、翔には何もしてやれなかったから」

嗚咽に言葉が続かない。由貴子の声を聞いているうちに高澤の方は当初の衝撃が薄れ、分別が戻ってくる。

「君が通ったところで何ができた？　翔は小学生じゃない」

「あんな風になってしまったのは、母親の責任だから」と洟をすすり上げている。

「あんな風って……」

「結婚するっていうの。相談じゃなくて、お母さん、僕、こんなわけで結婚することにしたからって、いきなり」

泣き崩れてしまったので、後は話にならない。

「まあ、とにかく、翔と、場合によっては向こうのご両親とも会って話し合おう。金の問題も含めて」

「あなたが……」

「自分たちの都合で離婚したって、僕が親父であることに変わりない」

「ごめんなさい。父が居なくなってしまったから、私ではどうしたらいいか。男の人でないとどうにもならないことがあるから」

「相手の女の子にしたって、まだ若いのに母親になるの、結婚するのというのが、果たしてベストの選択かどうかわからない。翔の方は舞い上がっているんだろうが、向こうの親の方もどう考えているのか」

「若くなんかないのよ。七つも歳上。信じられない。ひどすぎる……いくらなんでもひどすぎる」

号泣した。

「そんなに上なのか」

無意識に叫んでいた。「歳上女房も、最近は普通だね」と他人の子のことなら笑っている。しかし自分の息子が、となるとそうはいかない。

「学生じゃなかったのか」

「そうなの。どこかに勤めているみたい」

父親のいない家庭で、母を支えながら受験勉強をして、ようやく大学に入学した。それも実家から遠く離れた宮崎の。その解放感はいかばかりだっただろう。女性と付き合ったことは、これまでほとんどなかっただろう。社会人、ひょっとすると水商売かもしれないが、そんな歳上の女からすれば、赤子の手をひねるようなものだ。

昨年夏のアルバイトも、この冬の工業英語の講習も、実のところはそんな事情だったのかもしれない。

「父や母のこともあって、ここ何年かは翔に満足なことはしてやれなかったけれど、それでも何があっても翔のことを一番に思っていたのよ。あの子は私の宝物なのよ。命に代えても惜しくないくらいの宝物なの」

「ああ……わかってるよ」

翔は今年で二十二になるから、相手は二十九。いまどき、無理に結婚を急ぐ歳でもない。

何といっても翔には結婚より、ましてや父親になるより先に、やるべきことがある。見定めるべき将来がある。

「わかった。俺から話してみる」

まだ何か言いたげな妻に、そう告げて電話を切る。

いったい何をどうやって説得するか。傍らのフリースジャケットをパジャマの上に羽織り、台所に行き、冷たい水を飲んだ。

説得の論法がまとまらぬうちに、携帯電話が鳴った。

翔の番号が通知されている。

「あ、もしもし。今、いいですか」

緊張感を帯びた声が聞こえた。くだけているのかフォーマルなのかわからない。いかにも気まずそうな口調だ。

「お母さんから聞いたと思うけど」

「ちゃんと自分の口から報告しろ」

「はい。僕、結婚します」

それが報告か？

何も答えないでいると、「相手の名前は、富山淳子(とみやまじゅんこ)さん、外務省関連の団体職員です」と、続けた。

最後まで聞くつもりで黙っていると、少しためらった後に、「今、妊娠、六週です」と言った。

「大学はどうするつもりだ」

「バイトしながら通います。向こうは働いているし」

「甘い」と一喝した後、「おまえな、少し考えなかったのか？」と尋ねた。

「結婚するとか、父親になるというのが、どんなことかわかっているのか」

「それは……」

「女の子の給料で、自分の学費も払いながら、子供を育てられると思っているのか。相手は派遣かバイトか」

「一応、正職員だよ。勤務地は大阪だけど」と、さる独立行政法人の名を言う。

「なんでまた、そんなところの女性と」

先輩に誘われ、地域で開催された国際協力セミナーに参加した折に、知り合ったという。

「もともと将来的にはバングラとかで、技術屋としてODA関係の仕事につきたいと思っていたから」

実現するか否（いな）かは別として、四年間の学生生活を終えたら、自分のそばに戻ってきてくれるという母親の期待は、すでにこの時点で裏切られている。親の想像も及ばない将来像を子供というのは抱くものだ。

「それが何で結婚という話になるんだ」

二泊三日のセミナーで親しく話をした女性職員とは、終了後もメールのやりとりを続け、東京の実家に帰る途中などにも会っていた。

「その頃、あっちは、しょうもない男と付き合ってて」

女性が婚約までしていた相手はしかるべき官庁のキャリアだったが、恋人と二人きりになると、しばしば物静かで穏やかな外見とは裏腹の粗暴さを見せた。

自分とのメールのやりとりが原因で、彼女が男に蹴られて大怪我をしたことを知った翔は、その日の夜行特急に飛び乗り、新幹線を乗り継いで大阪に出て、男と一緒にいた彼女をさらうようにして連れ去ったのだと言う。

よし、なかなか俠気があるじゃないか、と言って背中の一つも叩いてやりたい。もし他人の子供であるなら。

「相手の親はどういうつもりなんだ？」

「いろいろぐちぐち言ってたらしいけど、その男が実はＤＶだとわかって納得したみたい。痣とか、母親の方は見てたし。彼女は机にぶつけたとかいろいろごまかしてたらしいけど、わかったんだと思う。陰険な野郎で、顔とか、見える所は殴らないんだ」

「別れた婚約者の話じゃない。今回の件だ」

「前のがひどすぎたから、マシだと思っているんじゃないの」

「とにかくそちらの家に行って、一度、きちんと話をしよう」

「いや、いいよ」

毅然（きぜん）とした口調で翔は言った。

「僕からまず話すから」

「話すって、まだ結論は出てないぞ」

「結論を出すのは、僕と彼女だよ」

「何だ、その言い方は」と凄（すご）んでみたが、「ごめんなさい。とにかく近いうちに僕が向こうの両親に、ちゃんと話しに行く」という言葉とともに、一方的に電話を切られた。

頭に血が上り、即座に着信履歴からかけ直そうとして我に返った。

自分の立場を思い知らされる。

妻と離婚はしていても父親だ。逆に言えば、父親ではあるが離婚しており、親権は母親が持っていた。幼い頃に別れた父が相手の家に乗り込んでいったとして、何を言えるだろう。そういう家庭で育った息子だ、ということを、相手の親にわざわざアピールするようなものだ。

すぐにでも宮崎に飛んでいき、じっくり息子と話したいところだったが、翌日から新潟出張が入っていた。

樋口の結婚式での大失態とは無関係に、昨年秋、長谷川学部長が副学長に就任したのと同時に、高澤は学科長に昇格した。授業を受け持つことは少なくなり、管理運営に関わる仕事と対外的な業務が増えている。

高等教育関連の国際会議から、大学間の連絡協議会まで、週一回のペースで出張が入る。時間も予算もないから関西方面でさえ日帰りだ。いくら手帳をにらみつけても宮崎まで行く時間は見つからなかった。息子をそんな遠くにやったことをあらためて後悔した。

翌日午前中から信濃川(しなのがわ)沿いにあるコンベンションセンターで開かれた会議には、全国の私立大学から学生生活指導の責任者が集まった。

自立心、社会性、生きる力……。

悲観的な思いにとらわれたまま、視線だけで前方のスクリーンに次々映し出されるパワーポイントの文字と図を追い、その内容の空疎(くうそ)さに嘆息する。

こんなことをやっている間に、自分の息子の生活指導は見事に失敗した……。

頭を抱えているうちに午前の部は終了し、メンバーは食堂に流れる。

ウェイターに円形テーブルに案内されたときだった。

離れたところから黒服の男が飛んできた。

「高澤先生」

レストランの支配人に知り合いはいない。これを見たのかと、胸から下げた名札を見る。あらためて視線を上げると黒服の青年の顔立ちに見覚えがある。

「まさか」

「はい。ご無沙汰しております」

「まさか、本当に……」

「はい。錦城です」

歯切れのよい言葉が返ってくる。笑みを浮かべてはいるが引き締まった口元、真っ直ぐな視線、伸びた背筋。まったく雰囲気は変わってしまったが、確かに大麻事件をきっかけに大学を中退した錦城だ。

「ここで働いていたのか」

「はい」

差し出された名刺には、「株式会社　ニシキコーポレーション　取締役」と肩書きがある。

「取締役って……」

大学を去って四年、まだ二十三、四のはずだ。

名刺と黒のスーツ、変貌した顔つきを、見比べる。

他の委員が次々に着席する。

「では後ほど」と言い残して立ち去り際、錦城は無邪気に笑顔を見せて指を二本立てた。

「簿記二級、取りましたよ」

落ち着かない気分のまま、目の前の松花堂弁当をそそくさと平らげ、高澤は席を立った。

レストランの隅に立っていた錦城が目配せし、奥にある事務所に高澤を招き入れた。

「こんなところですみません」と頭を下げ、傍らの男にコーヒーを運ばせた。

「ここ、親父さんの会社だったのか」と狭い事務所を見回す。

「はい。正確に言うとレストラン部門の子会社です。実は、僕が大学をやめてすぐに兄貴が交通事故に遭ったんですよ」

脊髄損傷で、現在も首から下が動かず、回復の見込みもないという。

「それで君が代わりに」

「いや、それまで親父の会社で働いていた従兄弟がいまして、兄貴がそんなになった後、親父は彼を信用してここを任せたんです。ところがそいつがけっこう曲者で」

それ以上語らず、片方の眉を上げた仕草が、妙に世間ずれした印象だ。

「一応、僕も先生のゼミ取ってたし、ほら、簿記の勉強もしたから、経理の方をやりたかったんですよ。でも従兄弟は帳簿を抱え込んだまま、絶対に見せてくれない。従業員は居着かないし、客の評判も悪い。何かおかしいと思って親父に言っても、親父は僕のことなんか信用してないんで、相手にしてくれない。それである日、事務員の女性をどやしつけて無理矢理ファイリングキャビネットを開けさせたんです。帳簿を見て、愕然(がくぜん)としましたよ」

「横領か」

「そんな根性のある奴(やつ)じゃなかったんです。売り上げの大半が借金返済に回ってた。発想が古いっていうか、これまで役所や公共施設の食堂ばかりだったじゃないですか。売り上げが上がらなくても、危機感がない。従来のやり方を変えようとしなかったんです。しかも従業員もたくさんいて会社の規模が大きいから、簡単にはつぶせない。ずるずると赤が膨らんでいって、もう身動きが取れないって状態で。それからが大変でした。親父を説得して、なんとか彼をクビにしてもらって、資産を全部洗い出しました。利益の上がってない店は閉鎖して、売れる設備と備品類はとにかく売って、やる気のない税理士を切って、銀行と相談しながら従業員にも辞めてもらいました。僕みたいな大学中退の若造がそれをやるわけだから、ものすごい抵抗にあいましたよ。

でもこっちも必死です。兄貴が寝たきりになってから、親父はめっきり気弱になりましたし、母は兄貴のことで頭がいっぱいで何も考えられない。丸一年かけてきれいにして、再出発しました。なんとか競争入札でここに入れたんで助かりましたが」

言葉を切り、錦城は白い歯を見せ、親指を立てて見せた。

「今のところ収益は順調に伸びています」

「おまえが」と言いかけ、「君がそれをやったのか」と高澤は言い直した。

「はい。従兄弟はわざと数字をわかりにくくして操作していましたから。先生に勧められた簿記、ちゃんとやってなかったら、何にもわからずごまかされ続けているところでした。ある日突然、倒産で、親父の経営してる本体の方まで危なくなっていたと思います。担当してくれた銀行員がちゃんとした人だったのも、運がよかったんですよね。彼と対等に話ができたのも、先生のおかげです」

「変わったな」

高澤は若き経営者の風格さえ漂う、錦城の精悍（せいかん）な面差しを見る。真っ赤な顔で泣いていた幼児のような若者が、たった四年で変貌した。

「地元の友達とかからは、悪いやつになったな、とか、言われんですよ」と錦城はふと、学生時代の口調になった。

「いや、そんなことはない。いい顔になっている」

「そうですか？」と照れたように笑った顔に昔の無邪気さが戻ってくる。

泣きたいような切ない気分になった。

「今度、仕事じゃなくて来てくださいよ。いいワイン、入れましたから。チリですが味はいいですよ」

「ありがとう、必ず来るよ」

立ち上がり、しっかり握手した。ほっそりなめらかな掌（てのひら）だが、その力強さは紛れもない男の手だ。

最敬礼されて事務所を出てふと振り返ると、まだ見送っている錦城の姿がある。

濃霧が晴れて視界が開けたような気がした。

「人生、うまくいかないからおもしろい」

父の残した言葉が、よみがえる。

何もかも筋書き通りにいくはずもない。定められたレールを踏み外すのが、必ずしも悪いこととは限らない、と息子のことを思った。

離婚した父親が、蚊帳（かや）の外に置かれたまま手をこまねいているうちに、結婚式の日取りは決まっていた。

わずか一ケ月後だ。バレンタインデーというのが、本人たちの希望か単なる偶然かはわからない。どうせ何の相談もないのなら、最後まで蚊帳の外に置いておいてくればよさそうなものを、息子から日程を知らせる素っ気ないことこの上ない携帯メールが入り、その直後に、由貴子から助けを求める電話がかかってきた。

「たいへんなお家のお嬢さんだったのよ」

暗い口調に語尾が消える。

「社長令嬢か何か？」

「社長ではないけれど」と旧財閥系都市銀行の名前を挙げた。そこの頭取だった。

「奥さんは旧子爵家の出身だそうなの……」

「日本の華族制度など、六十年も前に廃止されてるぞ」

どうりで式を急いだはずだ。

娘のできちゃった婚などどうあっても隠したい、しかるべき手続きを踏み、格式高い結婚式場で式を挙げさせたい、そのためには時間が経って腹が目立ってくる前に式を挙げさせなければならない。このご時世にそんなことを考えるような親、というよりは、彼らはそうすることが当たり前の階層だった。

つまらないことにこだわり、気に病む由貴子の性格からして先が思いやられる。

「あの……」

幾度かためらった後、由貴子は言った。

「こちらが片親だということは、先方に話してないの。翔を説得して、事情があってお父さんとは、別に暮らしているということにしてもらったわ」

「向こうの娘の行状だって、そう自慢できるようなものじゃないだろうが」

吐き捨てるように言った。

「ええ、それは確かにそうかもしれないけれど」

わずかな沈黙の後、決意するように由貴子は告げた。

「お願いです。結婚式に、夫婦ということで出席してください」

「はあ?」

由貴子の発想からして、そう驚くべき提案でもない。

「それでどうしようっていうんだ」

昔と違って、先方が勝手にこちらの戸籍を見られるわけではないが、いずれはばれる。

「翔に、肩身の狭い思いだけはさせたくないの」

痛いところを突かれた。

「夫婦だということで出席するのはいいとして、姓はどうするんだ。俺は大舘（おおだて）って翔の名字、つまり君の名字を名乗るのか？」

自分もまた、つまらないことにこだわっている。

「だから翔はお祖父（じい）ちゃんの希望で、形だけ養子ということにして大舘家を継いだということにして……」

あきれるほどに姑息（こそく）な話だ。よくもまあ、そんなストーリーを思いつく。

まあ、いいかと苦笑した。意固地になって拒むほどのことでもない。いずれにせよ、一人息子の結婚式に、由貴子と二人での出席が叶（かな）う。

披露宴での酒は厳に慎まなくては、と思った。

挨拶（あいさつ）の文言（もんごん）は事前に準備する。歌は絶対に歌わない……。

まだ子供っぽさの残る息子が、ぎごちない手つきで神主から金色の杯を受け取る。花嫁の顔は白い綿帽子に隠れて見えない。

感無量にはほど遠い。正直なところ、危なっかしくてはらはらさせられる。

式は新郎の実家のある東京で挙げることになり、式場は先方の両親の意向で決められた。豪華ではないが、都内では一番の格式を誇る神社だ。

初めて袖を通した高澤のモーニングは、体に馴染んでいない。少し緊張して、由貴子と並んで座る。真新しい黒留め袖についた下がり藤の五つ紋は大舘家のものだが、こうしていると傍目には、十四年も前に離婚した夫婦にはとても見えないだろう。

式と披露宴の数時間だけ、由貴子は高澤姓になる。

モーニングと黒留め袖で夫婦のふりをする花婿の両親、妊娠中の身を白無垢で包み、三三九度の杯を交わす花嫁。そのほかにも互いに知ることのないいくつもの事情が双方にあるだろう。それらを包みこんで、儀式はどこまでも厳粛に進められる。

「私たち二人はただ今、ちぎりの杯をいただき、生涯夫婦としての固めを……」

翔のぼそぼそとした声が聞こえる。ひっかかり、漢字を読み違え、そのたびに高澤は肝を冷やす。

「共に白髪をいただくまで、松の緑の色変わりなく末広がりの人生を頂けますよう、お導きのほどを……」

共白髪、末広がりの人生。自分の得られなかった人生の幸福をせめて息子には、と高澤はその後ろ姿に願う。

「新郎　大舘翔」

そう、高澤翔ではない。

巫女が運んできた玉串を二人で手に取り、神前に進み拝礼し、時計回りに回して奉奠する。一歩下がり二礼二拍手、さらに深々と一礼。

挙式の後は、翔は今まで通り宮崎のワンルームに住む。花嫁の方は、現在住んでいる神戸のマンションで、子育てをしながら仕事を続ける。実家の近くなので両親にサポートしてもらいながら、翔の卒業を待つということだった。

「卒業したら、翔もそちらに住むつもりみたい……」

詳しい報告の電話をくれたとき、由貴子の声はいっそう暗く沈んでいた。

そして今も青白い顔でうつむいたままだ。

目の前の金の杯に御神酒が注がれる。さわさわと衣擦れの音が響き渡り、親族一同が起立する。三回杯を傾け、三度目で飲み干す。しかし高澤は口をつけるふりをしただけで、飲み干すことはしなかった。

二度と失敗してはならない。今度は自分の息子だ。

杯を置いた。これで両家が親族となる。

高澤はこの日、控え室で初めて花嫁とその両親に会った。

翔の話によれば、相手の女性、富山淳子は、思慮深くこだわりのない、物事について差別や偏見を持たない闊達な女性だそうだが、白無垢の衣装に包まれたその姿は、慎ましやかで古風に見えた。

くすんだミントグリーンのローブ・モンタントを身に着けた母親には少しばかり気位の高さを感じないわけではないが、父親の方は野心をたくみな社交術で隠した典型的なエリートサラリーマンで、挨拶を交わし名刺を交換しながら高澤は、その身辺から立ち上る馴染んだ企業人のにおいに少しばかりほっとした。

神職が進み出て、祭壇に向かい拝礼した。高澤たちも深々と一礼する。

古風な儀式が終わり緊張が解ける。一同はそろそろと出口に向かって動き始めた。玉砂利を踏みしめて、披露宴会場に向かいかけたとき、由貴子は涙をこぼした。それで張り詰めていた糸がぷつりと切れたように、披露宴が始まっても由貴子は声を上げるでもなく静かに泣き続けていた。

「翔がいなくなるわけじゃないんだ。すぐに孫の顔を見られるんだぞ」とささやきかけると、一応うなずくが、うつむいたまま涙をぬぐい続ける。

媒酌人や来賓の挨拶が一通り終わり色直しのために花嫁が中座したとき、見かねた様子で息子が席にやってきた。

「お母さんがそんなに悲しむなら、今からでもやめようか」

思い詰めた顔で母親の耳元でささやき、高澤を慌てさせた。

「ばかなことを言ってるんじゃない。さっさと席に戻れ」

叱責（しっせき）して追い払ったが、あらためてこの十四年間、さほど強くもない彼女の生きる支えになったのが、息子だけであったと思い知らされる。

格式を重んじ古風に過ぎる披露宴で、花束贈呈だの両親への手紙朗読だのといったイベントがなかったことに救われた。

やがて親族代表として挨拶をするときが来た。二年前の失態を思い出し、さすがに緊張する。

「新郎の父でございます。本日はお忙しい中をお集まりいただきまして……」

杯には形だけ口をつけた。宴の間も酒は一滴も飲んでいない。

「なにぶん、未熟な二人でございます。皆様方のお力を頂戴（ちょうだい）しまして一日も早く一人前の夫婦になってくれればと思っております。これからもどうかご指導を賜り、見守ってやってくださいますよう、よろしくお願い申し上げます。本日はまことに……」

何とか終えた。

列席したごく少数の由貴子の血縁や花嫁方の両親や親類にあらためて挨拶し、会場を出たときには松や楓（かえで）の茂る庭園には夜のとばりが降りていた。

ジーンズとチェックのシャツに着替えた翔は、ダウンジャケットとPCの入ったバッグを横抱きにし、飛ぶような足取りで駅方向に走っていった。今夜の飛行機で一人宮崎に帰るという。明日は午前中から実験が入っているらしい。

ゆったりしたチュニックワンピース姿になった新婦は、父母と都内のホテルに泊まるということで親類の車で立ち去った。

高澤と由貴子は玉砂利を踏みしめて、参道を駅に向かって歩いていく。

植え込み越しの車の音が騒々しく聞こえ始める。

すすり泣きの声を傍らに聞きながら、高澤は別れた妻の肩に手を置いた。その小ささにあらためて痛ましさを感じ、片手に荷物を持ったまま抱き寄せた。

「なあ、素直に祝ってやろうや。あいつも一人前の男になったんだ」

返事はない。すすり泣きが一瞬、止(や)む。

こごったような沈黙があった。

「あなた、何時の新幹線？」

不意に、しっかりした口調で言葉が返ってきた。

最終の仙台行きが東京駅を出るまで、二時間以上ある。

「あまり遅くなると。駅からお家(うち)は遠いのでしょう」

「いや。今夜はこっちに宿を取るよ。高輪プリンスあたり一部屋なら空いているだろう」

とっさにそう答えていた。かつて由貴子と結婚式を挙げたホテルだった。

「軽く飲みたい気分だ。付き合わないか？　メインバーでゆっくりつもる話でもしよう」

闇は密度を増し、吹き下ろすビル風は凍るようだ。このまま由貴子をあのだだっ広く古い目黒の家に帰すのは忍びない。しばらくの間、見守っていてやりたかった。

返事の代わりに、温かな吐息を胸元あたりに感じた。

「やり直すか？　もうニューヨークじゃないし」

何も考えることもなく、言葉がこぼれ出た。

やはり返事はなかった。由貴子はＪＲ駅とは反対側にある地下鉄方向に足を向ける。

「どっち行くんだ？」

「家に来て。ホテルに泊まるのはもったいないから」

一瞬とまどい、言葉を失ったまま照れ笑いで応じていた。

そのとき、ポケットの中で携帯電話がけたたましい電子音を立てた。

取り出してフラップを開く。

「モノレール、乗りました。飛行機間に合いそうです。お母さんをよろしくお願いします」

「あいつ……」と苦笑し、ぱたりと音を立てて、携帯電話を畳んだ。

「何？」

怪訝（けげん）な顔で由貴子が手元をのぞき込む。

「何でもない。仕事のメール」

大鳥居の下を抜けた。

由貴子がふと足を止め、仰向いた。

中空に青白い月がかかっている。

「あのまま続いていれば、今年、銀婚式なのね」

つぶやくような声が、少し甘やかな空気をまとって聞こえてきた。

参考資料

生保・損保　最新データで読む産業と会社研究シリーズ　産学社
証券　最新データで読む産業と会社研究シリーズ　産学社
よくわかる保険業界　日本実業出版社
よくわかる証券業界　日本実業出版社
山一証券破綻と危機管理―1965年と1997年　草野厚　朝日新聞社
会社葬送―山一證券　最後の株主総会　江波戸　哲夫　角川書店
図説　損害保険ビジネス　トムソンネット　編　鈴木治・岩本堯　著　金融財政事情研究会
損害保険の知識　玉村勝彦　日本経済新聞社
損害保険論　木村栄一・野村修也・平澤敦　編　有斐閣
保険代理店ビジネス43の常識　宮宇地　覚　新日本保険新聞社

ページの関係上一部に留めてあります。

この本を書くにあたり、金融、証券、保険等の業界、業務内容等についてご教示いただきました野村総合研究所の田岡勉様、ドイツ証券の野本祐司様、大学の組織と運営、教育内容等々についてご説明をいただいた名古屋大学の栗本英和様、江戸川大学の青野丕緒様、作家の小沢章友様はじめ、こちらのぶしつけな質問に丁寧にお答えくださいました多くの企業人、大学人の方々に心より感謝申し上げます。

解説

藤田香織

地味な男の物語、である。

二〇一一年の十二月、本書『銀婚式』の単行本（毎日新聞社刊）を読み終えたとき、まずそう思ったことをよく覚えている。

もっとも、手にしたときから『弥勒（みろく）』（講談社文庫）や『コンタクト・ゾーン』（毎日新聞社→文春文庫）のような、異文化ショックに震えるような話ではないことは想像できた。『夏の災厄』（毎日新聞社→文春文庫→角川文庫）や『仮想儀礼』（新潮文庫）のように、足下がぐらりと揺らぐような話でもないだろうと推測していた。

作品を読み継いで来られた方は十分御承知だと思うが、篠田節子はジャンル分け不可能な作家である。ホラー、サスペンス、SF、ミステリー。音楽や美術、宗教に性愛。多彩なだけではなく、次々に送り出される物語は、分りやすくカテゴライズされることを拒んでいるようにも見える。更に言えば、『純愛小説』（角川文庫）というタイトルであっても、男女の恋愛話とは限らなかったし、『逃避行』（光文社文庫）といっても主人公に寄り添うのは、恋人でもなく人間でさえもなかった。

そこへ来て『銀婚式』である。普通に考えれば二十五年間寄り添った夫婦の姿が描かれているのだと思う。来し道、往く道、艱難辛苦に波瀾万丈。寄り添えずとも亡き妻、もしくは夫は、今も心の中で生き続けている——といった夫婦の絆の話を連想してしまうが、やはりそう単純ではなく、本書の主人公は、銀婚式の半分の年月も保たず離婚するし、別れた妻は健在で、子供に関しての必要最低限の接触しかない。でも、それでも。読み終えたときには『銀婚式』というタイトルがじわりと沁みる。地味な男の、派手さもない物語だが、不思議と安心するし、励まされもするのだ。

主人公となるのは、五年間のアメリカ勤務を終え、日本に帰ってきたばかりの高澤修平。大学を卒業した後、大手の東栄証券に入社した高澤は、長年〈努力が報われる人生〉を歩んできた。都立の進学高から一流大学へ進み、就職した後も社内留学枠を勝ち取り、カリフォルニアで学び、ＭＢＡを取得。二十七歳のときには中学時代に出会い、長い年月をかけて愛を育んできた初恋の相手・由貴子と結婚。三十歳の頃には息子の翔も生まれ、三十六歳で念願だったニューヨーク勤務の切符を摑む。オフィスはマンハッタンにそびえる高層ビルの八十九階。そこから車で三十分のマンションには、愛する妻と六歳になった息子が待っている——。絵に描いたようなエリート証券マン像だが、成田に降り立った高澤の手には何ひとつ残っていなかった。

その最初の躓きを、高澤は妻にあったと見ている。海外赴任に伴った由貴子は、NY暮らしに馴染めず身体の不調を訴え、ある日突然息子を連れて帰国。高澤は〈心の病気〉を疑っていたが、帰国後、自己免疫疾患であると判明し、実家で根気よく治療させたいという義父の言葉を受け入れ離婚。翔は由貴子の実家で祖父母と暮らすことになった。更に翌一九九九年、勤務先の東栄証券が経営破綻。社からの連絡ではなくテレビのニュースで知った高澤は、同僚たちが少しでも有利な再就職先を探すべく我先にと帰国していくなか、NYに踏みとどまり約二年間、清算業務に邁進した。

二〇〇一年に帰国した高澤は、この時既に四十歳オーバー。残務処理を担い出遅れたこともあり、再就職は容易ではない。さて、順風満帆な人生を歩んできた男は、家族を失い、仕事を失い、その後の人生をどう歩んでいくのか。本書には、それからの約十二年間が描かれていく。NY勤務時代に知り合った田村の紹介で中堅損保での職を得るものの、その田村がワールドトレードセンタービルのテロ事件に巻き込まれる。高澤自身も五年間通ったツインタワーはあっけなく崩壊し、田村の訃報が届く。勤務先損保の経営悪化に伴い、命じられたリストラ業務。ついには高澤自身が鬱病と診断されてしまう。思いもしなかった二度目の転職。仙台郊外に住まいを移しての慣れない大学講師仕事。中盤以降は、学部長の私設秘書・鷹左右恵美との恋愛を含めて、講師から教授へ昇格した高澤の東北国際情報大学での日々と、十代後半になった息子・翔、さらには別れた妻・由貴子との関係性の変化を見せていくのだ。

正直に言うと、個人的には最初に単行本で読んだ際、高澤にまったく魅力を感じなかった。エリートといっても驕ることなく、真面目で努力家な彼は、ずる賢いわけでも悪人でもない。けれど、例えばNY暮らしに馴染めない由貴子についての〈もちろん高澤も、多忙な夫のサポートを引き受けてくれる、気が強く才覚ある同僚の妻たちと、思慮深く奥ゆかしいが引っ込み思案な自分の妻を比較する気など毛頭なかった〉といった箇所。自分の妻を〈思慮深く奥ゆかしいが引っ込み思案〉と思い込んでいるのが薄ら寒い。引っ込み思案って、あなたの妻は幼稚園児ですか、と言いたくなる。あるいは、大学受験を控え、高澤の部屋から塾へ通っていた翔が留守の間に、訪ねてきた恵美と慌ただしく抱き合ったことを〈後ろめたい息抜きの時間〉と普通に思う、無神経なまでの正直さ。それ以前には恵美についても〈清楚で礼儀正しく奥ゆかしい〉と評し、〈その曇りのない優しい心はわかっている〉などと言っていた。まったくもってオヤジドリーム甚だしい。

ついでに言えば、由貴子も大概だと思っていた。高澤にしろ実父にしろ「保護者」なしでは生きていけないのか、とイライラしたし、実母亡き後の、いずれは翔が帰京し結婚しても同居して、孫も生れて賑（にぎ）やかになる、という勝手な妄想からの嘆きっぷりには恐怖すら感じた。こんな姑（しゅうとめ）のいる家には私だったら絶対嫁ぎたくない。

でも、だけど。再読するうちに、高澤や由貴子のような人は、特に珍しい存在ではないのだ、と思い至った。彼らの特性や長所は現代社会において気付かれにくいが、高澤のように苦境にあっても実現可能な物事を見極め、そのための努力は惜しまず仕事に邁進してきた男性も、由貴子のように、一歩引いて物事を見つめ、自分の親や子のため献身的に尽くしてきた女性も、周囲を見渡せばまだまだ多い。高澤が由貴子や恵美に抱く「ドリーム」も、〈男の本分は仕事〉だという思いが強いからこその幻想ではないか、とも思うし、由貴子の献身を鼻で笑えるほど、私ももう若くない。などと偉そうに言っているが、私が「普通」だと思っている物事の価値観も、他者から見ればバブルドリームだったり、負け犬の強がりだったりするはずだ。

学歴的には高澤の出身大学の足下にも及ばないであろう東北国際情報大学の学生たちが、彼の指導を足がかりにそれぞれの道を駆け上がっていくことにも留意されたい。彼らだけでは届かなかったであろう場所に、高澤は土台を作って押し上げたのだが、その旅立ちを人一倍喜ぶものの、一切、自分の手柄のようには振る舞わない。彼にとっては当たり前のことをしたに過ぎない、という姿勢が、地味にいい。なんだかんだ言いつつも、深く踏み込みすぎない高澤と由貴子の距離感も、地味に巧(うま)い。作中での「銀婚式」という言葉の使われ方も、地味に心ニクイ。

離婚もリストラも転職も受験失敗も、恋愛だって失恋だって世間的にはよくあることで、「事件」ではない。けれど、当事者にとっては、人生の大問題だ。当事者になってみて初めて、人は同じ経験をした自分以外の人々はどう思い、どう行動して、どう乗り越えたのかを知りたい、と思う。本書が素晴らしいのは、三十歳前後でバブル期を経験した、高澤に我が身を重ねて共感できる世代の男性のみならず、世代や性差を超えて「そういう人生が、そこここにある」ということを腑(ふ)に落ち、感じ入ることができる点にある。

重ねていうが、地味な男の物語である。真面目で堅実でだからこそ鈍感で、けれどそんな男が「どこにでもいる」ことを、心強いと感じられる。僭越(せんえつ)ながら、人を描く、というのは、こういうことだとしみじみ思うのだ。

（平成二十八年十月、書評家）

この作品は平成二十三年十二月毎日新聞社より刊行された。

篠田節子著 仮想儀礼（上・下）
柴田錬三郎賞受賞

金儲け目的で創設されたインチキ教団。金と信者を集めて膨れ上がり、カルト化して暴走する――。現代のモンスター「宗教」の虚実。

荻原浩著 月の上の観覧車

閉園後の遊園地、観覧車の中で過去と向き合う男――彼が目にした一瞬の奇跡とは。過去／現在を自在に操る魔術師が贈る極上の八篇。

乙川優三郎著 脊梁山脈
大佛次郎賞受賞

故郷へと向かう復員列車で、窮地を救われた木地師を探して深山をめぐるうち、男は生の実感を取り戻していく。著者初の現代長編。

帚木蓬生著 逃亡（上・下）
柴田錬三郎賞受賞

戦争中は憲兵として国に尽くし、敗戦後は戦犯として国に追われる。彼の戦争は終わっていなかった――。「国家と個人」を問う意欲作。

小池真理子著 欲望

愛した美しい青年は性的不能者だった。決してかなえられない肉欲、そして究極のエクスタシー。あまりにも切なく、凄絶な恋の物語。

川上弘美著 センセイの鞄
谷崎潤一郎賞受賞

独り暮らしのツキコさんと年の離れたセンセイの、あわあわと、色濃く流れる日々。あらゆる世代の共感を呼んだ川上文学の代表作。

新潮文庫最新刊

銀婚式

新潮文庫　し－38－8

平成二十九年一月一日発行

著者　篠田節子

発行者　佐藤隆信

発行所　株式会社 新潮社

郵便番号　一六二—八七一一
東京都新宿区矢来町七一
電話　編集部(〇三)三二六六—五四四〇
　　　読者係(〇三)三二六六—五一一一
http://www.shinchosha.co.jp

価格はカバーに表示してあります。

乱丁・落丁本は、ご面倒ですが小社読者係宛ご送付ください。送料小社負担にてお取替えいたします。

印刷・二光印刷株式会社　製本・株式会社大進堂

ISBN978-4-10-148419-8 C0193